Über dieses Buch

Lars Gustafsson, Lyriker, Essayist, Romancier, Dramatiker, Kritiker und Philosoph, ist der bedeutendste Schriftsteller der jungen Generation Schwedens. Er hat auch in Deutschland bereits ein gewichtiges und umfangreiches Œuvre vorgelegt. Ausgehend vom Authentisch-Faktischen, schiebt er die Dinge schreibend zusammen, bis die reinen Fakten, Daten, belegbaren Vorgänge verblassen und das Bild hinter dem Bild erscheint. Sprache als etwas vollkommen Durchsichtiges, das die Gedanken ohne Rest ausschöpft, kennzeichnet seine Lyrik wie auch seine Prosa. Eine Auswahl aus seinen von H. M. Enzensberger übersetzten Gedichten, seinen vielschichtigen und oft phantastischen Erzählungen und Essays, bereichert um bisher in Deutschland unveröffentlichte Texte und den »Eigentlichen Bericht über Herrn Arenander« bringt dieser Sammelband. Damit wird Lars Gustafsson, dessen künstlerische Mittel für seine Generation wegweisend sind und dessen Einfluß auch bei uns immer mehr wächst, erstmals mit einer repräsentativen Werkauswahl vorgestellt.

Der Autor

Lars Gustafsson, 1936 in Västeras, Mittelschweden, geboren, promovierte 1961 nach Studien in Oxford und Uppsala, und war bis 1972 Herausgeber der größten schwedischen Literaturzeitschrift »Bonniers Litterära Magasin«. Er lebt zur Zeit als Stipendiat in Berlin.
In deutscher Übersetzung liegen vor: ›Die Maschinen‹ (Gedichte) 1967, ›Bakunins Reise, Thorn‹ (Erzählungen) 1969, ›Der eigentliche Bericht über Herrn Arenander‹ (Roman) 1969, ›Utopien‹ (Essays) 1970, ›Die nächtliche Huldigung‹ (Drama) 1970, ›Herr Gustafsson persönlich‹ (Roman) 1972.

Lars Gustafsson

Eine Insel in der Nähe von Magora

Gesammelte Erzählungen
und Gedichte

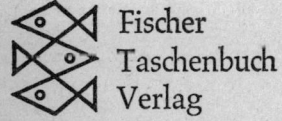

Fischer
Taschenbuch
Verlag

Fischer Taschenbuch Verlag
Oktober 1973
Originalausgabe

Umschlagentwurf: Jan Buchholz/Reni Hinsch
unter Verwendung einer Radierung aus der Folge ›Carceri‹ (III)
von Giambattista Piranesi

Fischer Taschenbuch Verlag GmbH, Frankfurt am Main
Die Maschinen
Aus dem Schwedischen übersetzt von Hans Magnus Enzensberger
Ausgewählt aus: Ballongfarana, 1962 — En förmiddag i Sverige, 1963 —
En resa till jordens medelpunkt, 1966. P. A. Norstedt & Söners, Stockholm
© 1967 by Carl Hanser Verlag, München.
Der eigentliche Bericht über Herrn Arenander
Titel der Originalausgabe: Den egentliga berättelsen om herr Arenander.
P. A. Norstedt & Söners, Stockholm 1966
Aus dem Schwedischen übersetzt von Gustav Adolf Modersohn
© 1969 by Carl Hanser Verlag, München.
Utopien
Titel der Originalausgabe: Utopier och andra essäer om »dikt« och »liv«
Bokförlaget PAN, Norstedt, Stockholm 1969
Aus dem Schwedischen übersetzt von Hanns Grössel u. a.
© 1970 by Carl Hanser Verlag, München.
Erzählungen
Aus dem Schwedischen übersetzt von Jürg Mahner
© 1971 by Lars Gustafsson und Carl Hanser Verlag, München.
Gedichte aus dem Band: Varma rum och kalla. Albert Bonniers Förlag,
Stockholm 1972.
© 1972 by Lars Gustafsson und Hanns Grössel
Gesamtherstellung: Hanseatische Druckanstalt GmbH, Hamburg
Printed in Germany
ISBN 3 436 01758 2

Inhalt

Man kann von den Dingen nur sprechen, weil jedes Ding mit einem andern etwas gemeinsam hat. Es lassen sich Klassen von Dingen bilden; deshalb kann ich das Ding, das ich sehe, nennen, und du verstehst mich, weil du selbst ein ähnliches Ding gesehen hast. Man spricht also, wenn man spricht, immer von etwas anderem. Und deshalb hören sich Eigennamen so nichtssagend an: sie unternehmen den eitlen Versuch, etwas unmittelbar auszusagen. Weil sich aber überhaupt nichts aussagen läßt, sondern immer nur etwas anderes, das an die Stelle dessen tritt, was man sagen will, hat man am Ende die größte Lust, sich selber unsichtbar zu machen, damit wie durch einen Zauber die Welt in ihrer erschreckenden Einfachheit hervortrete.

Ich weiß nicht ob du je die Stadt Västerås betreten hast. Diese Stadt ist so wohlgeordnet, daß man ihr sogleich anmerkt: die Ordnung ist zu nichts nütze; und das Chaos, die Unruhe, mit der uns unsere eigene Existenz erfüllt, sie tritt an dieser Stadt unbarmherzig ins Licht. Deshalb ist man an Orten sicherer, wo größere Unordnung herrscht. Dort kann man seine Hoffnung in eine Ordnung setzen, die es noch nicht gibt.

Die Maschinen

Manche Maschinen sind früh aufgekommen,
andere spät. Außer der Zeit, der sie angehören,
hat die Welt keinen Platz für sie.

Heronskugel Wurfschleuder Voltasäule.
Die Große Fahrkunst zu Falun. Kuriosa:
Die »pneumatische Kornfege«
Una macchina per riscaldare i piedi

Die uns auffallen, das sind Maschinen
aus einem fremden Jahrhundert: sie wirken ortlos.
Sie werden deutlich, nehmen Bedeutung an.

Doch was sie bedeuten, weiß niemand.

Das *Kunstgezeug*: eine Vorrichtung
aus zwei gegenläufigen Stangen, um Kraft
über große Strecken hinweg zu überführen.
Was bedeutet das Kunstgezeug?

Die Bergwerke im Harz anno 1723

Der Kupferstich wimmelt von Leuten. Menschen,
klein wie Fliegen, fahren auf und ab in den Körben,
und »La Grande Machine«, Abbildung Ziffer j,
neben dem sprudelnden Wasserfall, treibt alle Riemen an.

Es wäre ohne weiteres denkbar,
Dampfmaschine und Kunstgezeug,
Heronskugel und Voltasäule
zu kombinieren. Niemand hat das getan.
Möglichkeiten als Überbleibsel.

Eine fremde Sprache, die nie jemand sprach.

Und genau genommen ist die Grammatik
selber eine Maschine,
die unter unzähligen Sequenzen
das Gebrabbel der Kommunikation auswirft:
die »Fortpflanzungswerkzeuge«, die »Zeugungsglieder«,
die »Schreie«, das »erstickte Geflüster«.

Wenn die Wörter verschwunden sind, bleibt die Grammatik
zurück,
und das heißt: eine Maschine. Doch was sie bedeutet,
weiß niemand. Eine fremde Sprache.
Eine durchaus fremde Sprache.
Eine durchaus fremde Sprache.
Eine durchaus fremde Sprache.

Der Kupferstich wimmelt von Leuten. Wörter,
klein wie die Fliegen, fahren auf und ab in den Körben,
und »La Grande Machine«, Abbildung Ziffer j,
neben dem sprudelnden Wasserfall, treibt alle Riemen an.

Mein Gedicht ›Die Maschinen‹

Mein Gedicht *Die Maschinen* schließt in sich ein offenbares Paradoxon, das vielleicht einen Kommentar verträgt. Um den Blick auf seine Beschaffenheit freizumachen, möchte ich zunächst ein paar Schwierigkeiten aus dem Weg räumen, die im Detail stecken.

Daß die Heronskugel ein antiker Vorläufer der Dampfturbine (angeblich eine Erfindung des Alexandriners Heron), daß die Voltasäule eine Ahnin der modernen Flüssigkeits-Batterie und die Wurfschleuder eine primitive Form der Artillerie, nämlich ein riesiges Gerät ist, das mit Steinen schießt, brauche ich kaum zu erklären.

Weniger bekannt dürfte die Große Fahrkunst zu Falun sein. Es handelt sich um eine enorme Vorrichtung zur Erzförderung, die Christopher Polhem, ein Zeitgenosse von Wilhelm Leibniz, für die größte schwedische Kupfergrube seiner Zeit entwarf. Die Konstruktion bestand fast ausschließlich aus Holz. Sie wurde durch Wasserkraft angetrieben. Wie manche andere Erfindungen des achtzehnten Jahrhunderts wirkt die Große Fahrkunst von Falun gewissermaßen »maschineller« als moderne Maschinen. Das mag an der altertümlichen Art der Kraftübertragung liegen, für die ein klobiges und umständliches System von gegenläufigen Gestängen sorgte. Das Original jener riesigen Konstruktion ist heute eine Ruine: es ist längst verwittert und verfault. Doch hat sich Polhems eigenes Modell der Maschine erhalten; es wird im Technischen Museum zu Stockholm aufbewahrt. Diese Vorrichtung bewegt sich ruckartig, intrikat und unbarmherzig: Der Eindruck läßt sich kaum beschreiben.

Die »pneumatische Kornfege« ist ein Kuriosum, dessen Spuren man in alten Lehrbüchern der Physik finden kann. »Una macchina per riscaldare i piedi« ist eine Reminiszenz an jene Zeiten, da die mechanischen Erfindungen noch gleichsam in der Luft hingen. Die Renaissance betrachtete Maschinen als Gegenstände der Unterhaltung und der Verwunderung, die zum Inventar der fürstlichen Kuriositätenkabinette gehörten; allenfalls konnte die eine oder andere sinnreiche mechanische Vorrichtung der Bequemlichkeit eines adligen Herrn in seinem Lehnstuhl dienen.

Die Mechanik stand damals sozusagen noch jenseits der Erfahrung; mit der Produktion hatte sie nichts zu schaffen; sie genoß, als eine Art von Taschenspielerei, wie die Kunst eine zweifelhafte Autonomie.

Das Kunstgezeug schließlich war eine Art von Transmission, die im achtzehnten Jahrhundert die Umgebung der Bergwerke auf weite Strecken hin beherrscht haben muß: wenn man will, ein Vorläufer unserer Hochspannungsleitungen. Die Wasserkraft wurde vom Schaufelrad über Pleuel auf ein System von gegenläufigen, hin und her gehenden Stangen übertragen. Solche Kunstgezeuge, auf hohen Pfählen montiert, liefen zuweilen kilometerweit über das Gelände hin; sinnreiche Vorrichtungen, sogenannte Kunstkreuze, erlaubten es, die Laufrichtung im rechten Winkel zu ändern.

Sie werden bemerken, daß ich es vermieden habe, eine Maschine aus meiner eigenen Zeit in das Inventar des Gedichtes aufzunehmen. Mit voller Absicht. Was mich hier interessiert, das sind nicht die Maschinen selbst: es ist ihre mechanische Natur. Nicht ihre Funktion, sondern ihr maschineller Charakter. Dieser schwer bestimmbare Zug aber tritt an Maschinen, die veraltet oder zu Kuriosa geworden sind, deutlicher hervor als an jenen, die uns heute umgeben. Er zeigt sich an Vorrichtungen, die außerhalb der alltäglichen Zusammenhänge stehen, und für die die Welt, wie das Gedicht sagt, »keinen Platz hat«.

Daß ein Gedicht von Maschinen handelt, ist natürlich nicht weiter bemerkenswert. Die ältesten mechanischen Vorrichtungen, von denen die Literatur sich Bilder ausgeliehen hat, sind vermutlich der Webstuhl und die Mühle. Seit den Tagen Tennysons gehen immer mehr Maschinen in der Poesie um. Sie haben ihr die verschiedensten Erfahrungen und Gefühlslagen zugeführt: von der naiven Bewunderung (die bei den Futuristen zum Rausch geworden ist) bis zur hemmungslosen Verzweiflung. Auf eine einzige literarische Traditionslinie läßt sich das nicht bringen: eine ganze Reihe von literarischen Entwicklungen beruht auf dem Ausdrucksreichtum der Maschinen. Mit dem, was ich hier ausführen will, hat weder der romantische Enthusiasmus einiger Poeten aus der Kindheit des industriellen Zeitalters, noch die ekstatische Haltung der Futuristen, noch das »realistische« Maschinenpathos der frühen Sowjetpoesie etwas zu tun.

Es ist eine ganz andere, schwer bestimmbare Gefühlslage, die mich interessiert, eine Faszination, die ich in manchen Zeichnungen aus »Un autre monde« von Granville wiederfinde. Dort werden Maschinenteile zu Karikaturen ihrer selbst. Dampfpfeifen und gußeiserne Details nehmen menschliche Gestalt an und führen ein parodistisches Dasein, zugleich biedermeierlich wie im Kindermärchen und fantastisch wie im surrealistischen Gedicht. Die gleiche Faszination zeigt sich in den seltsamen, minutiösen und unfaßbar komplizierten Maschinenbeschreibungen, von denen es in Raymond Roussells

Romanen wimmelt, und sie kehrt, mit erschreckender und glasklarer Deutlichkeit, in Kafkas Erzählung »In der Strafkolonie« wieder, deren Zentrum die Beschreibung einer entsetzlichen Maschine, eines mechanischen Folterwerkzeugs, ist.

Eine ähnliche Erfahrung tritt einem vielleicht aus Marcel Duchamps Glasmalerei »La Mariée, mise à nu par ses célibataires mêmes« entgegen, auf dem merkwürdig benannte Maschinenelemente in einem offenbar zweckvollen, aber unbegreiflichen Prozeß begriffen zu sein scheinen. Alle diese Kunstwerke würden eine ausführliche Interpretation verdienen. Was sie unterscheidet, ist sicherlich nicht weniger wichtig und interessant, als das, was sie gemeinsam haben. Ich begnüge mich hier mit der Feststellung, daß sie allesamt sich ein und derselben spezifischen Erfahrung des Maschinellen annähern. Sie reagieren nicht auf die Maschine, sondern auf den Maschinencharakter, der bei ihnen von einer eigentümlichen, geheimnisvollen und schreckeneinflößenden Aura umgeben scheint. Wir kennen alle dieses Gefühl, und wir sind mit einer Symbolik vertraut, die den berechenbaren Gleichlauf der Maschine der fruchtbaren Unberechenbarkeit des organischen Lebens gegenüberzustellen pflegt.

Die Maschine beunruhigt uns auf ähnliche Weise wie die Idee des Gespenstes: etwas Lebloses bewegt sich und lebt, das heißt: es simuliert Leben. Hebt man die mechanischen Bewegungen der Maschine gegen die Regungen des organischen Lebens ab, so läuft das nicht darauf hinaus, daß die Maschine zum Todessymbol wird. Nicht auf den Tod weist sie hin, sondern auf die Möglichkeit, daß unser eigenes Leben, wie das ihre, ein bloß simuliertes sein könnte.

Wir alle teilen eine Erfahrung, mag man sie Entfremdung nennen, mag man sie in den Marxschen oder Kierkegaardschen Begriffen zu fassen suchen — eine Erfahrung, die uns nötigt, diese Hypothese ins Auge zu fassen: Die Möglichkeit nämlich, daß wir bloße Marionetten sind, mechanische Puppen, Homunculi. Und daraus folgt unvermeidlich die Frage: Wenn dies so wäre, würde es einen Unterschied machen?

La Mettrie ist, soviel ich weiß, der erste, der diese Frage explizit gestellt hat. In den letzten hundert Jahren hat sie sich zunehmend verschärft, wie ein Verdacht, der immer stärker wird.

Dies ist die Erfahrung, die bei der Entstehung meines Gedichts den Ausschlag gegeben hat. Sein Paradoxon besteht darin, daß sie sich bei der Arbeit mit einer anderen, ebenso eigentümlichen Erfahrung gekreuzt hat, was schließlich dazu führt, daß ich in einem Zustand, der andere desorientiert, verwirrt und erschreckt hat, auf paradoxe Weise meine Zuflucht suche.

Manchem Leser mag es wie eine weithergeholte Allegorie vorkommen, daß ich die Sprache mit dem Verhalten der Maschinen vergleiche und behaupte, die Grammatik selber sei eine Maschine. Dazu haben mich einige Gedankengänge der neueren Linguistik veranlaßt, insbesondere die Überlegungen, die sich mit dem Begriff der grammatischen Struktur verbinden. Genauer gesagt, schwebte mir Noam Chomskys Versuch vor, den grammatischen Satz mit Hilfe einer Anzahl von elementaren Operationen zu definieren.

Im Verhältnis zu den Gedanken, zu deren Vermittlung sie dient, behauptet ja die Grammatik eine schier unergründliche Objektivität: ihre Formen geben sich einerseits zu allem her, was denkbar ist, und sie bewahren andrerseits eine gleichsam unmenschliche Selbständigkeit.

Es war Chomsky, der in seiner Untersuchung »Syntactic Structures« die Grammatik als eine Maschine bezeichnet hat: als jene Maschine nämlich, die aus der Mannigfaltigkeit aller theoretisch möglichen Wortkombinationen und Sequenzen, aus dem »Gebrabbel«, von dem das Gedicht spricht, eben jene auswählt, welche die organisierte und verständliche Sprache ausmachen.

Wem dieser Gedanke vertraut geworden ist, der kann sich schwer von der Vorstellung freimachen, daß unseren Worten und unserm Sprechen etwas Mechanisches und gleichsam Unpersönliches anhaftet, als wären nicht wir es, die unsere Gedanken hervorbrächten, sondern als dächte die Sprache in uns, und als liehen wir bloß einer größeren, unübersehbaren sprachlichen Struktur unsere Stimme, die uns durchwüchse, so wie in einem parasitären Pilz das Myocel die Wirtszellen durchdringt. Oder, um den Vergleich zu wechseln: als wäre die Sprache ein enormer, unsichtbarer mechanischer Prozeß.

Es gibt wohl keinen Menschen, der nie erfahren hätte, mit welch paradoxaler Selbständigkeit die Wörter in uns leben und denken, und der es nicht am eigenen Leib erlebt hätte, wie diese Objektivität der Sprache uns mit fremden, entfernten oder halbvergessenen Gedanken, mit verschwundenen historischen Erscheinungen und mit Haltungen behaftet, die uns völlig fremd sind. Man könnte auch sagen: in solchen Erfahrungen schlägt die Logik durch, deren rätselhafte Kraft eben darin liegt, daß aus jedem Satz, den wir äußern, eine unendliche und unüberblickbare Menge von weiteren Sätzen folgt, gleichgültig, ob wir diese Konsequenzen verstehen oder nicht, ob wir sie wahrhaben wollen, oder ob wir sie leugnen. Das Erlebnis, das ich meine, läßt sich auch in mathematischen Begriffen erläutern. Es hat etwas von der Halsstarrigkeit der natürlichen Zahlen. Einmal definiert, lassen sie nur noch jene Verwandlungen und Kombinationen zu, die in ihrer Natur liegen, und sperren sich gegen jede andere Art, sie zu brauchen.

In *ihrer* Natur? Der Natur der Zahlen? Ganz recht. Jedenfalls eher in ihrer als in unserer Natur.

Wir sehen uns also einer fremden, unpersönlichen, unübersehbaren Mannigfaltigkeit ausgesetzt, an der wir auf eine ganz intime Weise teilhaben. Und man kann ebensogut sagen, daß diese Mannigfaltigkeit in uns denkt, wie daß wir uns beim Denken ihrer bedienen.

Die moderne Kybernetik hat eindeutig gezeigt, daß eine ganze Reihe von Eigenschaften, die wir für Eigentümlichkeiten des menschlichen Denkens hielten, von Maschinen simuliert werden können: das Gedächtnis, die Fähigkeit, logische Schlüsse zu ziehen, und das Vermögen, auf Grund gegebener Voraussetzungen eine rational begründete Wahl zu treffen. In den Diskussionen über die modernen Rechenmaschinen und ihre Analogien zum Menschen kann man zuweilen das Argument hören, die Maschine sei »außerstande, zu phantasieren«. Soweit ich sehe, steht aber der Konstruktion einer Maschine nichts im Weg, bei der jede einzelne Operation ähnliche aber nicht identische Operationen auslösen würde, und zwar derart, daß der Ablauf nicht durch logische, sondern durch andere, beispielsweise assoziative Gesetze bestimmt wäre.

Möglicherweise wird mir der eine oder andere Zuhörer oder Leser nun die Absicht zuschreiben, eine deterministische oder mechanistische Philosophie zu entwickeln. Das liegt mir fern. Es hätte mit dem, worauf ich hinauswill, auch nichts zu tun.

Wer in ein kybernetisches Gerät blickt, der sieht keine Gedankengänge, er sieht nur Maschinenteile. Es wäre reinster Animismus, wollten wir dem Gerät Leben zuschreiben. Wer einen Menschen öffnet und hineinblickt, sieht allerdings auch keine Gedanken; nur indem er sich selbst beobachtet, erlebt der Mensch sich als ein Bewußtsein. Wie, wenn auch dies eine animistische Vorstellung wäre?

Der symbolische Wert der Maschinen liegt darin, daß sie uns an die Möglichkeit erinnern, daß unser eigenes Leben in einem ähnlichen Sinn etwas Simuliertes sein könnte wie das ihrige.

Mein Gedicht handelt von dieser Möglichkeit. Der Mensch wird darin aufgefaßt als eine kybernetische Vorrichtung, die mit unserer eigenen Sprache und unserer eigenen Logik programmiert ist. Es handelt sich um einen Versuch, die Perspektive zu verändern und das, was uns am besten bekannt ist, unter einem neuen Gesichtswinkel zu betrachten.

Die Geschichte der Philosophie ist voll von Argumenten, die zeigen sollen, daß das Ich keinen Zugang — jedenfalls keinen direkten Zugang — zum Innenleben anderer Menschen hat, und daß mithin alle andern Menschen außerhalb dieses Ich durchaus bloß Marionetten sein könnten. Sehr viel seltener wird dahingehend argumentiert, daß auch dieses Ich selbst eine Marionette sein könnte, ohne es zu wissen.

Wenn das Innenleben der andern tatsächlich im Sinn jener Philosophen unzugänglich wäre, so hätte dies eine wichtige sprachliche Konsequenz. Es würde bedeuten, daß jedes Wort, das ich gebrauche, beispielsweise das Wort *Apfel* oder das Wort *rot*, zwei verschiedene Bedeutungen hätte: eine öffentliche, die jedermann zugänglich, und eine private, die nicht mitteilbar wäre.

Auf eine solche Betrachtungsweise gründen ich weiß nicht wie viele ästhetische und poetische Doktrinen von der »Unvollkommenheit der Sprache« und von der »linguistischen Mauer«, die den Menschen angeblich von seinen Mitmenschen trennt. Sehr wohl möglich, daß diese Auffassung von einer »antipoetischen Mauer« zu den wichtigsten Quellen des poetischen Purismus gehört, der seinerseits zu den Voraussetzungen der modernen Lyrik überhaupt zählt. Heute kommt mir diese Vorstellung, nach der das einzelne Wort oder die sprachliche Sequenz einen Erlebnisrest enthält oder vielmehr verbirgt, der sich niemals mitteilen läßt, mehr und mehr wie eine Selbsttäuschung vor. Sie ist selber ein Rest, das Überbleibsel alter und unhaltbarer metaphysischer Denkweisen, eine Illusion, die nach wie vor ihrer Überwindung harrt.

Ich bin hingegen der Auffassung, daß mit dem, was gesagt wird, alles gesagt ist, und ich betrachte die Sprache als etwas vollkommen Durchsichtiges: sie schöpft unsere Gedanken ohne Rest aus.

Oder, um es mit einem Gedanken aus Wittgensteins »Philosophischen Untersuchungen« zu sagen: ein sprachlicher Ausdruck, der für andere prinzipiell unverständlich wäre, müßte auch für mich selber, den Sprecher, prinzipiell unverständlich bleiben.

Linguistische Mauern gibt es nicht. Jedes Erlebnis ist (klar oder unklar formuliert) hier und jetzt unverkürzt und erschöpfend zugegen in der Formulierung, die ich ihm gebe. Unsere Worte bergen keine unzugänglichen Reste und keine privaten Bedeutungen. Die Sprache schöpft uns aus. Sie ist das Unpersönliche in uns, und unsere Gedanken existieren nur in diesem unpersönlichen und gleichsam objektiven Medium. Es denkt in uns.

Eine solche Betrachtungsweise muß zu einer Poetik führen, die sich von der des hergebrachten, »klassischen« Modernismus unterscheidet.

Das Gedicht »Die Maschinen« kann als ein anspruchsloses

Bruchstück zu einer solchen Poetik gelten. Es geht davon aus, daß es eine Gemeinschaft gibt, die ein für allemal gegeben ist, und daß diese Gemeinschaft in ihrem innersten Wesen etwas Unpersönliches ist. Und hierin sucht das Gedicht einen Trost.

Es handelt sich, wenn man es so ausdrücken will, um eine Gemeinschaft zwischen Marionetten, die zu leben vorgeben, die ihr Leben bloß simulieren. Aber eben dies ist die Grundbedingung ihrer Gemeinsamkeit, und es wird Zeit, daß wir uns den metaphysischen Schlaf aus den Augen reiben und diese Bedingung ins Auge fassen. Unsere Gemeinsamkeit ist von eigentümlicher Art, sie reicht tief in die Mechanik hinein; aber sie ist immerhin eine Gemeinsamkeit, ja eine Vertrautheit, die wir miteinander teilen.

Wer so denkt, für den liegt die Tragik des Menschen nicht darin, daß er eingeschlossen wäre, daß ihn etwas vom Leben ausschlösse. Und auch nicht darin, daß seine Worte nie ans Ziel kämen. Die Tragik des Menschen, wie die der Maschinen, liegt darin, daß er kein Geheimnis hat.

Die Ballonfahrer

Sieh den langen Herrn dort im hohen Hut.
Er lehnt sich hinaus und späht aus gen Westen.
Es ist früh am Vormittag, ein dröhnendes Licht.

Die Stadt hält sich fern mit ihren Uhren und wartet ab.
Ahnungslos werfen die Turmspitzen blaue Schatten.
Es ist ganz und gar still, es ist kurz vor dem Aufbruch.

Aus der Nähe ist der Ballon gewaltig, wie ein Riesenkürbis
leuchtet und wächst er, er hat viele Farben.
Und das Gemurmel der Zuschauer: ein Hummelschwarm.

Sie rufen und winken den Reisenden zu im Korb,
die tun als sähen sie nichts und hüllen ihr Ziel in Schweigen.
Diese sind unbeweglich und gerüstet zur Reise.

Der Herr im hohen Hut späht immer noch aus
und hebt ein Fernrohr hoch aus leuchtendem Messing,
als blicke er etwas Unsichtbarem nach oder einer Wolke.

Wenn sie aufsteigen, werden sie einschrumpfen zu einem
Punkt,
bis sie die höchsten Luftschichten und den Schnee erreichen.
Der weißeste Schnee, der blendet und kühlt,

wird die Luft erfüllen die sie atmen, ihre Stirn berühren.
Im Herbst kann man ihn fallen sehen als Reif,
den Atem der Höhe der über die Äcker tappt,

und in manchen Herbsten, wenn der Frost früh fällt
wirst du plötzlich an sie denken und an ihre Fahrt,
wie sie immer noch weiter steigen, wie im Schwindel,

höher, durch dünnre als Winterluft,
und tönen wie ein verwitterndes Glas
aus tiefen brüchigen Regenwäldern

und wie sie mit den Jahren immer höher steigen,
bis selbst ihr Andenken spröde wie Glas tönt —
und das ist unerträglich, vergiß mich, hör mir nicht zu!

Eine Lustreise, ein Abenteuer, etwas für Kenner!
Der Herr dort im hellen Jackett mit der blitzblauen Weste
gibt langsam mit behandschuhter Geste das Zeichen.

Der Ballon ist frei, und schon steigt er auf.
Unmerklich sinkt der Jubel zu Boden.

Ein Boot von der Murmansk-Küste

Ein Boot von der Murmansk-Küste, sehr altertümlich. Hoch-bordig, die Spanten zusammengenäht mit Pferdesehnen. Keine Spur von den Rudern. Die Küste flach, kriechende Birken, graue See, Schnee in der Luft. Es sind acht Ruderer an den Duchten, sie schmiegen sich enger aneinander, damit keiner verloren geht. Das Boot bewegt sich plump, es stampft in der Längsrichtung. Niedriger Himmel, hängende Wolken, Schnee in der Dämmerung. Wären wir nicht ganz und gar sicher, daß wir in diesem Boot sitzen, so möchten wir uns fast wünschen, daß dies ein Traum wäre, daß es nicht auf uns ankäme. Und doch, seltsam genug, wir sind es, auf die es ankommt.

Der Hund

»Heim in ein stilleres Land« —
Ein stilleres Land als dies hier gibt es nicht.

Es war sonnig, und ich ging übers Eis,
das große offene Eis, vom Wind reingefegt,

und es war Sonntag. Da sah ich etwas Seltsames,
einen kleinen schwarzen Hund, der ganz allein,

schnurgerade, aus Leibeskräften,
landauswärts lief, dem Offenen zu, dorthin,

wo alles verschwand wie ein Dunst am Horizont.
Er lief sehr schnell und ohne sich umzusehn,

wie ein schwarzes Knäuel über das blanke Blau,
das der Wind erfaßt hat und vor sich hin treibt.

Lange stand ich still da und spähte ihm nach,
doch er schien nicht einzuhalten. Endlich verschwand er.

Ein stilleres Land als dies hier gibt es nicht.

Abschluß in Whorfington

Letztes Kapitel eines imaginären Romans

Ein Monat! Welch ein falsches, unsicheres Versprechen. Zwei, vielleicht drei, was weiß ich!

Mit dumpf zitterndem Körper bahnte sich das Passagierschiff »Le Havre«, behängt mit einem glitzernden Perlenband aus erleuchteten Kabinenfenstern, seinen Weg hinaus aus der Flußmündung.

Die zahllosen kleinen Fähren, die zwischen den Ufern hin- und herkriechen, klagten mit scharfen Signalen von Steuer- und Backbord. Durch das Dunkel der Nacht wurde ihr unruhiges Heulen von dem dumpfen Ton des großen Schiffes beantwortet.

Draußen vor den äußersten Sandbänken, die jetzt, da die Ebbe ihren tiefsten Stand erreicht hatte, wie riesige Walrücken aus dem Wasser ragten, empfing uns eine frische Seebrise.

Bald würden auch die letzten Lichter entschwinden, die unsicher blinkenden Lichtaugen, die sich noch bis zu uns vom Festland her übers Wasser tasteten.

Tatsächlich vergingen 15 Jahre, bevor ich nach Whorfington zurückkehrte. Es war an einem warmen und klaren Junitag. Diesmal kam ich unter viel trivialeren Umständen an und verließ ganz einfach den Zug in der verrauchten, kleinen Bahnhofshalle. Die Reiseplakate und Reklameschilder verschiedener, seit langer Zeit nicht mehr existierender Zigarettenmarken, die noch immer die Wände des Bahnhofsgebäudes schmückten, schienen sich nicht geändert zu haben.

Als ich die vertraute Silhouette der Stadt durch das schmutzige Abteilfenster auftauchen sah, ergriff mich einen Augenblick lang tiefe Unruhe. Doch jetzt war diese völlig verschwunden.

Auf den guten Rat meines Freundes Daniel H. hin nahm ich dieses Mal in einem gutbürgerlichen, altertümlichen Hotel im Zentrum der Stadt Quartier, gleich hinter der alten, aus dem Mittelalter stammenden Stadtmauer. Aufgrund der Jahreszeit fand ich dort nur einige Reisende vor, einen älteren, der seine Tage im Lesezimmer zu verbringen schien, wo er Briefe schrieb, zwei hagere Lehrerinnen in den Dreißigern und einen Studenten.

Nachdem ich mich in dem fadenscheinigen, doch merkwürdig gemütlichen Zimmer heimisch gemacht hatte, begab ich mich wieder hinunter in die Empfangshalle. Mein erster Impuls war, das Telephonbuch der Stadt zu verlangen. Mein Wunsch weckte keinerlei Aufsehen.

Ich ließ mich mit Papier und Bleistift nieder. Der dumpfe Klang der Kirchenglocken schwang durch das halboffene Fenster, ein schwacher Apfelduft vermischte sich mit der eigentümlich erstickenden Atmosphäre des Rauchsalons.

Welch merkwürdiges Gefühl! Nichts deutete darauf hin, daß so viel Zeit vergangen war. Der Apfelduft, die Kirchenglocken, alles war wie in jenem fernen Sommer vor mehr als fünfzehn Jahren.

Schaudernd sah ich mich im Zimmer um, um mich zu vergewissern, daß niemand mich wiedererkannte. Welch sinnlose Befürchtung.

Dr. Alberstein wohnte offensichtlich noch an gleicher Stelle, wenn die Adresse mir recht in Erinnerung war. Jedenfalls hatte die Straße damals einen ähnlichen Namen. Ich konnte mich nicht eines Lächelns erwehren, als ich seinen Namen zwischen zwei anderen Albersteins entdeckte, der eine offensichtlich Augenarzt und der andere Versicherungsagent. Hatte er jemals eingesehen, welch unschätzbare Hilfe er mir damals leistete, als er mir jenes zerschlissene und befleckte Exemplar Adolf Brochs »Eurydike« lieh? Ich glaube nicht.

Einen Augenblick lang spielte ich mit dem sentimentalen Gedanken, ihn aufzusuchen, mich wieder im tiefen Sessel seiner Bibliothek niederzulassen, um eines unserer langsamen, schläfrigen Gespräche über die »Gewebe«, »die drei Schlösser« oder »den allgemeinen Index« aufzunehmen, als mir plötzlich auffiel, daß dieser Alberstein die Initialen T. H. besaß, während der alte Philanthrop Theodor V. geheißen hatte.

Konnte es ein Druckfehler im Telephonbuch sein? Aber warum gerade bei seinem Namen? Oder handelte es sich um einen Verwandten? Einen Sohn vielleicht?

Ich blätterte weiter. Wie schnell die Zeit vergeht! Kaum einen der gesuchten Namen fand ich vor. Roland Berth mußte seine Studien fortgesetzt haben, denn er war als Leiter eines Forschungsinstituts angegeben. Also war es nur Zufall gewesen, daß ich ihn an jenem Abend, an dem ich ihn verzweifelt am Telephon zu erreichen versuchte, nicht antraf. Von Betsina von Behr und ihrem extravaganten Mann fand sich keine Spur. So viele Namen, nach denen ich suchen konnte, und von den Wichtigsten kaum eine Spur!

Fast widerwillig — und vielleicht war diese ganze planlose Suche im Telephonbuch nur ein bewußter Versuch, den Beschluß aufzuschieben — entschloß ich mich zuerst und vor allem, Greenwood aufzusuchen. Noch auf der Schwelle empfand ich fast kindlichen Trotz, ähnlich dem eines kleinen Jungen, der weiß, daß er sich bei jemanden unmöglich gemacht hat, auf dessen Urteil große Teile seiner Selbstachtung beruhen.

Als die Tür sich schließlich öffnete und er vor mir stand, war der einzige Unterschied der Stock, auf den er sich mit der rechten Hand stützte und den er während des ganzen Besuches in Reichweite behielt. Es gelang mir nicht, zu sehen, ob er hinkte, noch weniger, zu fragen warum.

Er zeigte nicht das geringste Erstaunen darüber, mich zu sehen, auch nicht die Geringschätzung, der ich ständig in seinem Tonfall nachspürte. Wir wanden uns durch die zu dicht möblierten Zimmer, die gleichen Zimmer, durch die ich mich rasend zwischen Tischen und Stühlen durchgeboxt hatte, und ließen uns in dem kleinen Eßzimmer nieder, in dem noch immer in majestätischer Einsamkeit Hastings »Boote bei Perth« vor einer Tapete hingen, die möglicherweise mit den Jahren etwas verblichen war.

Ich hatte erwartet, daß sich das Gespräch von selbst entwickeln würde, daß er vielleicht auf seine schnelle, energische Art einige einleitende Fragen stellen würde. Viele Einzelheiten mußten ihm noch heute unklar sein. Auch mußte er eingesehen haben, welch schicksalsträchtige Rolle er in den bizarren und aufrührenden Ereignissen der letzten Tage gespielt hatte.

Statt dessen schien es so, als ob er mir die Einleitung des Gespräches überlassen wollte. Ich hätte dies gerne getan, ja einen Augenblick lang schien mir ein fast unmerkliches Flehen in seiner Körperhaltung diese Bitte zuzurufen. Doch wo sollte ich beginnen? Was wußte er, und was wußte er nicht?

Jetzt, wenn ich nachträglich dieses Gespräch überdenke, scheint es mir jedoch, so ist jedenfalls mein Eindruck, daß er an meinem Aufenthalt in Whorfington vor 15 Jahren völlig desinteressiert war.

Kühl begannen wir also ein Gespräch, das ständig um reine Nebensächlichkeiten kreiste, die Veränderung des Stadtbildes, die neuen Flugzeugfabriken in Aft, zwei Kilometer außerhalb der Stadt, und die häßliche Brücke, die die schöne alte Promenade zerstörte, auf der ich einmal Elisabeth Weed heftig ihr hart zusammengeknülltes Taschentuch entrissen hatte.

»Über die Brücke fließt jetzt«, sagte er, »ununterbrochen ein Strom schwerer Lastautos, Motorräder und Kraftfahrzeuge. Die Nachtigallen in den Büschen an der Ruine kann man nicht mehr schlagen hören.«

Wir trennten uns unter höflichen, doch gänzlich unpersönlichen Artigkeitsbeweisen: die Vergangenheit schien keine Spuren bei ihm hinterlassen zu haben. Nur einmal, als er während des Gesprächs eine »persönliche Katastrophe« in der

Vergangenheit andeutete, wurde ich etwas unruhig; doch ich beruhigte mich schnell, als ich verstand, daß er den Brand meinte, bei dem er einmal das Arbeitsresultat dreier Jahre verloren hatte.

Über diesen Brand hörte ich ihn schon sprechen, als wir uns zum ersten Mal auf den Feldern von Aft trafen. Das Ereignis war in der ganzen Stadt bekannt.

Einige Tage vergingen. Noch immer herrschte das gleich strahlende Juniwetter. Ich wanderte umher, erneuerte die Bekanntschaft mit Straßen und Plätzen, sah, wie die Jahre die Stadt verändert hatten. Ich ging wieder über die alte Brücke bei Rhee und fragte mich, was wohl aus dem dänischen Theologen Söndertoft geworden war und welche verwickelten Motive ihn veranlaßt haben mochten, mir an jenem Tag, an dem Elisabeth verschwand, sein schwer im Gleichgewicht zu haltendes Fahrrad zu leihen. Niemand, mit dem ich sprach, erinnert sich an ihn. Für sie konnte er ebensogut nie existiert haben.

Natürlich traf ich auch Elisabeth Weed. Tatsächlich traf ich sie aus reinem Zufall. Sie kam unter den betäubend duftenden Balsampappeln über den Schulhof und hatte einen Packen unkorrigierter Schülerarbeiten unter dem Arm. Ihr Schritt war ebenso kraftvoll, ihr Haar ebenso schwarz, nur ihr Profil etwas schärfer. Sie musterte mich lange mit ihren klugen, kurzsichtigen Augen. Es war eine Enttäuschung, ich muß es gestehen, daß sie mich überhaupt nicht erkannte. Nicht einmal, als ich meinen Namen nannte, schien sie zu reagieren. Erst als ich auf unsere gemeinsame Bekanntschaft mit Greenwood hinwies, leuchtete ihr Gesicht auf.

»Oh«, sagte sie mit unbeschreiblich strahlendem Lächeln, »dann sind Sie ja dieser *lustige Ausländer, der mit mir eine Fahrradtour machen wollte.* Sie verkehrten damals mit Dr. Alberstein. Wie ist die Welt mit Ihnen umgegangen? Sie wohnen im Ausland, nicht wahr? Finden Sie nicht, daß die Stadt sich ganz schön verändert hat?«

Ich nickte stumm.

»Oh, jetzt erinnere ich mich«, fuhr sie mit dem gleichen himmlischen Lächeln fort, »hatten wir nicht einmal einen heftigen Streit über den Windflügel da oben am Turm, erinnern Sie sich?«

Ich wagte nicht zu antworten. Ich wußte, daß wir an einem entscheidenden Wendepunkt unseres Gesprächs angelangt waren. Ich wußte, daß das, was sie nun sagen würde, alle diese Jahre zusammenknüpfen würde und endlich dem »Gewebe«, dem entsetzlichen, unübersehbaren, sinnlosen »Gewebe«, einen Sinn geben würde, den es doch einmal gehabt haben mußte.

Während ich auf diese Antwort wartete, die zuletzt, wie immer sie auch ausfallen mochte, Ankunft und Ende bedeuten mußte, betrachtete ich ihr noch immer schönes Gesicht, und mir fiel auf, daß es mit den Jahren immer freundlicher geworden war und gleichzeitig mehr das einer Lehrerin. Ich fragte mich, was wohl geschehen wäre, wenn ich an jenem regnerischen Aprilabend nicht so brutal und endgültig in ihr Leben eingegriffen hätte.

». . . ich habe nachgesehen. *Sie hatten tatsächlich recht. Er war einmal aus Eisen, doch jemand hat ihn gegen einen aus Bronze ausgetauscht.* Das muß nach ihrer Abreise geschehen sein.«

Ich nickte freundlich:

»Und Sie, Elisabeth, Sie sind mit den Jahren immer schöner geworden.«

Von den restlichen Tagen in Whorfington ist mir nicht viel in Erinnerung. Ich erinnere mich an einen überwältigend blauen Himmel, Sonnenlicht, ausgestorbene Straßen, halbleere Cafés, in denen schläfrige Kellner Bierflecken von den Tischen wischten, während sie eine Melodie summten, die recht gut das »Lied von Henriette« gewesen sein mag.

Ich erinnere mich an eine überwältigende Leere, als ob die Stadt für immer entvölkert sei, und an ein Gefühl, daß ich in meinem Leben nicht mehr zu Hause war, ja eigentlich nie in ihm zu Hause gewesen bin.

Nach zehn Tagen reiste ich nach Bristol. Ich sah Whorfington nie wieder.

Die Sportfischer

Die ältesten Landkarten sind nicht besonders genau. Sie zeigen nur einen langen sich windenden Wasserschlauch, der sich hier und da zu Seen erweitert. Die paar neueren Karten sind nicht viel genauer, und zudem erschien die letzte zwischen 1905 und 1912 — warum später keine, ist mir unbekannt.

Jedenfalls kann man auf ihnen sehen, daß die Seen beträchtliche Höhenunterschiede aufweisen. Der oberste liegt 200 Meter über dem Meer, nur 30 Kilometer entfernt liegt der Tiefpaddensee auf nur 110 Meter Höhe, und so geht es weiter. Es sind ungefähr zehn Seen oder mehr — vielleicht fünfzehn, ich erinnere mich nicht mehr genau, die eine Art Treppe bilden, von Norden nach Süden absteigend. Die Höhenunterschiede werden durch eine Anzahl grüner, algenbewachsener Schleusen ausgeglichen, die meist im Schatten hoher Laubbäume liegen und deren Schleusentore und Luken so fest sitzen, daß sie nur selten von einem Mann allein bewegt werden können. Natürlich ist es ein Wagnis, sich ihrer zu bedienen. Die Risse in den Toren sind so groß, daß ständig Kaskaden dunkelbraunen Wassers aus ihnen schießen. An den Steinmauern hängen rostige Eisenringe, an den Bassinkanten stehen abgenutzte Steinpflöcke, an denen die Schiffe vertaut wurden. Selten sieht man jemanden, und die Häuschen der Schleusenwärter sind in der Regel verfallene Hütten. Die Fenster sind eingeschlagen, und jemand versuchte sie meist mit Zeitungen zu ersetzen, die vergilbt in den Rahmen hängen.

Vor allem im Süden befinden sich ausgedehnte Sümpfe längs des Flusses. Das Wasser verbirgt sich hier erst in dichtem Schilf und ergießt sich dann in sumpfige Wiesen, die weder Land noch Wasser sind. Dort nisten riesige Vogelschwärme, und es wuchern allerlei Wasserpflanzen mit fetten, blanken Blättern und schreiend gelben Blumen.

Doch längs des Flusses findet man manchmal Inseln mit festem Boden, schmale Wege, die zum Wasser führen, Pfade, die ihn unter Gewölben aus Grün begleiten, und grobschlächtige Steinblöcke, die ins Wasser hinausragen. Manchmal so häufig, daß man vom einen zum anderen springen kann.

Einige liegen weit draußen in der Flußbiegung, und ein weißer Farbklecks auf der einen oder anderen Seite zeigt an, auf welcher Seite man verräterischen Unterwasserklippen entgehen kann.

Überall strömt das Wasser sehr langsam.

Im Osten und Westen: Riesige Fichtenwälder, ein einziger zusammenhängender Teppich aus Grün, kilometerweit. Steinige Hänge, Moore und Bergen gleichende Hügel, die im Sonnenuntergang feierlich blaue Konturen an den Himmel setzen.

Die Eisenbahnlinie zwischen Y. und A. führt einige Zeit am Wasser entlang. Man sieht vom Abteilfenster über die schwarze Flutfurche, in der einige Felsen draußen im Fahrwasser liegen. Auf den Uferwiesen fliehen bei jedem Nahen des Zuges Kühe entsetzt zur Seite. Danach verschwindet die Eisenbahnlinie im Wald und verläßt die Gegend.

Im Juni kommt jedoch Leben in sie. Freundlicher Wind fächelt durch die Erlen am Ufer. Im langsam fließenden Wasser, zwischen schwarzquellenden Wirbeln erblühen die Wasserrosen.

Der eine oder andere Angler sitzt an den Schleusen. Die Angelrute aus Haselstrauch und für die Würmer eine Blechdose. Still stehen die Fische im luftreichen Wasser unterhalb der Schleusen, im kalten, mit Säure angereichertem Wasser, das aus den Spalten zwischen den dunklen, glitschigen Toren strömt.

Im Juni geschieht noch immer nichts. Das Wetter ist meist ausgezeichnet — warm und trocken.

Auf einsamen und dschungelartig überwucherten Inseln liegen die Reste verfallener Hüttenwerke. Da sind noch Halden aus Schlacke — so hoch, daß man kaum glaubt, daß sie von Menschen und nicht von der Natur geschaffen wurden. Auf ihnen wuchern Himbeersträucher, Brennesseln und Wolfsmilch. Gerade dort findet man auch eine besondere Art schwarzer Morcheln, die, wenn man sie zu früh sammelt, giftig sein sollen. Später, wenn die ersten Regen den Boden waschen, sollen sie ungefährlicher sein. Diejenigen, die sie gekostet haben, sagen, sie seien ausgezeichnet.

Im Juli folgen lange Regen. Der Himmel hängt tief und grau über dem Wasser, Vögel schreien und fliegen in Schwärmen beim Nahen eines Schiffes auf. Wassergeruch hängt in der Luft. Manchmal kommt drei Tage lang die Sonne heraus, es wird heiß, Sonnenglast flimmert über dem Wasser, von alten Booten steigt Teerduft auf, Brandrauch kriecht langsam über das Wasser. Dann kommt der Regen zurück.

Ein ausdauernder Regen. Im Juli ist es noch immer sehr ruhig.

Anfang August kommen dann einige hohe, reine Tage, mit klarer Luft und kräftigem Wind.

Dann kommen sie. Man sieht, wie der Wind ihre dünnen Leinen mit den farbprächtigen fliegengeschmückten Haken über das Wasser zerrt.

Eines Morgens ist der erste da. Auf einem Stein, weit draußen im Strombett, wo das Wasser reißend und tief ist. In
hohen Stiefeln und einem Hut, an dem die farbenprächtigen
kleinen Haken hängen.
Und mit diesen Hosen aus merkwürdigem, lederähnlichen
Material, mit roten, farbenprächtigen Hemden und manchmal mit Handschuhen aus schwarzem Gummi.
Bald kommen mehr.
Auf jedem Platz ist nur einer, doch weiter vom Ufer entfernt,
im Schatten der Bäume, da steht ein Helfer.
Sie stehen, sehr geduldig, im reißenden Wasser und schwingen ihre weichen, biegsamen Rutenenden hin und her.
Die Leinen, fein fast wie Spinnfäden, werden vom Wind hin-
ausgetrieben und landen genau vor dem Stein oder neben
dem Flußwirbel.
Um die Haken sind allerlei Haare geknotet. Biberhaar, das
Brusthaar von Dachsen, Schwanzhaar schwarzer Hunde,
das feine Brusthaar von Eichhörnchen, Haare ungeborener
Seehunde, die Schwanzfedern von Fasanen und Hähnen, die
sehr weichen Haare, aus denen manche Vogelarten ihre Nester
bauen. Die Haken mit diesen Federn und Haaren (in allen nur
denkbaren Kombinationen) tragen lustige und die Phantasie
reizende Namen: Greenwells Glory, Mallard Claret & Blue,
Alexandra, black Guat, Butcher.
Der Hochsommer naht, das Wasser sinkt.
Bald sieht man sie an allen Ufern. Die Leinen flattern im
Wind, der in kleinen, schwachen Atemstößen über das Wasser perlt. Die Angelruten peitschen und schlagen.
Es ist erstaunlich, daß sich die Leinen nicht verheddern, man
kann kaum mehr zum Ufer hinuntergehen. Überall stößt man
auf jemanden unter einem Baum. Er sieht auf, nickt bedächtig
und geht danach wieder dazu über, ebenso schweigsam und
feierlich die Arbeit seiner Kameraden draußen im Wasser zu
betrachten.
Jedoch: am 20. August treibt eine Kuh im Wasser heran, eine
entsetzlich aufgeschwollene Kuh, ertrunken. Ihr Bauch ist
groß und weiß wie ein Luftballon. Fliegenwolken steigen von
ihr auf, und wenn sie sich ab und zu in den über das Wasser
hängenden Zweigen verfängt, breitet sich erstickender Gestank aus.
Kinder kriechen auf den langen, kräftigen Ästen hinaus über
das Wasser, stochern mit ihren Stecken und versuchen, den
riesigen Magen zu durchlöchern, bis sie wieder in Bewegung
gerät, langsam hinaus in die Flut gleitet und ihre schwerfäl-
lige Reise zur nächsten Schleuse fortsetzt. Dort angelangt,
verbreitet sich Schrecken und Aufregung. Das altertümliche
Telephon im Kolonialwarenladen wird in Bewegung gesetzt,

um den Tierarzt herbeizurufen. In der Dämmerung wird die stinkende und zerfallene Masse auf einen Lastwagen geladen und abtransportiert. Und niemand sagt ein Wort.

Einige Tage vergehen. Das gleiche Wetter jeden Tag. Erst strahlender Sonnenschein, dann lähmend lastende Hitze, in der sich kein Blatt rühren will. Gegen Nachmittag heftige Gewitter, Blitzeinschläge im Transformatorhäuschen, zersplitternde Fichten draußen auf einsamen Inseln, zerschmelzende Sicherungen in den Telephonstationen.

Tags darauf treibt ein anderer Kadaver heran. Er hakt sich unter Zweigen fest und schwingt langsam im Wasser auf und ab.

Die Luft ist elektrisch geladen, und die Fische gehen aus reiner Nervosität ins Netz. Mehr Tiere sterben. Einige sind schwer verletzt, mit unerklärlichen Hiebwunden an der Stirn, mit Schwänzen, die an mehreren Stellen gebrochen sind, mit ausgestochenen Augen, die tiefe schrecklich blutende Wunden im Schädel hinterlassen.

Der Provinzarzt naht in seinem schwarzen, staubigen Auto, um einen vergifteten Brunnen zu untersuchen. Er schüttelt einige Wassertropfen ab, die unschuldig auf seinem Ärmel zittern, hebt sein schweißbedecktes, bekümmertes Gesicht und schüttelt den Kopf.

Niemand sagt ein Wort.

Doch alle schütteln wie er den Kopf.

Die Nächte werden schneller dunkler. Im Wald schießen Pilze wie jedes Jahr aus dem Boden, ohne daß jemand Trost in dieser Tatsache findet.

In der Nacht zum 28. August wird der Nachthimmel durch ein Feuer erleuchtet. Ein ganzer Hof brennt ab, und der jungen Familie, die dort wohnte, gelingt es nicht, dem Feuer zu entkommen. Die Spielzeuge der Kinder werden an der Wiege gefunden, als der Dorfpolizist mit bekümmertem Gesicht zwischen den glühenden Balken mit Meßband und Schäferhund herumwandert.

Und der Provinzarzt, der neben ihm steht, schüttelt seinen Kopf und murmelt leise zu den um ihn Herumstehenden:

Gute Leute, wie lange nehmt ihr das hin?

Keine Antwort. Der Provinzarzt ist ein magerer, kurzsichtiger Mann.

Auf den Wiesen sieht man jetzt keine Tiere. Sie stampfen in ihren Ställen, wittern nervös und brüllen unruhig, sobald jemand langsam die schweren quietschenden Stalltüren öffnet.

Die Sportfischer sind unterdessen weiter draußen im Wasser. Ihre Mithelfer sind aus dem Schatten der Bäume hervorgetreten. Die Tage sind nicht mehr so warm. Die kleinen farbenprächtigen Fliegen flattern in der Luft, die großen blanken Fische kämpfen gegen die Strömung.

Die Barsche mit ihren uralten, breiten Gesichtern und weißen Bärten unter den Mäulern halten sich still und atmen an den tiefsten Stellen der Seen. Die Aale ringeln sich und mästen sich an den Kuhkadavern, die noch immer an den Ufern herumliegen und verwesen.

Drei Tage später findet man den alten Volksschullehrer mit gebrochenem Genick im Dunkel seines Kellers. Viele der Erwachsenen saßen als Kinder vor ihm in den Bänken und lauschten seinen Ausführungen über die beste Art, Hechte zu fangen, und wie er von den seltsamen Gewohnheiten der Motten berichtete.

Der Dorfpolizist kommt mit seinem Hund, und wieder naht sich der Provinzarzt. Sonst ist niemand da. Heftig rauscht der Regen.

Der Provinzarzt schüttelt seinen Kopf. Er ist grau.

Diese freundlichen Menschen, warum nehmen sie das hin?

Doch keiner weiß Antwort. Die Tage vergehen. Die Nächte werden dunkler.

Kleine Lämmer liegen mit entsetzlich aufgeschnittenen, entstellten Bäuchen auf den Äckern. In die Wunden stopfte jemand Ackerdisteln mit drohend dornigen Stielen. Die Zäune sind umgeworfen, die Pfähle liegen herum. Plärrende Kinder sitzen im Gras, unverletzt, doch mit zertrampelten Spielzeugen. Schluchzend werden sie von ihren Müttern ins Haus getragen, bevor diese wieder an ihre Arbeit gehen. Die Männer sind außer Haus und vermeiden es, miteinander zu sprechen.

Mit ihren langen, bläulich schimmernden Handschuhen ziehen die Sportfischer die Fische aus dem herbstlich kühlen Wasser und lassen sie in ihre Körbe gleiten, die mit ebenso bläulichschwarzem Gummi ausgekleidet sind, um sie kühl zu halten.

Auf dem Fluß sieht man keine Schiffe, doch an den Ufern peitschen die kleinen, schnellen, farbenprächtigen Fliegen durch die Luft.

Der Zug hält nur kurz am weißen Vorhof des Bahnhofsgebäudes. Die Post wird ausgeladen, und andere Säcke werden in dem Postwagen verstaut. Ein vereinzelter Reisender steigt aus und entschwindet in Richtung Bahnhofspension.

Wie gesagt: dies ist eine unbedeutende Eisenbahnlinie.

Am 1. September, etwas verspätet, kommt ein Reisender mit zwei schweren Kisten aus Leichtmetall an. An einem Schulterriemen trägt er eine schwarze Aktentasche. Der Bahnhofsträger lastet sein schnelles leichtes Motorrad aus dem Gepäckwagen. Der Bahnhofswärter schüttelt die Hand des Reisenden wie die eines alten Bekannten.

Zu dieser Zeit lebt das ganze Dorf in Furcht. Alle Türen sind verriegelt, den Kindern ist es verboten, draußen zu spielen (obwohl in nur einigen Tagen die Schule beginnt). Die Nächte werden durch Brände erhellt. Draußen auf den Feldern hört man die klagenden Laute von Tieren, die einen Tod voller Schmerzen sterben, denen jedoch niemand wagt, zur Hilfe zu kommen. Verriegelungen brechen auf, Transformatorhäuschen explodieren aus unerklärlichen Gründen, Telephonleitungen hängen zerrissen an den Masten. Die Männer gehen abwesend an ihre Arbeit, sie halten sich nahe an den Häusern.

Der alte Provinzarzt bricht in Tränen aus, als er konstatieren muß, daß selbst das abgelegenste, bisher verschont gebliebene Dorf von der unerklärlichen Milzbrandepidemie befallen wurde. Er schluchzt und seufzt:

Gute Leute, wie lange laßt ihr euch so behandeln?

Es ist sehr windstill, ruhig und klar. Mit schmaleingefaßter Brille und mit weißer Sportmütze auf dem Kopf geht der Reisende vom Zug zielbewußt zum Hotel. Er grüßt wie in früheren Jahren und voller Respekt werden seine Koffer nach oben getragen, sein Motorrad wird sorgfältig im Hof abgestellt.

Er nickt freundlich, doch abwesend. Er ist gar nicht so unähnlich einem Kirchenmann, wenn man ihn mit schmalen Händen vom Kuchen nehmen sieht, den ihm die Wirtin anbietet. Viele der Anwesenden gehen zu seinem Tisch und heißen ihn willkommen. Er antwortet freundlich, doch ausweichend und begibt sich bald auf sein Zimmer.

Von dort hört man noch lange metallische Laute beim Auspacken seiner Koffer. Klang von Stahlrohren, die mit ausgeklügelten Kopplungen miteinander verbunden werden. Flügelschrauben werden angezogen, feine Schrauben eingestellt, Glaslinsen werden geputzt, Instrumente angeschraubt, blanke Metallflächen werden mit Spezialöl, das einen besonderen Duft ausströmt, eingerieben.

Doch bald danach herrscht Stille. Er weiß, daß er einen arbeitsreichen Tag vor sich hat.

Am folgenden Morgen: der erste Herbsttag mit klarer und reiner Luft. Die Vögel flattern im Gestrüpp. Die Schatten sind klar und scharf, hoch steht das Licht.

Doch heute wagt sich niemand hinaus. Alle Türen sind verriegelt.

Als sein Motorrad früh im Morgengrauen startet und mit bösem Knattern den Hügel hinauf entschwindet, bewegen vorsichtige Hände die Gardinen zur Seite, vorsichtige Gesichter blicken ihm nach.

Er fährt schnell und konzentriert, legt Kilometer nach Kilometer zurück. An der Wegscheide biegt er nach rechts ein und gelangt bald so weit östlich, daß er bald die alten, roten, zerfallenen Häuschen an der Schleuse zum ersten See sehen kann. Hier verläßt er den Weg, stellt das Motorrad ordentlich in ein Gebüsch und verschwindet im Grünen. Von früher her weiß er, daß sich die meisten von ihnen hier aufhalten. Von einer nahegelegenen Höhe aus kann er bald danach ihre farbenprächtigen Hemden und lustigen Hüte sehen. Sie sind unruhig, bewegen sich hin und her, sprechen miteinander und deuten in verschiedene Richtungen.

Sorgfältig wählt er sich den rechten Platz aus, stellt ohne Hast die Koordinaten ein, putzt unablässig seine Brille mit einem großkarierten Taschentuch, schraubt die kleinen, schwarzlackierten Schrauben ein und mißt im Diopter. Neben ihm wird die Stille plötzlich durch ein zwitscherndes Rotkehlchen unterbrochen.

Mit kleinem Lächeln erinnert er sich, wie er Jahr für Jahr zu dem gleichen Zweck in diese Gegend kam, wie er jedesmal mit seinem kleinen, schnellen Motorrad rasch zwischen westlichem und östlichem Ufer hin- und hergefahren war, wie er dankbar nach vollbrachtem Tagewerk eine starke Tasse Kaffee entgegengenommen hatte, die ihm mit einem Stück Weißbrot von der dankbaren Bevölkerung in den Bauernhöfen, an denen er vorbeikam, überreicht wurde.

Er erinnert sich an die großen und die kleinen Fänge und wie er gewöhnlicherweise in den Höfen den Kindern, die zutraulich auf seine Knie klettern, erzählt, wie er einen ganzen Nachmittag jagte und es dennoch einem von ihnen gelang, sich in einer Felsspalte zu verbergen, unsichtbar zwischen hohen Steinblöcken, so daß er fast die Hoffnung aufgab, bevor es ihm gelang. Und er verrät seine Tricks und seine Listen, wie sie ihn zwangen, den Platz zu wechseln, er schlau wie ein alter Fuchs oder besser wie ein freundlicher alter Vogel, der auf Steinen von einem Ufer zum anderen hüpft, um sie zu überraschen, bis keiner mehr übrig war. Und in den Höfen schlug man erstaunt die Hände zusammen und lauschte atemlos seinen Erzählungen. Groß und Klein mit der gleichen Mischung aus Zuneigung und Respekt.

Er weiß, daß zu dieser Jahreszeit niemand mehr ersehnt sein kann als er.

Es ist jetzt halb acht. Er hat keine Eile, zündet seine Pfeife an, bringt seine Ausrüstung in Ordnung und sieht auf zu den Baumwipfeln.

Dann putzt er seine Brille und nähert sein Auge der geschliffenen Linse des Diopters. Die Unruhe dort unten hat sich gelegt. Sie sprechen nicht mehr unruhig miteinander, sondern bauen die gewöhnlichen Reihen auf. Die farbenfrohen Fliegen zischen durch die Luft, die Leinen flattern wie Wimpel im Wind. Und hinter jedem, im Schatten der Bäume, steht ein Mithelfer, mit langen blauschillernden Handschuhen, die bis zum Armbogen reichen.

Zwanzig oder dreißig sind es allein auf dieser Seite des Ufers.

Sorgfältig prüft er das blaublanke schwerkalibrige Rohr; es ragt schräg in den Himmel. Ein letztes Mal kontrolliert er die Lafettenbeine, versichert sich, daß sie fest auf dem Geröll ruhen, so daß das Geschütz nicht rutscht und Unsinn anstellt. Die Prunksüchtigen dort unten schwingen ihre Ruten.

Der Herbst ist endlich gekommen, ruhevoll und rein.

Ein Vormittag in Schweden

Vormittag,
und es wehte, flatterte, zog
an den Flaggen der Vorstadt, Eis
lag unter den weißen Birken.

Da kommt einer vorbei in schwarzen Kleidern
und geht mit schweren Schritten
als hätte er einen langen Weg.
Aus freien Stücken steigt die Straße
bergan, wo er hingeht.

Freilich kannte ich ihn, könnte erzählen
von ihm
und all seinen Wegen.
Jetzt weht es schon viel weniger als zuvor.
Die weißen Birken stehen sehr still.
Das Eis zu ihren Füßen ist blank. Sonnenschein.

Vom Horizont her
wo des Himmels Licht nicht schwächer als hier ist
kommt ein kleiner Schienenbus auf seiner Spur.
Hier bleibt er eine Weile, steht und verschwindet,
ohne daß jemand ausgestiegen ist.

Eine Erzählung aus Rußland

Es gibt eine Art größerer Gebäude
bei denen Haus und Fenster nicht zueinander passen.
Das hat zur Folge: ein unerträgliches Starren.
Was da so starrt, sind die Fenster.

Ein hagerer Herr, zu Besuch auf einem der Ämter,
läßt auf einem Stuhl einen groben Handschuh zurück, und
geht seines Wegs.

Der Finder heißt Y. Es ist bitter kalt. Er nimmt ihn an sich.
Man verwechselt ihn, hält ihn für Z. So gerät er ins Unglück.

So treten wir ein in die Urwälder der europäischen Bildung.
Tragödien, Verwechslungen, galante Feste. Genau genommen
ein seltsames Muster, das unsre Lose bilden: M. A. . . ., ganz
allein,
»parmi les proses écrasées de sa jeunesse«.

Aber außerhalb jeder Prosa ist es ganz und gar still. Winter-
nacht.
Prüf die Geschichte genau: ebensowohl könnte sie nie geschehen sein,

die Geschichte: Fürsten, Aufruhr, Geschichten. Ein Dunkel.
Bitter kalt, hellster Mondschein und nicht einmal eine Schlitten-
spur.

Was da so starrt, sind die Fenster.

Dritte Strophe. »M. A. . . .« Gemeint ist Herr Arenander, der Held
meines Romans *Der eigentliche Bericht über Herrn Arenander*. Das
Zitat in französischer Sprache ist frei erfunden, und zwar zu dem
Zweck, ein Zitat vorzutäuschen.

Ein rätselhaftes Verschwinden

Es steht geschrieben: Im März 1858 kaufte ein Mann,
wohnhaft in Gnarp, einem abgelegenen Weiler,
Kugeln, Schnur und Pulver für einen kleinen Betrag,
der in den Büchern steht, heut noch zu lesen.
Wahrscheinlich wollte er balzende Birkhühner schießen.

Von hier an verschwindet die Spur unter den Fichten,
wir verlieren ihn aus den Augen,
nicht zufällig, sondern für immer,
und jede Hoffnung als wäre er dort noch,
eine dunkle und abgeschabte Gestalt,
unterwegs übers Moor, durchs Preiselbeerkraut,
und als könnten wir ihm eines Morgens begegnen, ist eitel.

Ihr müßt mich verstehen. Bedenkt:
Nie werden wir wissen wer er war,
und sollte unser Gesicht für einen Augenblick,
spät abends wenn Müdigkeit uns die Binde löst
und uns zeigt, daß wir niemand sind oder alle,
seine Züge annehmen, aufnehmen in sich seine Augen,
wir würden es nicht bemerken, es verstörte uns nicht.

Fortgegangen, um nach Vögeln zu suchen,
ist er für alle Tage und Nächte verschwunden.

Erste Zeile: »Es steht geschrieben«: aus einem alten Kontobuch
zur Abrechnung der Virsboer Hütte mit dem Weiler Gnarp um die
Mitte des letzten Jahrhunderts. Das Buch wurde bei einer Archiv-
revision im Jahre 1956 aufgefunden.
Die Familie Jansson aus Gnarp hat mich auf das fragliche Fragment
aufmerksam gemacht, und ich danke ihr dafür.

Die Brücken von Königsberg

In der Stadt Königsberg (Ostpreußen)
gibt es eine Insel, den Kneiphof,
der zwischen zwei Armen des Pregel liegt.
Über die Arme des Flusses gehn sieben Brücken.

Sieben Brücken. Und jede nur einmal.
Jetzt hört man das Wasser von allen Seiten.
Es ist ein blindes, es ist ein schwarzes,
es ist ein nächtliches, es ist dreierlei Wasser.

Kirchen und Türme und schiefe und grüne Dächer.
Hier ist eine Treppe. Hier ist ein Haus.
Hier ist der Hund der im Hof bellt.
Er ist schwarz, ganz schwarz. Er bellt.

Jahre. Jahre und Tage. Wie ein Ei dem andern.
Hört ihr mich? Ich bin eingeschlossen.
Man hört es nicht. Wie die Halbkugeln von Magdeburg.
Gleich. Ungleich. Wie ein Apfel dem andern.

Von fernher ein frischer Oktober. Hundegebell,
Stimmen. Immer eine Brücke nach der andern,
nie ein zweitesmal über dieselbe Brücke.
Manche Kinder treten nur auf jeden dritten,

doch immer den dritten Stein. Die Tiefe zieht.
Die dritte Tür, die immerzu knarrt.
Jahre. Jahre und Tage. Hört ihr mich? Es ist
Oktober. Noch immer kein Frost in der Luft.

Sieben Brücken, jede einmal und nur einmal,
kann man, sagt Euler, der Mathematiker,
hintereinander nicht überqueren. Dazu
braucht man eine achte Brücke. Die gibt es nicht.
Verdammtes Eis, das nicht frieren will!

Im Jahrbuch der Petersburger Akademie der Wissenschaften ver-
öffentlichte Leonhard Euler 1736 eine Abhandlung über die *Lösung
eines Problems, das zur Geometrie der Lage gehört*. Es handelt
sich um das berühmte Sieben-Brücken-Problem. In Eulers Aufsatz

kann man den Anfang der Topologie, das heißt: jener mathematischen Disziplin sehen, die sich mit den elementaren Eigenschaften verschiedener Flächen und Körper befaßt, Eigenschaften, die von der Größe und der Gestalt jener »Räume« unabhängig sind. Die erste Strophe meines Gedichts ist eine direkte Paraphrase der Sätze, mit denen Euler seine Demonstration beginnt. Seine Lösung des Problems ist ein Wunderwerk an Eleganz.

Was jedoch mich an der Problemstellung interessiert, ist der Umstand, daß ihre Formulierung an eine jener Zwangsvorstellungen erinnert, von der beispielsweise Jugendliche in der Pubertät heimgesucht werden.

Die Magdeburger Halbkugeln, ersonnen von Otto von Guericke, wurden beim Reichstag von Regensburg 1654 dem Kaiser und den Reichsständen vorgeführt; sie zeigten die unerhörte Kraft des Luftdrucks. Acht Pferde waren nötig, um die beiden durch ein Vakuum zusammengehaltenen kupfernen Halbkugeln auseinanderzureißen; »ein starker Knall« war zu hören, als dies endlich, nach vergeblichen Anstrengungen, gelang.

Guerickes Luftpumpe ist nach mancherlei Irrwegen nach Schweden gelangt, wo man sie im Physikalischen Institut zu Lund besichtigen kann.

Thorn

Die Universitätsbibliothek ist bekanntlich außerordentlich groß, viel größer als man vermuten sollte, wenn man ihr Gebäude nur von außen kennt. Die Sammlungen sind längst ins Ungeheure angewachsen, weit über das Maß hinaus, das man bei ihrer Gründung vor einigen Jahrhunderten im Sinn hatte, und daß sie hinter den hohen Mauern überhaupt noch Platz finden, ist nur einem verwickelten System von Kompromissen und Provisorien zu verdanken. Jeder nur denkbare Winkel wird seit langem ausgenutzt.

Erst kürzlich habe ich entdeckt, daß die Mauern der Bibliothek auch eine Sammlung von Stichen und Landkarten umschließen, die zu den vortrefflichsten auf der ganzen Welt gehört und die besonders für ihre historischen Stadtansichten und Prospekte berühmt ist.

Eines grauen, schweren Tages anfangs November, an dem es regnete, als wollte es nie wieder aufhören, habe ich diese Sammlung besucht. Die Garderobefrau nahm schweigend meinen triefnassen Regenschirm entgegen und stellte ihn, ohne ein Wort, zu einem Dutzend anderer, ebenso triefnasser Schirme zum Trocknen auf.

Der Gehilfe, dem ich meinen Wunsch vortrug, zeigte nicht die geringste Verwunderung. Er bat mich liebenswürdig, einen Augenblick zu warten, und übergab mich dann einem jungen Aufseher, der mich, indem er vor mir hersprang, Treppen auf und Treppen ab, durch Korridore und schwere Eisentüren führte, die er endlich vor mir aufschloß, so daß ich in die Zimmerflucht auf der Südseite im dritten Stock eintreten konnte, wo sich das Karten- und Kupferstich-Kabinett befindet. Zwei weitere Gehilfen empfangen mich, ebenso liebenswürdig wie der erste, und meinem Wunsch, man möge mir die älteren Pläne und Ansichten von der Stadt Thorn in Polen zeigen, erfüllen sie nicht ohne einen gewissen Stolz. Ich nehme Platz. Man trägt die Folianten herbei.

Das erste Bild stammt aus dem Jahre 1497: ein kolorierter Stich. Im Vordergrund tauchen einige prominierende Damen und Herren auf. Das Bild gehört zur De la Gardeschen Sammlung; der großformatige Einband riecht, so alt er ist, immer noch stark nach Schweinsleder. Während ich mich in die Tafel vertiefe, werden weitere Bände vorgelegt, aus andern Sammlungen und andern Zeiträumen. Sie enthalten allesamt Stiche, Tafeln, Stadtpläne, Karten, und in jedem einzelnen ist

auch eine Ansicht von der Stadt Thorn zu finden. Ein einge-
legter Papierstreifen markiert die Stelle.

Auf der Landstraße ist ein Fuhrwerk unterwegs zur Stadt,
ein Sechsspänner. Die Kutscher lassen verwegen ihre Peitschen knallen. Die Stadt selbst tritt in außerordentlicher
Klarheit hervor, Straße für Straße, Dach für Dach. Der Zufall will es, daß die Bibliothek eine zweite handkolorierte
Tafel besitzt, die der ersten sehr ähnlich ist. Sie ist einem anderen Folianten beigebunden und nur sechs Jahre jünger.
1503. Ich lege die beiden Ansichten nebeneinander und vergleiche. Das Schloß auf der Höhe ist nun mit einem Anbau,
einem Seitenflügel versehen. Gewisse Häuser sind verschwunden, andere sind an ihre Stelle getreten. Im übrigen sind die
beiden Bilder identisch.

Ein weißes Haus unterhalb des Burgberges, im östlichen Teil
der Stadt, hat es mir besonders angetan. Es hat ein eigentümlich hohes und spitzes Dach, mit grünem Kupferblech be-
schlagen, grüne Fensterläden und eine Tür im Giebel, auf dem
obersten der drei Stockwerke, darüber einen Balken, der sich
unter dem Vergrößerungsglas als ein Hebekran entpuppt.
Hinter der Tür liegt offenbar ein Magazin im Dachgeschoß
des Hauses. Mit Hilfe des Krans über der Tür können schwere
Kollis von der Straße aus direkt ins Lager emporgehievt werden. Ein Handelshaus also. Der Besitzer muß einer der reich-
sten Bürger der Stadt gewesen sein. Das beweist das kost-
spielige Kupferdach. Die Fenster sind schmal und hoch. Die
winzigen Scheiben bilden ein Gitterwerk. Oder sind das
Eisengitter? Eine Haustür ist auf keiner der beiden Tafeln zu
sehen. Sie muß auf der entgegengesetzten Seite des Hauses
liegen.

Von dem einen Giebel erhebt sich eine kleine Stange, die
eine Wetterfahne aus dem Metall des ganzen Daches, aus
Kupfer trägt. Auf dem Bild von 1497 bläst der Wind aus
Südwesten, 1503 weht es von Norden. Obwohl ich angestrengt
durch die Lupe blicke, bis mir die Augen brennen, kann ich
nicht ausmachen, was der kleine, lebendige Metallflügel eigentlich vorstellt. Trägt er ein Wappen, oder gleicht er einem
Tier? Dann könnte es ein Vogel sein, ein Raubvogel mit langem, gekrümmtem Schnabel. Doch ebensowohl kann es ein
Haar im Pinsel des Künstlers sein, das sich um Haaresbreite
gesträubt und von den andern entfernt hat. Das ganze Haus
nimmt auf dem Bild kaum ein Drittel der Fläche des Nagels an
meinem kleinen Finger ein.

Ich wende mich den beiden Nachbarhäusern zu und besichtige
sie. Sie sind niedriger gebaut und dunkelbraun koloriert;
ihre Farbe deutet vielleicht an, daß sie aus Ziegeln gemauert
sind.

Das Schlachtengemälde von 1540 ist eine holländische Arbeit. Herzog Johann belagert die Stadt, Bombarden speien gewaltige Flammen, Rauchwolken schweben über Thorn, über die grauen, herbstlichen Äcker des Stiches ziehen Marschkolonnen, Rechtecke mit Wäldern von Speeren, im hinteren Glied die Musketen geben, jede für sich, ein gestochen scharfes Rauchwölkchen von sich. Ganz in der Ferne das Lager des Herzogs, ein Gewimmel von Zelten, Wagen, altertümlichen Kanonen mit Löwenschlünden, Pferde mit wehenden Mähnen bringen sie in Stellung. Auf den Hügeln, wo 1497 galante Damen und Herren Arm in Arm flanierten, verfolgt der Stab des Herzogs zu Pferde den Sturm auf die Stadt; Kuriere reiten hin und her. Der Wind steht jetzt wieder im Westen, man sieht es an den treibenden Rauchwolken, die gravitätisch über den Stadthimmel ziehen, unendlich feine Linien in der Platte deuten sie an. Über dem Titel des Stiches stoßen Der Ruhm und Die Ehre ins Horn. Ganz fern am Horizont sind ein paar abgelegene Windmühlen zu erkennen.

Und die Carrées ziehen in geschlossener Marschordnung auf, aber sie stehen immer noch in respektvollem Abstand von der Stadtmauer, die ganz menschenleer ist; daran ist vermutlich ein Versehen des Künstlers schuld.

Das Bild ist ganz von dem Treffen, vom Aufmarsch und der Entfaltung der Truppen beherrscht. Dadurch tritt die Stadt in einer stark abgeflachten Perspektive hervor. Dennoch kann man sehen, wie Minen, Kanonenkugeln und Wurfbomben an verschiedenen Stellen einschlagen. Wahrscheinlich richten sie in der Stadt großen Schaden an. Bei aller Anstrengung finde ich, auch mit Hilfe der Lupe, auf diesem Stich das Haus nicht wieder: es verschwindet in einem Häusergewirr unterhalb der Burg, von deren höchster Mauerkrone eine Flagge im Wind weht.

Der Ausgang dieser Schlacht ist mir nicht bekannt. Das Treffen ist eine Episode aus irgendeinem kleineren Thronfolgekrieg.

In einer italienischen Städtebeschreibung vom Ende des selben Jahrhunderts, gebunden in ein eigentümlich längliches Format von schwarzem Leder und mit einem Messingschloß versehen, suche ich nach Hinweisen auf den Ausgang des Kampfes. Das Werk ist 1580 in Venedig gedruckt und behandelt Orte in Norditalien, Deutschland und Polen. Die Ansichten sind nicht koloriert, sie wirken überhaupt phantasieloser als alle früheren Bilder. An die Stelle der künstlerischen Bildkraft ist eine ganz unwahrscheinliche Präzision in den Details getreten. Auch hier spazieren auf den Hügeln im Vordergrund wieder die galanten Damen und Herren auf und ab. Auf der Landstraße weiter unten treibt ein Junge eine Schafherde der

Stadt zu, und in einiger Entfernung taucht auch diesmal der Sechsspänner auf. Abermals herrscht Nordwind, majestätische Wolken wandern feierlich über den hinteren Horizont. Die wichtigsten Gebäude — die Burg, das Dominikanerkloster und das Spital — sind mit feinziselierten lateinischen Buchstaben bezeichnet.

Die Veränderungen sind bedeutender als in den Zeiträumen zuvor. Das Schloß hat den Flügel, der 1497 noch fehlte, 1503 aber vorhanden war, wieder eingebüßt. In den zentralen Teilen der Stadt fehlen viele der Häuser aus dem Jahr 1503, neue sind an ihre Stelle getreten, und eine neue Bauweise, hofartige Anwesen, die ein ganzes Viertel umfassen, scheint sich durchgesetzt zu haben. Daß die Stadtmauer erweitert worden sein muß, ist ganz offensichtlich; sie schließt nun mehrere neue Viertel mit Treppengiebeln ein, die von deutschem Einfluß zeugen. Überhaupt wirkt die Stadt auf diesem Bild gleichsam härter. Es ist schwer zu sagen, woher dieser Eindruck rührt. Vielleicht ruft ihn nur die unglaubliche Pedanterie des Stiches hervor; doch scheint auch der Stadtplan selbst auf subtile Weise verändert; er ist militanter, geschlossener, düsterer geworden. An einer Stelle ist eine neue Kirche zu erkennen, die während der Zeit entstanden sein muß, über die die Karten schweigen. Die lateinische Legende gibt ihren Namen an: Sancta Lucretia, ein dunkles, eigenartig klobiges, fast basilika-artiges Bauwerk. Kein gutes Omen.

Mehrere Straßen scheinen enger geworden zu sein. Das mag an der sonderbaren, aber mit eigensinniger Genauigkeit durchgeführten Zentralperspektive liegen, in der der Stich angelegt ist. Vielleicht sind auch die Häuser aus- oder umgebaut worden.

Ich ziehe die starke elektrische Leuchte tiefer über meinen Arbeitstisch, putze die Lupe und suche die Straßen ab in der Hoffnung, das weiße Haus von 1503 wiederzufinden. Mit Hilfe von zwei Papierstreifen, die ich wie Lineale anlege, mach ich seine Koordinaten aus. Hier müßte es stehen.

Der Foliant ist weniger gut erhalten als die vorangegangenen. Hie und da zeigen sich feuchte Stellen, unbestimmte braune Flecken, unter denen gewisse Teile der Stadt verschwinden oder undeutlich werden. Zuerst vermute ich, daß ich das Haus nicht finden kann, weil es unter einem solchen Fleck verborgen liegt. Aber meine Messungen zeigen, daß dies nicht wahrscheinlich ist. Selbst in der sonderbaren Perspektive des Stiches kann sich unmöglich der ganze Stadtteil so weit nach Westen verschoben haben, daß er unter dem Fleck verschwände. Entweder war es also die Belagerung von 1540, die das Haus ausgetilgt hat, oder ein Wasserfleck, der viel später entstanden sein muß. Und es ist ganz und gar offensichtlich, daß sich diese beiden Möglichkeiten auf keine Weise voneinander scheiden lassen.

Nach einer sehr sorgfältigen Untersuchung stoße ich auf eine dritte, gänzlich andere Erklärung. Der Blick auf das Haus ist ganz einfach zugebaut worden. Im davorliegenden Häuserblock ist ein hohes, vierstöckiges Gebäude entstanden, mit seltsam verzierten Schornsteinen, bedeutend größeren und helleren Fenstern und einem majestätischen Portal, das zwei sitzende Löwen aus Bronze flankieren. Dieses Gebäude verdeckt vollkommen das weiße Haus mit dem grünen Kupferdach und dem Warenmagazin auf dem Dachboden. Freilich kann das weiße Haus unterdessen auch verschwunden sein. Vielleicht ist es in der Tat bei der Belagerung von 1540 zerstört worden. Es kann auch zu einem beliebigen anderen Zeitpunkt zwischen 1503 und 1580 zerstört worden sein. Es ist möglich, daß noch andere Belagerungen, Feuersbrünste, Abbrüche, oder Katastrophen der verschiedensten Art vorgefallen sind. Natürlich ist es ebensowohl möglich, daß das Haus dort hinten nach wie vor steht, verdeckt und unsichtbar.

Wenn die Perspektive des Bildes absolut zuverlässig wäre, müßte allerdings über den Dächern die merkwürdige Wetterfahne zu sehen sein, der metallische Flügel, der vielleicht ein Wappen trägt, oder der ganz einfach die Silhouette eines großen Vogels mit langem, gekrümmten Schnabel darstellt.

Ich kann ihn nicht finden; also ist das Haus längst verschwunden. Andererseits — wie lange dauert eine Wetterfahne? Wieviele Regengüsse sind, zwischen 1503 und 1580, über der Stadt Thorn niedergegangen? Übrigens kann das Ganze an der Perspektive liegen.

Das prächtige private Palais, das die Sicht verdeckt, ist mit keinem Namen gezeichnet. Die Legende enthält keinen Hinweis darauf.

Philippe Napiers *Description concernant un Voyage...*, Antwerpen 1632. Viel Zeit ist vergangen, mehr als fünfzig Jahre. Ich werde also niemals wissen, ob das Haus dort gestanden ist oder nicht, zwischen 1503 und 1580. Die ganze lange Zeit, da es verdeckt, verborgen lag, war vergebens, und niemand wird es jemals retten können, wenn es wirklich dagewesen ist. Es retten? Ja, retten.

Ein grober, ja geradezu vulgärer Holzschnitt ohne Schärfe und ohne Details, bei dem mir schon auf den ersten Blick hin die Hoffnung vergeht. Ich brauche mich nicht erst lange in das Bild zu vertiefen. Hier ist alle Mühe verloren. Niemals wird man darauf ein einzelnes Haus unterscheiden können.

Das grobschlächtige Bild kehrt einen ganz andern und neuen Zug an der Stadt hervor; auf dem vorangegangenen wirkte sie zwar militärisch, stramm, drohend, aber auch auf unbestimmte Weise reich; nun scheint sie verwandelt: plump, geschmacklos und provinziell, ein Loch, bevölkert von barfüßigen Kindern und Gänsen, die unter baufälligen Stadtmauern weiden. Man hat den Eindruck eines Ortes, an dem es ununterbrochen regnet, und der ohne jede Bedeutung ist, weitab gelegen auf einer endlosen platten Ebene. In der verfilzten Häusermasse ist nicht einmal mehr das Palais zu entdecken, hinter dem sich das weiße Haus verbirgt. Wenn das weiße Haus noch steht, was natürlich immer weniger wahrscheinlich wird mit jedem neuen Bild. Grund genug, die Hoffnung fahren zu lassen. Es ist ertrunken in den Bewegungen der Zeit, und niemand wird eine Chance haben, es zu retten. Zu retten? Ja, zu retten.

Nebenbei stelle ich fest, daß von der Burg auf dem Felsen nur der mittlere Turm übriggeblieben ist, während ein schwarzes Etwas auf der linken Seite des Berges — es sei denn, der Holzschneider wäre mit seinem Messer ausgerutscht — darauf hinweist, daß eine neue Stadtbefestigung angelegt wird. Je näher ich mir das Bild betrachte, desto deutlicher spüre ich, daß mir diese kleine, trostlos verregnete Stadt immer fremder wird. Sie entfernt sich von mir und sich selber, wird andersartig. Ein paar Jahre später wird Karl XII. von Schweden sie belagern.

Jetzt ist keine Hoffnung mehr.

Hermann Zimmel ist als Topograph und Städtezeichner nie übertroffen worden. Seine Messungen zeugen von einer Präzision, die bis in unsere Tage hin nicht wieder erreicht worden ist. Dieser große Reisende aus dem achtzehnten Jahrhundert, der während seines kurzen Lebens drei Kontinente besucht hat, hinterließ Karten und Prospekte, die in vielen Fällen einzigartig sind, weil sie von Städten in Kleinasien und Indien zeugen, die längst aufgehört haben zu existieren. Eine ungewöhnliche Klarheit, Intelligenz und Sorgfalt prägt alle seine Arbeiten; sie lassen eine durchaus spezifische, helle Vernunft ahnen. In der untern rechten Ecke seiner Stiche findet man stets die geographische Länge und Breite sowie den Punkt verzeichnet, von dem aus der jeweilige Ort aufgenommen ist. Zimmel ist auf der Heimreise aus dem Nahen Osten anno 1743 durch Thorn gekommen. In seiner großen *Beschreybung und Vollständigem Bericht einer Reise in Asia Minor, India und ...*, die fünfzehn Jahre später erschien, finde ich mit Leichtigkeit den großen Stich von der Stadt Thorn.

Fast alles hat sich verändert. Die Burg auf dem Felsen ist verschwunden. An ihrer Stelle eine nach links vorgeschobene schwere und merkwürdige Bastion. Die Stadtmauern — malerische Ruinen. Längst ist die Siedlung über sie hinausgewachsen. Die Stadt hat einen streng geometrischen Charakter angenommen, sie liegt in ein stärkeres Licht getaucht denn je zuvor auf früheren Bildern, holländisch. Sie sieht holländisch aus.

Und zum letzten Male nehme ich mir, die Lupe in der Hand, das Häusergewirr unterhalb des Burgberges vor. Das private Palais ist jetzt verschwunden, die Sicht ist wieder frei. Aber es ist kein Haus dahinter zu sehen; der Steilhang scheint unmittelbar an seiner Stelle anzusetzen. Einzelne Bäume sind deutlich angegeben, kleiner als Nadelspitzen treten sie aus der Gravur hervor. Auch von den beiden Nachbarhäusern findet sich keine Spur.

Es kommt mir der Gedanke, Zimmels Prospekt könnte auf eine ganz andere Blickachse hin orientiert sein. Ich untersuche die Lage der Kirchen. Der Wind kommt nun wiederum aus dem Westen, ganz als hätte es über diese Jahrhunderte hin nur zwei Winde in Thorn gegeben.

Doch die Orientierung der Stadtansicht weicht nicht von früheren ab, und wenn das Haus noch stünde, so müßte es deutlich zu sehen sein. Hier verschwindet also für alle Zeit die Spur. Sie verläuft sich in einer Vergangenheit oder einer Zukunft, wie man es nun nennen will, die sich nie wird zurückerobern lassen.

Zerstreut betrachte ich nun den großen Kupferstich im Ganzen und verliere mich in einer Art von Genuß in seinen Details. Selbst die abgelegenen Bauernhöfe weit draußen auf der Ebene treten deutlich hervor.

Zwei oder drei Kilometer weit von der Stadt entfernt, das ist eine Handspanne weit auf dem Kupferstich, liegt ein zweiter Hügel, ebenso hoch wie der Burgberg und von ganz ähnlicher Gestalt. An seinem Fuß bemerke ich flüchtig ein dreistöckiges Haus mit einer Tür im Dachgiebel und einem Kran, der Lasten von der Straße heben kann. Das Haus, an dem das spitze Dach auffällt, ist trotz seiner Winzigkeit mit der liebevollen Aufmerksamkeit wiedergegeben, die man so oft in Zimmels Arbeiten wiederfindet. Vom First des Daches weht, auf einer Stange, triumphierend eine Wetterfahne, die ganz zweifellos die Form eines Vogels zeigt. Der Künstler hat offenbar die Größe des Objektes übertrieben, um es genauer darzustellen. Hartnäckig zeigt die Fahne den Westwind an. Eine glasklare, wohlgeordnete Frühlingsstimmung liegt über dem ganzen Stich.

Das Gebäude gleicht bis ins einzelne dem aus dem Jahre 1503. Dennoch ist die Annahme, es könne sich um ein und dasselbe Haus handeln, absurd. Sie setzt eine weitere Annahme voraus, nämlich, daß die ganze Stadt drei oder vier Kilometer gen Westen gerückt wäre und auf ihrem ursprünglichen Ort nichts weiter zurückgelassen hätte als eben dieses Haus. Das ist eine unsinnige Hypothese.

Hier ließe sich einwenden, daß möglicherweise die Stadtansicht von 1503 einen Fehler enthielt, und daß das Haus, mit dem wir uns so ausgiebig beschäftigt haben, von Anfang an außerhalb der Stadtgrenzen gestanden haben muß; aus irgendeinem Grunde hätte der Künstler es in die Stadt versetzt. Auch diese Vermutung ist unhaltbar. Jede einzelne der Stadtansichten, die ich erwähnt habe, umfaßt mehrere tausend Häuser. Daß ein einzelnes und ganz unbedeutendes unter ihnen zum Gegenstand einer so unbegreiflichen Verkehrung geworden sein könnte, das scheint mir undenkbar.

Ich muß mich also mit der unbefriedigenden Erklärung begnügen, daß ein ganz unwahrscheinlicher Zufall im Verlauf von dreihundert Jahren, in der Stadt Thorn in Polen, zwei Häuser hervorgebracht haben soll, die einander bis ins kleinste Detail glichen.

Die Sammlungen enthalten kein späteres Bild der Stadt. Das alte Thorn ist bekanntlich, zu einem späteren Zeitpunkt, bis auf die Grundmauern zerstört worden. Als ich die Bibliothek verließ, hatte es aufgehört zu regnen; die Sonne beleuchtete, klar und deutlich, die ganze Stadt.

Eine Insel in der Nähe von Magora

»daß man sie als Inselbewohner betrachten könnte,
deren Entsetzen über die eigene Natur sie schließlich dazu zwang, sich selbst zu vernichten.«
(J. K. Vol. 27, p. 128)

Dunkel überkommene Traditionen aus verschiedenen Quellen erwähnen eine Insel von ansehnlicher Größe, deren Bewohner sich selbst aus Entsetzen und Scham über ihr eigenes Leben vernichtet haben sollen, nachdem sie die Voraussetzungen ihrer Existenz und den Zweck, den die Geschichte ihnen vorschrieb, wohl verstanden hatten.

Und selbst für uns, die wir nicht mehr daran glauben, daß die Geschichte uns einen Zweck vorschreibt, kann es von Interesse sein, an diesem Geschehen teilzunehmen.

Die Insel soll in der Nähe von Magora gelegen haben und nicht weit von jenem Meeresarm, der auf Grund seines schwarzen, tiefen Wassers Tinth genannt wird.

Dies ist also beileibe nicht eine tropische Insel, sondern eine mit hohen, kahlen Bergrücken, Nadelholzwäldern und mit ausgedehnten tundragleichen Gebieten auf ihrer trockenen, westlichen Seite.

Das Gestein ist vulkanisch, doch kein Ausbruch fand in historischer Zeit statt. Die Ufer sind schwer zugänglich und steil. Raubvögel kommen nicht vor.

Die Zwergweide wächst hier wild, wie auch die rötliche Milchwurz und jenes dichte, gegen den Herbst zu sich heftig rot färbende Gras, das man Rotfenn nennt.

Noch so spät wie im 19. Jahrhundert berichten zufällige Besucher der Insel von den Spuren noch erkennbarer Wege, die in der Landschaft als lange Windungen gleichförmigerer und magererer Kleinvegetation erkennbar waren.

Die niedrigen Steinmauern, die man noch heute erkennen kann, deuten ebenfalls die Lage der Wege an, wie auch die dort säuberlich aufgeschichteten Wegzeichen aus platten Steinen.

Der alte Landweg nach Rehm und Röhm führte hier über eine Hochebene, die einmal von hohem Tannenwald bewachsen war.

Es ist eine, wie soll ich es am besten ausdrücken, überwiegend dürftige Landschaft ohne bemerkenswerte Naturschauspiele.

Riesige Spatzenschwärme siedeln in den Birkenhainen, die die Monotonie der Ebene unterbrechen. Wenn man sich ihnen über die Ebene nähert, schweben die Schwärme wie Wolken nach oben.

Schnell senken sie sich wieder in den Wipfeln der Bäume zur Ruhe.

Die breiten Täler senken sich sehr langsam der See zu. Nadelholzwald wird von Haselsträuchern und Birken abgelöst, und allmählich verändert sich das Gras, und höhere, schilfartige Sorten dominieren.

Die Winter sind verhältnismäßig mild, mit langen monotonen Regen, die den Boden auflösen und Wasser in tausend Rinnsalen der See zuströmen lassen.

Durch die Nebel, die in diesen Wintertagen ununterbrochen vom Westen her heranwallen, kann man, wenn die See ruhig ist, die Töne des Feuerschiffes »Point Bogue« vernehmen, das fünfzehn Minuten entfernt in der See liegt. Dessen Besatzung sind die einzigen Menschen, die regelmäßig in der Nähe der Insel verweilen. Diese Männer werden jeden zweiten Monat abgelöst.

Berichte über groteske erotische Ausschweifungen der vorzeitlichen Bevölkerung dieser Insel lassen sich durch die Volksphantasie erklären, die auf diese Art Geschehnisse zu erklären versucht, die auf andere Art nicht erklärbar erscheinen. Allein der Anblick der kargen Inselverhältnisse sagt uns, daß diese nicht zu dem bizarren Sittenverfall einladen konnten, bei dem sich ältere Quellen mit Vorliebe aufhielten.

Der tatsächliche Ablauf der Inselgeschichte ist sowohl komplizierter, wie auch trivialer. Wichtige Teile der vollständigen Erklärung verbleiben noch sehr skizzenhaft.

Der erste Schritt zu dieser Erklärung wurde an einem Maitag des Jahres 1880 gemacht, als die Besatzung eines dänischen Handelsschiffes an Land ging, um den Frischwasservorrat des Schiffes aufzufüllen.

Ein Matrose, Justus Reinmann, soll dabei eine Weile seinen Kameraden entschwunden sein, und zwar bei dem Versuch, einem größeren Vogel zu folgen, der offensichtlich seinen Flügel verletzt hatte und deshalb halb fliegend, halb hüpfend »in hohen unregelmäßigen Sprüngen« zwischen den hohen Steinblöcken auf einem flachen, tannenbekleideten Bergrücken verschwand.

Reinmanns Bericht ist unklar und beinhaltet viele Einzelheiten, die sich oft widersprechen. Man muß annehmen, daß er, nach zweitägiger Suche wiedergefunden, zu ermüdet und verwirrt war, um einen klaren Bericht abgeben zu können.

Außerdem starb er kurz darauf, lange bevor das Schiff den nächsten Hafen erreichte.

Ein unglückliches Ereignis, da dadurch kein gebildeter Mensch die Gelegenheit erhielt, aus dessen eigenem Mund die Beschreibung zu vernehmen, die der Kapitän des Schiffes, vermutlich unter vielen Mißverständnissen — und wahrscheinlich auch mit Auslassungen — in seinem Logbuch aufzeichnete.

Es scheint jedoch so zu sein, daß der Matrose Reinmann

durch einen glücklichen (oder unglücklichen) Zufall die gleiche Entdeckung machte, die einmal die ältesten Bewohner der Insel in einer entfernten Vorzeit gemacht haben mußten.
Die kurzgefaßten Anmerkungen im Logbuch lassen vermuten, daß er an Quecksilbervergiftung starb.

Forscher und deren Entdeckungen haben später das Bild vervollständigt. Heute wissen wir viel mehr über die Tragödie, die die Bewohner der Insel zu einem Zeitpunkt nicht später als 1350 befallen haben muß.
Eine Art runder Lavascherben, gewöhnlicherweise schwarz, die sogenannten *Eggenzähn*, sind die ältesten Zeugnisse der furchtbaren Lotterie, mit deren Hilfe die ältesten Bewohner ihr alles überschattendes Problem zu lösen versuchten.
Diese *Eggenzähn* scheinen, einmal zugeteilt und jeder einzelne entweder mit dem sonnenförmigen Zeichen des Tages oder dem mondförmigen Zeichen der Nacht versehen, dem Toten unter seiner ganzen Lebenszeit bis ins Grab begleitet zu haben. Man trifft sie in großen Mengen in den Gräbern der einmal blühenden Städte Röhm und Rehm an.
Über den Umfang der Handelsbeziehungen der Insel kann man sich eine Vorstellung machen durch die unerhört reichen Funde römischer, arabischer, persischer und europäischer Münzen des Mittelalters, die in großen Mengen in Gräbern und Schatzkammern angetroffen wurden.

> »Doch als (bestes) aller Metalle
> schätze ich das geheimnisvolle (Gold)
> von Rehm«

sagt ein altes Weider Volkslied.
In dem prachtvollen Hassler Goldfund befindet sich ein Hochrelief aus getriebenem Gold, das ein Gefäß mit einem Durchmesser von 45 cm umgibt. Das Relief stellt eine Prozession auf dem Weg zu einem Schiff dar, vielleicht um irgendeinem Meeresgott zu opfern oder vielleicht um es für eine Expedition zu entlegenen Gewässern auszurüsten. (Vielleicht die erfolgreiche Expedition, deren späteres Schicksal in eben diesem Relief wiedergegeben wird).
Gefäße verschiedener Größe und Herkunft, Lebensmittel und Werkzeuge folgen in der Prozession mit. Hier sieht man Menschen, Tiere und außerdem eine Art grotesker Wesen, *die einen Schlüssel in der Hand tragen.*
Nur mit Mühe kann man deren menschliche Form erkennen.
Übereinstimmung herrscht, daß der *Eggenzähn*, der vermutlich direkt nach der Geburt in die Hand des Neugeborenen gelegt wurde, für dessen Leben bestimmend war.
Im Gegensatz zu anderen Völkern scheint die vorzeitliche Bevölkerung Röhms und Rehms keine Vorstellungen eines To-

tenreichs gehabt zu haben. Von den verschiedenen Interpretationsversuchen, die diese Tatsache bewirkte, scheint mir der glaublichste zu sein, daß diese auf ihrer Insel isolierten Menschen zu der merkwürdigsten aller denkbaren religionsgeschichtlichen Konzeptionen gelangt waren.
Um diese Annahme glaubwürdig zu machen, muß ich zunächst einige wesentliche Tatsachen zusammenfassen.

Auf Grund des, unter anderem, totalen Mangels an Kochsalz auf der Insel war deren Bevölkerung schon in grauer Vorzeit darauf angewiesen, dieses lebenswichtige Element aus der Außenwelt zu importieren. (In diesen nördlichen Gewässern ist die Verwendung von Salinen völlig unzureichend.) Nachdem die Landwirtschaft der Insel nur anspruchslose Produkte als Handelsobjekte zur Verfügung stellte, wobei möglicherweise Schafswolle eine gewisse Rolle gespielt haben kann, sah man sich gezwungen, Handel mit den seltenen Metallen zu betreiben, die in großer Tiefe in dem zentralen, vulkanischen Teil der Insel lagerten.
In diesen Eisenschichten befinden sich Osmium, Beryllium, Gold und vor allem außerordentlich große Mengen Quecksilbers, das in verschiedenen Metallvereinigungen gebunden ist. Vor allem das Gold muß begehrt gewesen sein. Da es hier immer in chemischer Vereinigung mit Quecksilber auftritt, muß die Goldgewinnung und die Bearbeitung des Goldes mit außerordentlich großer Vergiftungsgefahr verbunden gewesen sein.
Wir wissen nicht genau, welche Methoden in den Gruben und Schmieden angewendet wurden. Die Skelettfunde in der Nähe dieser frühen Industrie zeugen jedenfalls von entsetzlichen, tiefgehenden Quecksilberschäden.
Die Berechnungen G. Anderssons ergaben, daß die Insel bereits zu Beginn der Völkerwanderung eine Bevölkerung von 127 000 Einwohnern hatte, von denen etwas *weniger als die Hälfte* in den Gruben und den zahllosen osmundähnlichen Öfen der Insel, in denen das Metall gewonnen wurde, beschäftigt waren.
Das bedeutet, daß die Hälfte der Inselbevölkerung, um zu überleben, darauf angewiesen war, einer Tätigkeit nachzugehen, deren Tributforderungen hießen: Haarausfall, Zerfall der roten Blutkörperchen, Schäden der vitalen Gehirnfunktionen und schließlich — entsetzliche Auflösung.
Es war auch Andersson, der die Theorie vorschlug, daß diese nur teilweise menschlichen, schlüsseltragenden Gestalten auf dem Relief des Hassler Fundes in Wirklichkeit Repräsentanten des metallbearbeitenden Teils der Bevölkerung waren. Man kann sich den Schlüssel als Symbol dieser Tätigkeit denken.

Wie kann diese tragische Kaste entstanden sein? Welche Spannungen können zwischen diesem Proletariat und der relativ glücklichen, Landwirtschaft betreibenden Bevölkerung geherrscht haben, dem Teil der Bevölkerung, der zweifellos aus der Erniedrigung des anderen Teils seinen Nutzen zog? Mit welchen Sanktionen können Menschen in diese Gruben getrieben worden sein? Wie rekrutierte diese Sklavenkaste ihren Nachwuchs — falls es nun eine solche war?

Dies sind Fragestellungen, die uns unmittelbar gefangennehmen.

Sechshundert Jahre lang scheint diese Kultur, dank der Inselnatur, jeden Angriff von außen erfolgreich abgewehrt zu haben. Zeugnisse solcher Angriffe finden wir in Form von Brandruinen und Resten von Dörfern, die offensichtlich durch bewaffnete Gewalt zerstört wurden.

Es liegt natürlich nahe, anzunehmen, daß einige dieser Kämpfe keine Auseinandersetzung mit äußeren Feinden waren, sondern mißglückte Aufruhrversuche der so entsetzlich unterdrückten Sklavenkaste, die aus ihren Gruben strömte, um Rache für ihr zerstörtes Leben und ihre zu Zerfall verurteilten Körper zu fordern.

Doch es findet sich nichts, das auf einen solchen Aufruhr hindeutet. Seit dem 13. Jahrhundert wurde die Insel häufig von Reisenden besucht. Viele dieser Besucher gaben farbreiche Schilderungen selbst der kleinsten Einzelheiten des Lebens, das sie antrafen, und drangen recht erfolgreich durch die Mauer der Verschwiegenheit, die die Bewohner seit altersher um sich aufbauten, doch keiner von ihnen erwähnt jemals Gegensätze zwischen dem metallbearbeitenden Teil der Bevölkerung und dem sich der Landwirtschaft widmendem Rest.

Statt dessen scheint es so gewesen zu sein, daß die beiden Gruppen, obwohl jede um die Existenz der anderen wußte, praktisch völlig voneinander isoliert lebten. Mehrere Reisende erwähnen unabhängig voneinander eine bemerkenswerte Tatsache, nämlich die Tauschplätze oder *Reechtungen*, kleine, mit Steinen ausgelegte Vierecke, Miniaturmarktplätze weit draußen auf der Hochebene, auf denen die Metallarbeiter in der Nacht die Produkte ihrer Arbeit niederlegten und die Lebensmittel abholten, die vor Einbruch der Dunkelheit vom anderen Teil der Bevölkerung hinterlassen worden waren. Offensichtlich waren diese *Reechtungen* nicht nur Handelsplätze: sie erfüllten auch die eine oder andere kultbetonte Aufgabe.

Noch beachtenswerter ist die Notiz eines frühen christlichen Missionars (Johann von Gent), in der er sagt:

». . . und an diesen Plätzen verweilen sie lange und trauern um ihre *Verwandten* (Hervorhebung des Verf.), die der dunklen Seite zugehören und ihre Tätigkeit im Inneren der Berge haben.«

Die Notiz sagt uns also, daß die eine Kaste Verwandte in der anderen hatte, und schließt damit die Annahme aus, das Gesellschaftssystem habe die Form eines erblichen Kastensystems gehabt. Ebenso muß dadurch die Hypothese von der Existenz eines Eroberungsvolkes und einer unterdrückten Urbevölkerung verworfen werden.

Wir müssen also annehmen, daß beide Kasten ethnographisch gesehen der gleichen Bevölkerung zugehörten und nicht genug damit: daß beide Klassen von Mitgliedern der gleichen Familien gebildet wurden.

Fast alle, die sich für diese Frage interessierten, begnügten sich gedankenlos damit, anzunehmen, daß wir es hier mit einer Gesellschaft zu tun haben, deren Existenz auf zwei voneinander abhängigen Produktionszweigen gebaut ist, und daß in dieser Gesellschaft die Vertreter der einen Produktionsklasse, die Landwirte, sich eine derartige Vorrangstellung zusicherten, daß sie die andere Klasse unter den entsetzlichen Bedingungen ausbeuten konnten.

Es ist erstaunlich, wie viele bedeutende Wissenschaftler sich mit dieser Hypothese begnügten und zu allerlei möglichen Spekulationen über die Ursachen des schnellen Aussterbens der Bevölkerung im 14. Jahrhundert weitereilten, ohne das völlig Unzureichende in dieser Theorie einzusehen.

Es ist unvorstellbar, daß die eine dieser Klassen die andere über längere Zeit hinweg hätte ausbeuten können, und es ist dagegen offensichtlich, daß der Teil mit den besten Karten in der Hand in solchem Fall die Bergleute gewesen wären.

»Das Rehmer Gold« war eine außerordentlich begehrte Ware und deshalb Ursache des gesamten Wohlstandes der Bauern. Doch damit nicht genug: die physische Existenz dieser Klasse war völlig von der Einfuhr von Kochsalz abhängig.

Jede Weigerung seitens der Bergleute, nächtens die gewöhnlichen Metallmengen zu den *Reechtungen* zu liefern, mußte die Landwirtschaft betreibende Bevölkerung vor eine unmittelbar drohende Katastrophe stellen.

Man darf vernünftigerweise annehmen, daß dieser Zustand es schon zu einem sehr frühen Zeitpunkt dem gepeinigten und ausgestoßenen Teil der Bevölkerung ermöglichte, den Forderungen auf Verbesserung ihrer entsetzlichen Lebensbedingungen den nötigen Nachdruck zu verleihen.

Dies scheint während sieben Jahrhunderten nicht geschehen zu sein.

Keine Zeichen deuteten auf die abschließende Katastrophe hin.

Lange schien mir die gesamte Problemstellung so unzugänglich, ja fast abschreckend unlösbar, daß ich jegliche Hoffnung aufgab, jemals einen roten Faden auf einem Gebiet zu finden, auf dem andere trotz brillanter Versuche und breiter Sachkenntnis versagten.

Eine Zeitlang arbeitete ich mit der Hypothese, daß größere Kenntnis der Einzelheiten des nächtlichen Tausches auf den *Reechtungen* den Schlüssel zum Problem liefern konnten. Es zeigte sich jedoch bald, daß sich Einzelheiten nicht rekonstruieren ließen, und das einzige Ergebnis, zu dem ich gelangte, war, daß beide Kasten offensichtlich schon von frühester Kindheit an jeden Kontakt systematisch vermieden.

Ich gelangte nun zu der, wie es sich zeigen sollte, nicht ganz falschen Annahme, daß die zweierlei *Eggenzähn* für die zweigeteilte Bevölkerung von gewisser Bedeutung waren. Ich riet etwas waghalsig, daß die Verleihung des jeweiligen *Eggenzähns* an das Neugeborene die endgültige Entscheidung in einer entsetzlichen und barbarischen Lotterie bedeutete. Dies wiederum gab Anlaß zu diversen Untersuchungen der erhaltenen Fragmente der ältesten Inselsprache und hier besonders der Worte und Vorstellungen, die in irgendeiner Verbindung zu den Begriffen »Kindheit«, »Geburt«, »erwachsen«, »Schicksal« usw. stehen konnten.

Diese sprachlichen Fragmente sind unbedeutend: Reste zweier Tanzlieder, in denen der Text teilweise jeglicher philologischer Anstrengung Widerstand leistete und die im übrigen nichts Bemerkenswertes zu enthalten schienen, ein Zauberspruch, um Läuse aus dem Haus zu vertreiben, und zwei Sprichworte, die beide zu empfehlen scheinen, die Wahrheit zu sagen und einmal gegebene Versprechen zu halten. Das eine klingt übersetzt (in etwa) so:

Halte dein Wort, so wie du lebtest, denn im Tauschnee tauchen alte Steine auf.

Die Bedeutung ist offensichtlich: ein einmal gegebenes Versprechen bringt sich in Erinnerung, so wie alte Steine auftauchen, wenn die Frühlingssonne das Schneelager wegschmilzt.

Diese Moral ist ja so trivial und allgemeingültig, daß wohl niemand sie weder in Frage stellen noch ihr weitere Aufmerksamkeit schenken würde — was in der kommentierenden Literatur auch nicht geschah.

Und das ist schade! Denn dieses Sprichwort beinhaltet tatsächlich den Schlüssel zur Gesamtheit dieser so geheimnisvollen Zivilisation.

Rein zufällig fragte ich mich, was die merkwürdige Formulierung

»so wie du lebtest«

eigentlich aussagen will. Einen Augenblick schwebte mir der

Gedanke vor, daß dieser Ausdruck so gelesen sein wollte: »so als ob du lebtest«. Ich hätte diesen Gedanken als völlig bizarr verworfen, wenn ich nicht kurz darauf im »Ringelied« auf den merkwürdigen und völlig märchenhaften Vers über Ringe gestoßen wäre:

»der vorher wanderte blind«.

Das Merkwürdige hier ist, daß an keiner anderen Stelle des Liedes angedeutet wird, daß Ringe herumirrte und blind war. Schon zu Beginn der Handlung ist er ein mächtiger Herrscher, und das Lied berichtet, wie er durch die Heiraten seiner Töchter mit grausamen und geizigen Freiern herunterkommt. Konnte der Vers in die Zukunft deuten, auf das spätere Schicksal Ringes?

Der entscheidende Beweis ist jedoch der häufige Gebrauch des Ausdruckes

»das Land der Lebenden«,

der oft gebraucht wird, als handele es sich um etwas sehr fern Gelegenes, das deshalb manchmal als Synonym für »Festland«, manchmal als »Glücksreich« verstanden wurde.

Die Menschen in Röhm und Rehm glaubten an ein Totenreich! Und ihr Totenreich war *hier* und *jetzt*. In *diesem* Leben wurden Strafe und Belohnung für ein früheres, wirklicheres Leben ausgeteilt.

Aus dieser einzigartigen Vorstellungswelt läßt sich auch ihr Kastensystem erklären. Die merkwürdige Lotterie mit den *Eggenzähn* ist nichts anderes als die Zeremonie beim Eintritt des »Toten« in das Totenreich, mit der sein Schicksal entschieden wird, und die entsetzliche Ausstoßung der Bergmannskaste ist nur das gerechte Urteil für begangene Verbrechen im eigentlichen, früheren Leben.

Weite Teile dieser dämonischen und merkwürdig erhabenen Kultur und deren Weltverständnis müssen für immer im Dunkeln verbleiben. Über die merkwürdig rückwärts gewendete Perspektive und die bizarre metaphysische Belastung, die die Gesellschaftsstruktur dieses Volkes ertragen mußte, können wir uns nur abstrakte und verwässerte Vorstellungen machen.

Das größte aller Geheimnisse, das katastrophenartige Aussterben der Bevölkerung zu Beginn des 14. Jahrhunderts, wird vielleicht für immer ein Mysterium verbleiben.

Es steht fest, daß die ersten christlichen Missionare zu dieser Zeit das Festland und auch Magora erreichten.

Es liegt nahe anzunehmen, daß die schockartige Konfrontation mit einer Weltanschauung, die dem Menschen seinen Tod, seinen Himmel und seine Hölle vor sich haben läßt und ihm Freiheit gibt, sein späteres Schicksal in dieser Welt zu formen, ein unerhörtes Trauma ausgelöst haben muß.

Es ist schwer, die Gemütsruhe zu behalten, wenn man sich die Wirkung dieser Botschaft von menschlicher Freiheit und Verantwortung auf Menschen vorstellt, die siebenhundert Jahre lang zuließen, daß ihre Verwandten zu einem buchstäblich die Hölle bedeutenden Leben verurteilt wurden, während andrerseits Generationen und Generationen in der Gewißheit einer metaphysischen Notwendigkeit verschmachteten, um für ihresgleichen ein pastorales Paradies zu ermöglichen. Und man fragt sich: welcher betrügerische und widerliche Dämon kann diese entsetzliche Weltvorstellung entwickelt haben?

Über die fürchterlichen inneren Umwälzungen, die innerhalb eines Jahrhunderts jegliche Spur von Leben auf dieser Insel auslöschten, weiß man wenig. Durch das Zeugnis eines zufälligen Besuchers (Vertorigués) erfahren wir lediglich, daß Christentum und Inselreligion kurzfristig eine merkwürdige Verbindung eingingen, einen rührenden Kompromißversuch, den traditionellen Gedanken dieses Lebens als eines nach einem anderen zu bewahren und christliche Metaphysik nur für die, die einmal waren, die Lebenden, als gültig zu akzeptieren.

Die Ankunft neuer Missionare scheint diese bizarre Gedankenkombination schnell aufgelöst zu haben und führte zum endgültigen Aufflammen einer Krise »von der es keine Rückkehr gab«.

Nichts ist über diese letzte Phase bekannt, und wir können nur auf die ominösen, andeutenden Zeilen Johann von Gents verweisen, die von Inselbewohnern berichten, »deren Entsetzen über die eigene Natur sie schließlich dazu zwang, sich selbst zu vernichten«.

Schon seit langem hört man nur den weinenden Wind und Vogelgezwitscher über der Hochebene, auf der einmal Handelsstraßen entlangliefen und Städte aus dunklen, lavaenthaltenden Ziegeln errichtet wurden. Die ungeschlachten und mit unendlicher Mühe gesprengten Grubengänge sind seit langem fast völlig verfallen.

Friedfertig weht das Gras über den Resten Röhms und Rehms. Welche Zeit herrscht jetzt dort? Vielleicht weder Gegenwart noch Vergangenheit? Vielleicht Zeit ohne Eigenschaft? Oder vielleicht büßende Zeit, ein Reich, das auf Bevölkerung harrt? Durch wen?

Der Anblick des hohen, wogenden Grases läßt mir dessen Friedfertigkeit trügerisch erscheinen.

Gespräch unter Philosophen

Betrachte sie also, diese Schuhe,
gelbe Knöpfstiefel, abgetreten,
mehr auf der rechten als auf der linken Seite,
betrachte sie zum hundertsten Mal.

Die Knopflöcher blanker als das Leder,
eine dünne Schicht Staub, abgeschabt sind sie,

betrachte sie nur genau, erwäge sie wohl!

Ich sehe sie überaus deutlich,
das Licht fällt schräg ein, also Nachmittag,
so unsymmetrisch stehen sie da,
als wollten sie den Blick auf sich ziehen!

Ich sage dir, du siehst sie nicht,
ein andrer steht dir im Weg und verstellt dir den Blick.

Aber ich sehe sie doch, es sind Falten darin vom Gehen.

Ein Paar Schuhe siehst du wohl, das Licht fällt schräg ein,
aber betrachte *diese* hier und sonst nichts! Sag was du siehst!

Das ist unmöglich, es steht mir ein andrer im Weg,
eben dort kann ich nichts sehen, dort nicht.
Aber betrachte statt dessen *diese* Schuhe hier,
gelbe Knöpfstiefel, rechts etwas ausgetreten . . .

Das ist unmöglich, es steht mir etwas andres im Weg.

Siehst du, du hast mich verstanden!

Episode

Eines klaren und ziemlich frostigen Tages im Spätherbst ergeht sich der Philosoph Gottfried Wilhelm Leibniz, zusammen mit einer bayerischen Prinzessin, in einem Garten, der streng nach französischer Manier angelegt ist. Und er erklärt seiner Begleiterin, aus dem Satz vom zureichenden Grund lasse sich schließen, daß alle Gegenstände in der Welt sich voneinander unterscheiden müßten.

Wenn nämlich ein Gegenstand existiert, so gibt es keinen zureichenden Grund dafür, daß ein zweiter vorhanden wäre, der dem ersten vollkommen gliche. Während des Gesprächs fallen von den Bäumen im Park, eins nach dem andern, die erfrorenen Blätter.

Ein eifriger Hofmann aus dem Gefolge zweifelt an der These des Philosophen. Er eilt fort, um unter den Bäumen zwei Blätter zu suchen, die einander vollkommen gleich wären. Er liest das Laub vom Boden auf und läßt es wieder fallen, nachdem er jedes Blatt genau betrachtet und mit andern Blättern verglichen hat. Mehr und mehr Laub sammelt er ein, in weiteren und weiteren Kreisen springt er umher, indessen der Philosoph und die Prinzessin ihm und seiner Geschäftigkeit lächelnd zusehen. Wieviele Blätter er auch betrachtet, es ist umsonst — sie sind verschieden.

Dieses Prosagedicht beruht auf einer Szene, von der im Briefwechsel zwischen Leibniz und Clarke die Rede ist.

Arrangement in einem Vergnügungspark

Hier sehen Sie eine Photographie. Sehen Sie daran etwas
Merkwürdiges? Ein Mann: Alter ganz ·unbestimmt, offene
Züge, große helle Augen, die in die Kamera blicken. Es
könnte ein sehr ernster Gesichtsausdruck sein, oder es ist auch
nur Dummheit. Er starrt nicht, das kann man nicht behaupten, er blickt geradeaus. Möglicherweise hat das ganze etwas
Stummes, aber so geraten Photographien ja oft.
Es ist ein ganz alltägliches Gesicht, nein, ich erkenne es nicht
wieder. Auch die Kleidung ist ganz unbestimmt, es ist tatsächlich schwer zu sagen, ob das Bild vor zwanzig Jahren oder
vorige Woche gemacht worden ist. Jedenfalls erkenne ich ihn
nicht wieder. Er sieht keineswegs unfreundlich aus, aber das
Gesicht ruht. Oder aber er hat eines jener Gesichter, die so
aussehen, als ruhten sie, wenn ihr Besitzer sie nur spannt. Er
ähnelt ganz dem . . . es könnte ein Verwandter sein, so etwas
wie ein weicherer Verwandter, weniger erfolgreich und weniger unglücklich, diffuser. Aber das kann es wohl auch nicht
sein.
Was ist dann an der Photographie so merkwürdig? Ich kann
nicht sehen, daß sie sich von den meisten anderen unter-
schiede. Ungefähr so sehen Menschen aus. Es ist das Bild eines, der photographiert wird, ganz einfach. Würde ich gerne
sagen.
Das heißt: ganz richtig ist das nicht, denn natürlich ist an der
Photographie etwas Merkwürdiges, eine diffuse und schwer
erklärliche Stimmung, die mich die ganze Zeit, während ich sie
mir angeguckt habe, irritiert hat — das entdecke ich jetzt
erst —, auf dieselbe Art und Weise, wie Bilder von altmodisch
möblierten Zimmern einen ängstigen und irritieren können,
ohne daß man erklären kann, wodurch das bewirkt wird.
Freilich ist an dem Bild etwas Merkwürdiges, aber ich kann
nicht sagen, was es ist. Ich sehe es vielleicht so, weil du gesagt hast, es *sei* etwas Merkwürdiges daran.
Ja, eigentlich ist nichts Merkwürdiges daran, du hast völlig
recht. Es ist eine Photographie, ganz einfach. An der *Photographie* ist nichts Merkwürdiges, das Merkwürdige ist nur,
daß er am selben Nachmittag starb, als sie gemacht wurde.
Drei Stunden später war er tot, ohne Vorwarnung.
Das ändert alles. Aber ja doch.
Es wird ein anderes Bild.
Es ist wie die Vexierbilder, die in allen alten Lehrbüchern zu

finden sind: ein Hase, der sich zugleich als ein Auerhahn betrachten läßt. Erst, wenn du den Hasen gesehen hast, kannst du sehen, daß ein Hase da ist. Jetzt erscheint es ja ganz deutlich, daß er sterben wird.

Habe ich mich oder hat das Bild sich verändert?

Eine sinnlose Frage.

Sein Gesicht ist jetzt feierlich geworden, ein anderer Mensch ist da, einer, der bald sterben wird. Erst, wenn du es gesehen hast, kannst du es sehen.

Wußte er, daß er sterben würde?

Natürlich, das wissen ja wohl alle Erwachsenen.

So meine ich das nicht. Ich meine: wußte er, daß er in drei Stunden sterben würde?

Natürlich nicht, sonst würde er ja nicht so ruhig aussehen. Hätte ihm in dem Fall daran gelegen, sich photographieren zu lassen, glaubst du? Hätte er es gewußt, wäre er weiß vor Schrecken gewesen, oder vielleicht entsetzlich ruhig, so ruhig, daß es im Zimmer um ihn eiskalt geworden wäre, die Blumen am Fenster wären verwelkt, die Gardinen hätten sich zu Stricken zusammengedreht, aus der Lampe wäre Dunkel und aus der Garderobe Licht gekommen, Porzellan wäre von selbst mit schrillen und klagenden Geräuschen zersprungen. Natürlich weiß er es nicht. Das macht den ganzen Unterschied aus.

Und dennoch macht es natürlich in gewisser Weise keinen Unterschied. Alle Erwachsenen wissen ja, daß sie sterben werden. Alle Bilder eines Auerhahns verbergen das Bild eines Hasen. Wir sehen sie nur nicht.

Wie waren seine letzten Stunden?

Wie die anderen, sollte ich meinen. Und ich weiß nicht recht, wie die anderen immer waren; daß ich das wissen sollte, ist zuviel verlangt. Vielleicht machte er einen Spaziergang, er traf vielleicht ein paar Radfahrer in roten Jacken, die draußen für ein Rennen trainierten, er hörte, wie die Räder über den regennassen Asphalt strichen, vielleicht fand er es komisch, zu sehen, wie sie einander jagten. Er saß vielleicht an seiner Arbeit und ordnete statistisches Material. Er war vielleicht glücklich, eine seiner Theorien bestätigt zu sehen, glücklich darüber, daß die Zahlen sich glatt in die Kategorien fügten, in die er sie haben wollte. Daß Arbeit lästiger sein soll als anderes, das uns widerfährt, ist ja nur ein Vorurteil. Vielleicht saß er, mitten im Winter, zu Hause in einem Sessel, mit einer jener altmodischen Palmen auf den Sockeln hinter sich. Er trank heißen Kaffee, sagen wir einmal, und blätterte in einem Buch.

Das alles sind Dinge, die jeder beliebig hätte tun können, nicht wahr? Dergleichen macht das Leben aus. Hätte er lieber etwas anderes tun wollen? Aber wir bestimmen ja nicht selber, was wir tun. Hätte er jemanden lieben sollen, Lustempfindungen verspüren, Haut an Haut, Säfte, Bisse in die Lippen, halberstickte Rufe? Aber Sie wissen ja wohl, daß man nicht selber bestimmt, ob man jemanden liebt oder nicht. Selbst wenn er es getan hätte, ist nicht sicher, daß es Seligkeit oder auch nur Lust gewesen wäre. Man sieht den Hasen nicht, ehe man ihn gesehen hat.

Ich meine das so: selbstverständlich macht es einen riesigen Unterschied, ob man innerhalb von drei Stunden stirbt und es vorher weiß, oder ob man sterben wird, obwohl man es nicht weiß. Aber es macht nicht den *ganzen* Unterschied aus.

Für mein Teil kann ich mir nichts anderes vorstellen, als daß ich durch eine solche Nachricht vor Angst gelähmt wäre und daß alle Überlegungen darüber, was ich zu tun oder zu denken hätte — Sorgen um meine Angehörigen, Sorgen um meine eigenen Gedanken, die zu einer Art Abschluß geführt werden müßten, Sorgen um Sorgen und Sorgen um das Leben —, daß all diese Überlegungen sich sehr theoretisch, ja ich möchte fast sagen: frivol ausnähmen.

Das ändert natürlich nichts daran, daß das Gedankenexperiment möglich ist. Nehmen wir also an, eine wohlwollende Macht befreite mich von der Angst und Lähmung, während dieselbe Macht mich zugleich davon unterrichtet, daß ich innerhalb von drei Stunden sterben werde. Die Annahme ist vielleicht nicht ganz so absurd, wie es auf den ersten Blick scheint, denn die Angst, die wir verspüren, ist unter allen Umständen etwas sehr Zufälliges. Man kann ein großes Zugunglück völlig ruhig erleben, und man kann weiß im Gesicht werden, wenn man sich mit dem Brotmesser die Fingerspitzen abschneidet, obwohl die Proportionen tatsächlich umgekehrt sind.

Nehmen wir also das an.

Sofort stellen sich neue Schwierigkeiten ein. Sie kennen sicherlich all die törichten, zwischen Gesellschaftsspiel und Metaphysik liegenden Experimente, mit denen sich Menschen, und vor allem die unbeschäftigten oder einsamen unter ihnen, durch die Jahrhunderte beschäftigt haben. Zum Beispiel dies, daß man versucht, sich selbst zu beobachten. Was kann man beobachten, wenn man den Blick nach innen kehrt und in sich selbst hineinblickt? Worte, Bilder, Erinnerungen, obwohl man eigentlich nicht einmal das sieht, denn zu Worten, Bildern und Erinnerungen wird es erst, wenn man anfängt, davon zu erzählen. Was man sieht, ist eigentlich etwas sehr viel Unbestimmteres, so etwas wie *lose Worte*, es sieht aus wie in einer

Gedichtsammlung von Bengt-Emil Johnson, obwohl alles zur gleichen Zeit da ist. Was man sieht, ist ein Zeichen, ein Nichts, eine Unordnung, die auf eine unbestimmte Art und Weise etwas Humoristisches hat, als wäre es irgendein Arrangement in einem Vergnügungspark.

Nun, die Pointe bei diesem Gesellschaftsspiel ist, daß man sich selbst nicht sehen kann. Was man auch sieht, man versteift sich darauf, es als etwas anderes zu erleben.

Mit dem eigenen Tod ist es natürlich genauso. Was man auch sieht, man sieht etwas anderes, den Tod eines anderen etwa.

Wenn ich mich in einem Gefängnis befinde und zum Tode verurteilt bin, und drei Stunden vor der Hinrichtung erfahre, daß mein letztes Gnadengesuch abgelehnt worden ist. Weiß ich dann nicht, daß ich sterben werde? Doch, aber auf keine andere Weise, als daß man aus dieser Zelle etwas hinausschleifen wird, daß man ihn langsam durch diese Flure mit den rissigen und stockfleckigen Wänden bis zu einer Tür führen wird, die ich nie vorher gesehen habe, und daß man ihn dann an eine Wand im Innenhof stellen und ihn erschießen wird. Und das wird die schrecklichsten Konsequenzen für mich haben. Aber mich erschießen, *mich*, wie sollte das zugehen? Ist das nicht eher eine logische Unmöglichkeit? Erschossen werden kann einer nur für jemand, der zusehen kann. Ich kann mir selbst nicht zusehen, wenn ich erschossen werde, ebensowenig wie ich in diesem harmlosen Gesellschaftsspiel mein eigenes Ich sehen kann.

Es ist zwar nicht im mindesten originell, aber ich sage es dennoch: Niemand hat je erlebt, was es bedeutet, zu sterben, niemand wird es je erleben, ebensowenig wie jemals jemand erlebt hat, was es bedeutet, ein Stein, eine Schneewehe oder eine verwickelte Schnur zu sein. Es kommt nur nicht vor.

Wenn ich das jetzt in Erinnerung behalte und mir dann vorstelle, ich erführe, daß ich innerhalb von drei Stunden sterben werde und daß dieses Wissen sich ohne Angst ertragen läßt, ja dann bleibt in dem ganzen nicht mehr viel Inhalt. Was ich weiß, ist, daß diese drei Stunden meine letzten sind. Irgendwelche müssen das ja sein.

Nun, genügt das nicht?

Doch, ja. Der erste Gedanke, der uns kommt, ist natürlich der, daß diese drei Stunden schrecklich inhaltsreich werden müssen, gefüllt wie Jahre, wehmütig, entsetzlich, vielleicht auch auf eine paradoxe Weise golden, wie eine Krönung, obwohl man nicht weiß, welche Art Krönung oder die Krönung wovon.

Die Pointe an dem Experiment ist ja offensichtlich die, daß derjenige, der weiß, daß die nächsten drei Stunden seine letzten sind, so etwas wie eine moralische Verpflichtung dazu empfinden wird, endlich sein Leben zu finden, nach dem er solange gesucht hat, es ausblühen zu lassen, in einem unklaren, aber wesentlichen Sinne zu sich *nach Hause* zu kommen. Ich selber habe einmal eine Novelle über einen Mann geschrieben, der stirbt; die Pointe darin ist eben die, daß in den letzten Stunden alles wieder *deutlich* wird, wie es am Anfang war, unbedeutende Gegenstände wie Papier und Nägel existieren darin mit ihrem vollen Gewicht, sie flüstern oder murmeln nicht mehr, sondern sprechen mit ihrer vollen, natürlichen Lautstärke.

Dieser Gedanke hat natürlich mit einer Art *schrecklichem Mangel* zu tun, den wir oft verspüren können. Wenn die nächsten drei Stunden meine letzten sind, ja, dann muß ganz einfach alles sehr schnell und auf sehr vollständige Art und Weise anders werden: dieser Mangel verlangt es. Das Leben, das in jedem einzigen seiner Augenblicke etwas Unvollständiges, Offenes, Unabgeschlossenes ist, muß vollständig gemacht werden. Es ist der Traum von einer Erfüllung, und diese Erfüllung muß genau in den drei letzten Stunden kommen, wenn sie nicht vorher gekommen ist, denn es ist ihre letzte Chance. Käme sie nicht, dann würde unser Leben ja ebenso offen, unvollständig und unabgeschlossen bleiben wie alle anderen Leben.

Und genau so, wie es für uns unmöglich ist, uns unseren eigenen Tod zu denken, obwohl wir uns den anderer sehr gut denken können, so ist es für uns völlig unmöglich, uns zu denken, daß unser eigenes Leben (als ganzes) etwas ebenso Unabgeschlossenes wie alle anderen Leben sein könnte, fast hätte ich gesagt: etwas ebenso Triviales wie alle anderen Leben.

Theologie? Nein, die ist etwas sehr viel Interessanteres, es sind diese Art Fragen, die der Theologie vorausgehen, die zum Entstehen von Theologie führen. (Und sehr viel besser wäre es natürlich, wenn sie das· nicht täten, weil wir im Grunde besser leben würden, wenn wir uns darüber im klaren wären, unter welchen paradoxen und schrecklichen Umständen wir existieren. Abermals könnte man sagen, daß sie an eine Art Arrangement in einem· Vergnügungspark erinnern.)

Das Experiment, jemandem zu sagen, er werde innerhalb von drei Stunden sterben, und ihm die Fassung zu geben, das zu ertragen, ist in Wirklichkeit das Experiment, jenen unbestimmten Mangel, den es im ganzen Leben gibt, in einen sehr kurzen Zeitraum zusammenzudrängen. Das Experiment macht ihn deutlich, indem es die Frage auf die Spitze stellt.

Natürlich ist es ein Tagtraum, daß wir *gerade dann* an dem Mangel etwas tun könnten, daß wir endlich unser eigentliches Leben fänden, das wir verloren und nach dem wir stets heimlich gesucht haben von dem Augenblick an, wo wir es verloren haben.

(Obwohl es zur Sache mit dazugehört, daß wir überhaupt nicht wissen, in welchem Augenblick wir es verloren haben.)

»Mangel« und »verlieren« sind natürlich nur so etwas wie bildliche Ausdrücke. Es ist nichts, was uns abhanden gekommen ist, es ist nicht einmal etwas, das sich ersetzen läßt, obwohl wir uns das sehr gerne so vorstellen. Es ist nur dies, daß wir so gerne ganz sein möchten. Und was »ganz« bedeutet, weiß ich auch nicht, denn auch das ist ein Bild.

Dennoch ist dieses Gedankenexperiment in gewisser Weise mehr als ein Spiel. Sein Ernst liegt darin, daß wir die ganze Zeit voll und ganz davon überzeugt sind, daß es *in unserer Macht liegt*, uns selber zu finden, die Kluft, den Hohlraum zwischen uns selbst und unserem eigentlichen Leben zu überwinden, und daß wir es praktisch in jedem beliebigen Augenblick tun könnten. Irgendeine törichte Gewohnheit bringt uns dazu, den Augenblick hinauszuschieben, das ist alles, ungefähr wie zwei Kinder, die sich mit ihren Eltern entzweit haben, sich sehr gerne wieder mit ihnen versöhnen möchten, aber dennoch schmollen und starrköpfig bleiben und die Versöhnung von einem Augenblick auf den anderen verschieben. (Legen Sie nichts Religiöses in dieses Bild, interpretieren Sie es lieber psychologisch, wenn Sie auf irgendeiner Art Interpretation bestehen).

Wenn aber nur noch drei Stunden bleiben, und ich weiß das, ja dann bleibt zum Schmollen nicht mehr viel Zeit; der Augenblick kann nicht länger hinausgeschoben werden.

Und das Sonderbare ist, daß ich mich in meinen Tagträumen und Grübeleien über die letzten drei Stunden selbst wiederfinde, nicht mit einer heftigen Anstrengung, sondern spielend leicht. Es ist ja die ganze Zeit dagewesen! Plötzlich ist das Leben genau so voll und ganz, wie es die ganze Zeit gewesen wäre, wenn ich nicht geschmollt hätte.

Wenn jetzt eine psychologisch geschulte Person dies liest, bricht sie sicherlich in das unbeschreiblich barocke Psychologenlachen aus, das ihre Fähigkeit zum *Durchschauen* offenbart. Und danach sagt oder denkt sie Verschiedenes. Sie kann zum Beispiel etwas über Rollen, Rollenerwartung und über falsche Rollen denken, die wir übernehmen und die uns immer weiter von unserem natürlichen Ich entfernen, so daß wir am Ende einen solchen Mangel verspüren und von den drei letzten Stunden träumen, wenn wir endlich den Schritt zurück tun müssen. Es ist sehr gut möglich, daß diese Person recht hat, es ist zudem möglich, daß ihre Art und Weise, die Sache zu beschreiben, angemessener ist als meine; das einzige, was mir an Psychologen mißfällt, ist ihr Lachen.

Denn es bedeutete keinen entscheidenden Unterschied, ob ich dies in einer psychologischen Terminologie oder in meiner eigenen formuliere. Das ist die schlichte Wahrheit. Die paradoxen oder schrecklichen Umstände, unter denen wir existieren, können nicht weniger paradox oder schrecklich gemacht werden, indem sie auf die Psychologie zurückgeführt werden.

Sind wir eigentlich jemals von unserem unwiderstehlichen Wunsch abgekommen, alle richtigen Romane müßten einen glücklichen Ausgang haben?

Mit einem glücklichen Ausgang meine ich nicht genau einen Ausgang, der glücklich ist, sondern einen, der auf irgendeine Art und Weise den Kreis schließt, das Unvollständige vollständig macht, die Handlung nach Hause finden läßt, ob nun das, wozu sie nach Hause findet, Glück oder Unglück ist. Nur das völlig Offene, das unwiderrufliche Fragezeichen ist richtig unerträglich. Romane, die nicht von jemand oder von etwas handeln, das in irgendeinem Sinne am Schluß nach Hause findet, sind in Wirklichkeit außerordentlich selten. Wenn mit nichts anderem, so schließen sie damit, daß ein lange gehegter Verdacht bestärkt wird.

In der Vorstellung von den drei letzten Stunden verbirgt sich auch die Vorstellung von einem »glücklichen« Ausgang.

Ist das denn so unsinnig? Nein, wäre es das, dann würde ich nicht so ernsthaft sprechen. Nur braucht der »glückliche Ausgang« natürlich nicht am Ende zu liegen.

Der Nobelpreisträger Oppenheimer hat kürzlich ausgerechnet, daß, wenn man eine bestimmte Menge Zigaretten geraucht hat, jede weitere Zigarette einem das Leben um vierzehn Minuten verkürzt.

Einer, der gerne raucht und das hörte, sagte kürzlich: Was spielt das für eine Rolle? Die letzten Tage und Stunden werden ohnehin so unangenehm, daß es ein reiner Gewinn ist, wenn man noch die eine oder andere Viertelstunde davon abziehen kann.

Das ist ja eine törichte Antwort. Denn natürlich brauchen diese Minuten nicht vom Ende abgezogen zu werden, obwohl sie dort sichtbar werden. Das Leben ist wie ein elastischer Leib, es zieht sich als ganzes zusammen, wenn man zuviel raucht. Die totalen Möglichkeiten für Glück, Liebe, ja auch für Freiheit liegen in diesem elastischen Leib. Zieht er sich zusammen, tun es auch die Möglichkeiten.

Es gibt Augenblicke von Glück, Freiheit, fast Liebe, und wir alle kennen sie. Es gibt auch Augenblicke, für die es keinen Namen gibt und die dennoch durchaus golden sind, so golden, daß wir sie nie vergessen. Freiheit, die Brust weitet sich, eine Leichtigkeit im Zwerchfell, alles an seinem richtigen Platz, und alle toten Dinge um uns sprechen wieder in ihrer natürlichen Stimmlage, und langsam finden wir für einen Augenblick selber die Stimmlage, die unsere natürliche ist.

Da sind wir ganz, wir kommen nach Hause, das Experiment der drei Stunden wird Wirklichkeit. Der Ausgang findet sich sonstwo, nur nicht am Ende. Er schließt sich, aber öffnet sich wieder. Das Leben ähnelt in gewisser Weise nicht einmal einem Weg, der ein Ende hat, das ist eine Erfindung der Theologen, und die ist rigide. Eher ist es wie ein Zustand in einem flüssigkeitsgefüllten Raum, worin die Flüssigkeit in einem erschreckend unregelmäßigen und absolut unberechenbaren Rhythmus zwischen Krampf und Freiheit pulsiert. Der Krampf scheint der vorherrschende Zustand zu sein. Manchmal weitet sich alles zur Freiheit, aber der Krampf kehrt wieder. Und nichts kann uns jemals glauben machen, daß der Krampf wiederkehren wird, wenn er für einen Augenblick nachläßt.

». . . so leben wir und nehmen immer Abschied«, sagt Rilke.

Das zugleich Verpflichtende und Quälende an dem ganzen Gedankenexperiment ist natürlich, daß, wenn wir uns vorstellen, die drei Stunden seien die letzten, es ganz selbstverständlich wird, daß sie bis ins Unendliche voller Leben sein, daß sie Freiheit enthalten müssen, die Bestärkung jeden Verdachts, aber auch die Erfüllung jeder Hoffnung. Warum aber gerade diese Stunden. Warum nicht jede andere. Wir wissen ja, daß wir sterben werden.

Wir müssen uns das Porträt wieder ansehen: ein Mann, offene Züge, große helle Augen, er blickt in die Kamera. Er kann klug oder dumm sein. Er wird in drei Stunden sterben und weiß es nicht. Da wir das wissen, verändert sich sein Bild, so wie das Vexierbild im Lehrbuch für Psychologie sich verändert. Selber hat er sich nicht verändert.

Sollte es wirklich einen *entscheidenden* Unterschied bedeuten, wenn er es wüßte? Es würde alles in diesen Stunden verändern, aber nicht sein Leben. Und das ist die Pointe.

Und sonst? Gibt es mehr zu sagen?

Ich hatte einen guten Freund, der vor vielen Jahren starb, zehn oder fünfzehn müssen es sein. Wie dem auch sei, gestern fiel mir etwas ein, das er einige Jahre vor seinem Tode erzählt hatte. Ich habe daran nie gedacht, es ist mir bis gestern überhaupt nicht eingefallen, und deshalb empfindet man es als etwas, das ein Lebender und kein Toter gesagt hat.

Was er erzählte, war kurios und sehr einfach zugleich. An einem Samstagvormittag, nach so etwas wie einem anstrengenden Waldlauf, hatte er sich auf ein Sofa gelegt; im Zimmer lag schwacher Sonnenschein. Auf dem Grammofon hatte er Christian Lundbys »Traumbilder« gespielt und war bei dieser Musik eingeschlafen. Und einige kurze Augenblicke lang hatte er sich völlig glücklich, wirklich völlig glücklich gefühlt. Sie kennen sicherlich Christian Lundby, und wenn, dann verstehen Sie auch ungefähr, wie das Stück sich anhört.

Das ist alles. Es kann unbedeutend wirken, aber genau solche Dinge *lassen sich nicht verfälschen*. Es ist ein lebendiges Bild, und wenn es jetzt, so viele Jahre später, auftaucht — ein kleines Stück Wirklichkeit, das es einmal im Bewußtsein eines, der jetzt tot ist, gegeben hat —, dann habe ich das Gefühl, als hätte ich dieses Bild *gerettet*.

Auf diese Weise könnte man sagen, daß die menschliche Kommunikation, oder die Möglichkeit der Kommunikation zwischen Menschen, den Tod ausschließt, ihn zunichte macht. Und zugleich macht uns einzig ein solches Bild, das ja ein Kommunikationsinstrument ist, wirklich klar, was das Entsetzliche am Sterben ist.

C's Monolog

»Ich« bedeutet: »der Sprechende«.
Ich Minotaurus. Ich Theseus.
Ich Dädalus. Usw.

Dieses »Ich« macht unser Schauspiel zum Schauspiel.

Wie rasch dieses kleine Schiffchen
durch das Webstück eilt!

Einer nach dem andern hat das Gefühl, er sei »ich«:
ein ganz differenziertes Gefühl.
So künstlich eingerichtet ist die Natur.

Und nicht Verzweiflung sondern Müdigkeit,
die entsetzliche Müdigkeit
die einen in Labyrinthen befällt,
hindert mich viel mehr darüber zu sagen.

Wäre es anders, ich hätte gesprochen,
ja wahrhaftig,
ich hätte euch etwas erzählt.
Ihr hättet die Augen aufgesperrt!

Oder hättet ihr nichts dergleichen getan?

Oder seid ihr am Ende ebenso müde wie ich?
(Zuletzt habe ich ganz offen gegähnt
und nichts empfunden als grenzenlosen Überdruß
wenn mich wieder einer getadelt hat. Weil ich falsch sei.
Kaltherzig. Müde. Usw.)

Ich bin so müde, daß es mir vorkommt, als sähe ich Steine,
winzige Steine, am Grund eines Brunnens.

Wußtet ihr, daß es Brunnen gibt,
so tief wie der Turm einer Kathedrale?
Schwindelnde Türme, und eine Wolke von Vögeln,
Dohlen, glaube ich, sind es, um ihre Spitzen.

Solche Bilder seh ich sogar im Traum noch.

Ich sehe Bilder. Und ich weiß:
Eine ganz geringe Anstrengung wäre genug,
und . . . warum geschieht so selten ein Bergrutsch?
Warum können die Steine so still liegen? Und wir nicht?

So rasch eilt das kleine Schiffchen hin!

Ich könnte euch viel erzählen. Brunnen bohrt man,
100, 200 Meter tief in die Erde.
Das dauert Wochen und Monate.
Ich habe einen arbeiten sehn an so einem Brunnen.
Es war ein selten schöner Tag, im Herbst.
Er ließ den Sprengsatz ins Bohrloch ab,
ein großes Paket, senkrecht in die Tiefe.
Wir erwarteten einen Ausbruch, ein Erdbeben.
Wir dachten: jetzt . . .

Was glaubt ihr wohl?

Er streckte den Zeigefinger aus
und machte uns auf ein diskretes Knacken aufmerksam:
Das war die Explosion.

Lapis niger

I

Jetzt weht es durch das Gras, zu guter Letzt.

Ein Gras das Rothalm heißt ergreift der Wind
und geht durchs Gras, durchs hohe Gras.

Zieh durch die Goldne Brücke,
über Stock und Stein —

und jeden Herbst, wenn der Rothalm kommt
und rötet sich, ist da ein alter Mann

der sagt, das Gras verkündet uns das Jüngste Gericht.

Also kommt es Jahr für Jahr, und über Stock und Stein,
das Jüngste Gericht. Das zu wissen tut gut.

Der Rothalm, im Original *rödven*, eine Grasart der Familie Agrostis; nach schwedischem Aberglauben deutet sein reiches Vorkommen auf einen bevorstehenden Krieg.

II

Kirchtürme, Turmspitzen, rötliche Dämmerung,
und unter den Wolken flattert es fort.

Weder Fledermäuse noch Vögel.

Im Zentrum von Rom, im Oktober, unter Bäumen,
liegt unter verwitternden Bronzen ein Stein, *lapis niger*,

der war einst der Nabel der Welt, ein Stein.

Oft ging ich dorthin in meiner zerstreuten Jugend
und legte die Hand an den Stein, den schwarzen Stein.

Jetzt, in einem andern Jahr, im Oktober, ist er immer noch
warm
und strahlt Dunkelheit aus und Schauder und Zutrauen.

Er will nicht kalt werden. Der schwarze Stein.

Auf dem Forum Romanum, unweit des Triumphbogens für Septi-
mus Severus, eineinhalb Meter unterhalb des Niveaus der Kaiser-
zeit, liegt ein Stein aus schwarzem Marmor, der *lapis niger*, der
schon in der Antike für das Grab des Romulus galt und als Mittelpunkt der Welt betrachtet wurde.

III

Jetzt weht es durch das Gras, zu guter Letzt,

und ich, der immer glaubte der Weg sei kurz,
das Leben sei nicht schwer zu überblicken,

ich seh, daß es verworren ist, endlos,
ein Labyrinth, in dem die Gänge sich verdoppeln,

zu jedem Weg, der möglich ist, ein zweiter kommt,
der seinesgleichen ist, und kreuzt den ersten

in keiner Menschenzeit. Vielleicht in einer andern.
Wieviele Tage wir verlieren!

Für jeden unter ihnen — ein neuer Tag.

Ein Spiel für große Mathematiker
sind solche Rätsel.

Und ich will nicht spielen.

IV

Wer sagt nie:
»Etwas, das nicht zu End gebracht ist, geht mir nach«?

Kirchtürme, Turmspitzen, rötliche Dämmerung.
Im mineralogischen Museum schlafende Steine.

Der einen Stein zur Hand nimmt und ihn wiegt,
Pechblende, Blutstein, Kryolit,

und »Etwas nicht zu End Gebrachtes geht ihm nach«
der sagt von sich nicht mehr als das

was auch der Stein vom Stein zu sagen wüßte.

V

Und Alice,
gefolgt vom Märzhasen, von der Falschen Suppenschildkröte
und von der Weißen Königin aus dem Schachspiel,
wandte dem deutschen Professor den Rücken zu
(dem mit der doppelten Taschenuhr
deren Zeiger einander zuwiderliefen
und sich nur einmal am Tage trafen)
und rief ihm naseweis nach:

»Was wüßte der Stein vom Stein zu sagen?«

Da sprach ganz überraschend die Weiße Königin:

»Auch eine Uhr die steht,
zeigt einmal am Tage die richtige Zeit.«

Die hier auftretenden Personen stammen aus den beiden *Alice*-Büchern von Lewis Carroll.

VI

»Zieh durch die Goldne Brücke,
über Stock und Stein.«

Im Wald, mitten im Herbst, kam ein Mann,
der lief und stolperte durch das Laub

und behauptete, er sei »von Hunden gehetzt«.

Es waren keine Hunde zu hören.

Das war ein Beweis. Und jemand zerbrach einen Zweig
und warf die Stücke vor und hinter sich,

und wies in die Gegenrichtung:

»Wenn du dorthin gehst,
werden die Hunde dich hetzen.«

»Zieh durch die Goldne Brücke . . .« Auf Grund einiger änigmati-
scher Details haben manche Forscher eine bestechende Ähnlichkeit
dieses Kinderreims mit den Vorstellungen vom Totenreich aus
dem Zend-Avesta sehen wollen.

VII

Jetzt weht es durch das Gras, zu guter Letzt.
Es ist schon spät, und viel verloren.

Die Meisten sind schon heimgegangen, der Sommer ist vorbei,
die Gatter sind geschlossen. Etwas ist nicht zu End gebracht.

Nimm eine Handvoll Steine. Nimm eine Handvoll Kies.
Das wiegt so leicht wie ebensoviel Tage,

und das will heißen:
Zufall und Absicht fallen ineinander,
doch erst zu guter Letzt.

Der eigentliche Bericht über Herrn Arenander

An einem schönen Sommermorgen des einen oder anderen Jahres saß ein Herr namens Arenander an seinem Küchentisch und aß von den gebratenen Eiern, die zu seinem Frühstück gehörten. Alle Fenster des Hauses waren geöffnet, so daß die Gardinen vom Winde hereingeweht wurden.

Es war um die Zeit des Tages, in der keine Züge verkehren, und in der schon warmen Luft hörte man nur die aus dem Garten hereindringenden Geräusche. Hummeln schwebten über dem Drahtzaun, der sein Grundstück von dem des Nachbarn trennte, und ein weißgesprenkeltes Kätzchen tanzte, wie mit einem unsichtbaren Feind kämpfend, zwischen den Büschen umher.

Von diesem imaginären Kampf, der ebenso ernsthaft wie unwirklich erschien, drangen schwache Geräusche bis in die Küche: Pfoten, die trockenes Laub vom Rasen aufwirbelten, ängstliches Piepen und Fauchen.

Weil seine Frau ausgegangen war, um Besorgungen zu erledigen, ließ Herr Arenander sich Zeit. Die Morgenzeitungen lagen noch ungeöffnet am Rande des Tisches und wollten gelesen werden. Die Uhr zeigte schon auf halb neun, und allmählich würde es ja auch später werden.

Sonnenlicht spiegelte sich in dem frischgebohnerten Linoleumfußboden der Küche, dessen helle und dunkle Vierecke es dem Auge erlaubten, die kompliziertesten und unentwirrbarsten Systeme zu konstruieren und sie nach Belieben plastisch oder flächig aufzufassen, wie es gerade dem Wunsch und der Stimmung entsprach.

Es war schon warm, und kleine weiße Wölkchen begannen am Horizont aufzuziehen.

Arenander wollte gerade einen Gedankengang wieder aufnehmen, den er begonnen hatte, bevor diese Erzählung ihren Anfang nahm, als er von einer ungewöhnlich tiefen und hartnäckigen Vorstellung abgelenkt wurde.

In der fast vollendeten Morgenstunde trat auf diese Weise eine plötzliche Veränderung ein, ein Erdrutsch oder Lawinenunglück, ein gewaltiges Erdbeben, eine so einschneidende Neuordnung des für ihn Überschaubaren, daß es Jahre dauern sollte, bis er alle Folgen, die sich aus dieser einen Stunde ergaben, übersah.

Er wurde im Mai eines längst vergangenen Jahres geboren und bekam ein kleines blaues Jäckchen. Er konnte anfangen zu existieren. Sein Leben zwischen jenem Morgen und heute muß irgendwo eine Erklärung enthalten, aber sie ist so gut versteckt unter Milliarden von anderen Möglichkeiten, daß wir sie niemals finden und glaubhaft machen könnten, so sehr wir uns auch anstrengen würden.

Die Wolken zogen am Horizont auf. Er war immer noch allein in der Küche, die Zeitungen lagen noch immer ungelesen auf dem Tisch. Das Licht kroch mit entsetzlicher Langsamkeit über den zugleich trivialen und verräterischen Linoleumfußboden mit seinen Mustern und Labyrinthen und Tiefen — und es veränderte sich. Es war so weit.

Und als die Veränderung, vorbereitet durch Ereignisse und Handlungen aus dreißig Jahren, die Heimsuchung, göttliche Finsternis, große Naturkatastrophe, Verleugnung oder Abwesenheit oder wie immer Sie es nennen wollen, nun also eintrat, kam sie so langsam, daß er nicht einmal vom Küchentisch aufsah, sondern ruhig zu essen fortfuhr.

Um ihn herum war es dunkel geworden, aber das Licht blieb dasselbe. Das Merkwürdige ist nämlich, daß sich die äußeren Bedingungen niemals verändern. Sie bleiben dieselben.

Irgendwann einmal kommt man in einen Raum, sieht sich um, knipst am elektrischen Schalter — und es bleibt genauso dunkel. Man schaut sich wieder um, diesmal ohne zu sehen, und dann begreift man, daß man versucht hat, das Licht *noch einmal* einzuschalten.

Er aß seine Mahlzeit zu Ende, schlürfte die letzten Milchtropfen aus dem Glase und griff nach der Serviette. Und als er endlich aufsah, begriff er, daß er sich im Dunkeln befand. Er verspürte einen Schmerz, aber er war nicht heftig. Er empfand ein Verlangen, aber es war nicht brennend. Es war ein Verlangen, jedoch nicht nach etwas Besonderem, eine Trauer, die sich auf nichts Bestimmtes bezog; er fühlte sich ganz einfach betroffen und wußte nur nicht, wovon.

Zog er jetzt die Schlußfolgerung, daß sich überhaupt nichts verändert hatte? Das war sein entscheidender Irrtum. Nun war er preisgegeben.

Ruhig faltete er also die Serviette zusammen. Denn keine Handlung, die im Bereich des Möglichen lag, hätte nähergelegen oder größere Aussicht gehabt, eine Veränderung herbeizuführen.

Ein unbestimmtes und tiefes Gefühl breitete sich aus, das irgendwo aus dem Inneren kam und zur Peripherie des Körpers drängte. Es war eine Unlust, die so stark und heftig war, daß er sie nur langsam als Verzweiflung empfand.

Herr Arenander saß vollkommen still an seinem Tisch und hörte die Katze wie vorhin draußen im Garten spielen.

So entstand in ihm die überraschende Empfindung, vollkommen punktförmig und unbeweglich zu sein: die Zeit war zu Kristall erstarrt und er selber als Punkt oder mikroskopische Verunreinigung in diesem reinen, völlig statischen Material eingeschlossen.

Das einzige, was ihn verwunderte, war, daß er seinen eigenen Körper mit der gleichen trügerischen Leichtigkeit trug wie vorher, als ob kein endgültiger Schachzug gemacht worden sei und die Karten weder gemischt noch verteilt worden wären.

Als seine Frau endlich zurückkehrte und den Schlüssel ins Schloß steckte, hätte nichts in der Welt ihr verraten können, welche Veränderungen sich ereignet hatten und welche Geheimnisse dieser Morgen, der willkürlich unter Zehntausenden von Möglichkeiten ausgewählt war, keimend und schwellend in sich barg.

Die Hunde

Jetzt, wo es ruhiger geworden ist und ich mich endgültig in dieser Gegend niedergelassen habe, die weder Stadt noch Land ist, verspüre ich ein neues Interesse an allen diesen Erscheinungen.

Zur Hälfte ist es unfreiwillig. Es wundert mich selber, wie einfach, ja nahezu selbstverständlich es mir vorkommt. Der Gedanke spielt damit, wird wach und tappt weiter, als gäbe es keine Hindernisse.

Noch vor wenigen Jahren würde es eine Selbstüberwindung gekostet haben, die ich nie aufgebracht hätte.

In dieser neuen, ruhigen Gegend, hier erscheint alles plötzlich leichter. Die Telephonleitungen auf ihren dünnen Masten führen in die Stadt hinein; deutlich und weiß schimmern sie im Rauhreif, der sie bereits im frühen November befallen hat. Sie führen durch gelichtete Wälder und erstarrte Felder. Hier gibt es Alleen, Reitwege, Wanderpfade, auf denen das Eis in den Pfützen unter den Füßen klirrt. Bauernhöfe, über denen Rauch aufsteigt, und Hunde, die zu bellen beginnen, wenn man sich nähert. Schießbahnen, eine Mostkellerei in einem alten weißgekalkten Gehöft und in der Ferne ein paar im Wald verstreute Villenvororte. Rauch steigt aus brennendem Kartoffelkraut, und helles Hämmern klingt von einer Bohle herüber, die gerade ausgebessert wird.

Die Tage werden höher, klarer; man begegnet Reitern im Walde. Es ist so eine Gegend, in die man weit hineinwandern kann, ohne zu ermüden. Die Telephondrähte haben nicht viel zu vermitteln. Es wird einsamer um mich, immer seltener kommt jemand aus der Stadt heraus. Mein Haus ist schweigsam und groß und sehr fest gebaut. Ich kann hier lange wohnen. Ich bin gekommen, um zu bleiben.

Während der Spaziergänge in dieser Landschaft, die eine ausreichende Grenze zwischen dem einen und dem anderen darstellt, genügend Übergang und Unbestimmtheit, um der in mir verbliebenen Unruhe zu entsprechen, sind die ersten Zeichen sichtbar geworden.

Ich gehe meist allein. Hin und wieder mit jemandem, der genauso schweigsam ist wie ich selber oder sich bereit findet, ebenso sachliche Unterhaltungen zu führen. Der nächste Nachbar, dem schon lange eine Gärtnerei gehörte, die er jetzt aber anderen überlassen hat — er hat immer einen kleinen rauhhaarigen Hund bei sich, der vor uns her rast, das Eis auf sämtlichen Pfützen beschnüffelt, eine Hasenspur findet, mit lustigen Kapriolen und Seitensprüngen verschwindet und uns nach hundert Metern wieder einholt.

Ein Meteorologe, so alt wie ich, der hier hinausgezogen ist und in einer Villa gleich nebenan wohnt. Jemand hat eine Schafherde, die den ganzen Winter über auf den Äckern weidet, die an sein Grundstück grenzen. Er macht sich Sorgen über die Nähe der Schießbahn, die Schafe könnten jederzeit durch den Stacheldraht laufen und zwischen die Wälle geraten.

Oder wir begegnen einem Reiter. Das Pferd scheut gerade an der schmalsten Wegstelle, so daß wir zusammenfahren. Eine Abteilung Soldaten, die sich auf dem Weg zum Schießplatz befindet, hat gerade Raucherlaubnis bekommen. Der Geruch schlechten Pfeifentabaks liegt noch in der Luft. Sobald wir tiefer in den Wald hineingekommen sind, hören wir schon das klare metallische Geräusch ihrer Schüsse.

Eines Morgens geht vor mir ein Mädchen in Pelzmantel und langen Hosen, mit dunklem kurzgeschorenem Haar, auch sie mit einem Hund. Sie geht langsam, und als ich sie überhole, kann ich es nicht lassen, den Kopf zur Seite zu wenden und sie anzusehen. Sie ist außerordentlich schön, sie erinnert mich an etwas.

Eines Vormittags erzählt der Meteorologe von einem eigentümlichen Lichtschein, den er beobachtet hat. Dreißig Grad über dem Horizont, weder Fixstern noch Planet, denn das Licht war viel stärker. Es stand vollkommen still und leuchtete mit gleichbleibendem Schein. Im Wald gibt es keine Leuchttürme.

Es könnte zu einem entfernten Flugplatz gehören oder vielleicht zu einem Radiomast. Er weist meine Erklärung zurück. Wir schweigen.

Verlassene Häuser mit Apfelbäumen und einem Nebengleis, das zu einer Kiesgrube führt.

Irgend etwas läßt die Luft klarer werden, ich wache auf und

spüre, wie auch etwas anderes erwacht. Etwas in mir stellt Verbindungen her zu etwas anderem, das schon dreißig Jahre zurückliegt, ganz plötzlich und beiläufig, ohne Schmerzen zu verursachen.

Noch vor zwei, vor einem, vor einem halben Jahr wäre das unmöglich gewesen. Nun ist es schon auf dem Wege und macht sich mit solcher Lebhaftigkeit bemerkbar, daß ich es nicht länger verleugnen kann. In solchen Augenblicken liegen die Lebensalter so nahe beieinander, daß ich nur eine Hand auszustrecken brauche, um von einem zum anderen zu reichen.

Ich tue so, als ob ich es nicht bemerke. Ich verberge es, gebe es nicht einmal mir selber gegenüber zu und ertappe mich dennoch dabei, daß ich in einer Mischung von Schreck und Lust tatsächlich auf den Augenblick warte, in dem sie zusammenfallen und sich schließlich als ein und dasselbe erweisen sollen.

Auf diese Weise ist das, was ich jetzt empfinde, die stumme Fortsetzung dessen, was ich einmal gewesen bin.

Zwischen diesem neuerwachten Interesse, das ich — aus Furcht, es zu vertreiben — nicht einmal beim Namen zu nennen wage, und dem gleichen Interesse in einer vergangenen Zeit liegen dreißig Jahre des Schlafes. Dreißig Jahre eines Zustands, in dem ich mich nur befunden habe, ohne aber eigentlich davon berührt worden zu sein.

Ich greife zu meinen alten Aufzeichnungen, ich schreibe weiter auf der nächsten Seite nach dieser hier, die ich vor dreißig Jahren beendet habe. Und ich empfinde das als vollkommen natürlich.

Aufzeichnungen, Tagebücher, das ist nichts Besonderes. Nur ein paar Beobachtungen verschiedener Art, über Naturerscheinungen und physikalische Probleme, die mich interessierten, psychologische Wahrnehmungen, kleine Ereignisse, die mir irgendwie bedeutungsvoll erschienen. Es sind, kurz gesagt, Aufzeichnungen solcher Art, von denen man meint, daß sie in irgendeiner Weise bedeutsam sind. Wie ein Journalist sich Notizen macht, wenn er in ein fremdes Land reist, weil er eine Artikelserie schreiben muß, sobald er nach Hause kommt.

Ganz einfache Aufzeichnungen. Sonderbar ist nur, daß ich wieder angefangen habe, mir Notizen zu machen. Irgend etwas sagt mir, daß meine Beobachtungen wieder dazu neigen, eine Bedeutung zu erlangen.

Vor nur einem halben Jahr hätte ich mich nicht überwinden können, in den alten schwarzen Büchern mit ihren Wachstuchumschlägen auch nur zu blättern. Ein Instinkt, der einen veranlaßt, auch auf das vorbereitet zu sein, was man nicht voraussehen kann, gab mir ein, sie auch beim letzten Umzug unter alten technischen Zeitschriften in einer grünbemalten Holzkiste mitzunehmen. Die Zeitschriften sind genauso alt. In ihnen werden Tachometer als Neuigkeit für Autos beschrieben, andere Artikel befassen sich mit den Strömungen in den höchsten Luftschichten und welche Möglichkeiten es gibt, die wertvollen Mineralsalze zu gewinnen, die das Meerwasser in gelöster Form enthält, oder wie man Entfernungen mit Hilfe von Lichtstrahlen und reflektierenden Spiegeln mißt, die auf Berggipfeln aufzustellen sind.

Nun liegen diese Zeiträume Wand an Wand, das leiseste Klopfen ist vernehmbar.

Noch vor einem halben Jahr würde ich es nicht über mich gebracht haben, die Kiste zu öffnen.

Es hat sich nichts seitdem ereignet. Nichts Dramatisches, nichts Entscheidendes. Nur daß ich hier hinausgezogen bin und daß es sehr still geworden ist. Die Telephonleitungen, die in die Stadt hineinführen, vermitteln nur sehr selten Gespräche für mich.

Ich wäre niemals einer solchen Unlust fähig gewesen. Das hätte mich an Mißerfolge erinnert, an Betrügereien, Verrat, Enttäuschungen, falsche Versprechungen und Leidenschaften, die im Nichts endeten oder mich gegen mich selbst aufgebracht hätten.

Und daran, daß jeder einzelne ein *anderer* wird, daß keiner das wird, wozu er bestimmt zu sein schien.

Die Loyalität gegenüber diesem anderen, der ursprünglich vorhanden gewesen ist, kann man unmöglich aufgeben. Aber es ist ebenso unmöglich, sie gelten zu lassen — das würde ja bedeuten, das Greifbare, das tatsächlich Vorhandene aufzugeben und nichts dafür einzutauschen als eine Art — Fiktion. Wenn der andere wirklicher ist als ich, was ist dann wirklich? Wenn es schon ein wirkliches Leben in erreichbarer Nähe gibt als das, welches ich gelebt habe, und es so unwirklich ist, daß es nur als eine Bewegung in der Tiefe spürbar wird, so als ob jemand in mir zusammenzuckt, den ich wiedererkenne und doch nicht wiedererkenne, was ist das dann für ein Leben?

Wäre ich loyal gegenüber dem anderen Leben — dem, das nicht zustandekam —, würde sich dann nicht alles auflösen in Wolkenspiele, unsichtbare Luftströmungen, Trugbilder und Naturphänomene, die uns ebensowenig etwas angehen, wie alte Berichte über tropische Unwetter und meteorologische Kuriosa? Ein Regen von Blutstropfen über Madagaskar 1897, ein Schneetreiben mit suppentellergroßen Flocken über Wisconsin 1908, ein Sturm, der im 18. Jahrhundert lebende Frösche über Sankt Mauritius ausschüttete.

Also verstummen wir und wenden gewissenhaft die Blätter des Buches, als ob spätere Seiten die Antwort auf die Fragen enthalten würden, die auf den ersten gestellt werden.

Nur unter ganz besonderen, ich möchte sagen, außerordentlich seltenen Umständen kann der eine sich in dem anderen bemerkbar machen: dieser eine, der niemals in dem, der sich tatsächlich entfaltete, zustandekam.
Er bewegt sich wie ein Embryo, ein Fötus in seinen Flüssigkeiten, ein Homunkulus in seiner Flasche. Schwache Flüssigkeitsströmungen, Veränderungen der Atmosphäre, elektrische Ströme.
Ein fast unendlich kleiner potentieller Unterschied, eine verfängliche Spannung zwischen zwei Stadien, die sich plötzlich bemerkbar macht. Es gibt ein Zucken, eine winzig kleine, aber deutliche Bewegung, die nicht von außen her erklärt werden kann, also nur von innen her zu erklären ist. Er ist vorhanden.

Es lohnt nicht, darüber zu reden. Wer nach dem suchen will, was einmal lebendig war, muß dem Glück vertrauen. Es ist in den Zufälligkeiten verborgen.
Der Boden ist hart, die Rauchfahnen steigen. Der Winter steckt noch in seinen Anfängen, glaubt es mir!

»Nein, ich glaube nicht an Schicksale. Die Muster, Konstellationen, Berichte — sie sind nichts weiter als eine Art Frost, klirrendes Eis, sich verhärtende Radspuren.
Aber ringsum kläffen die Hunde, die nicht anhalten wollen und immer weiterlaufen, bis sie ihr Ziel in den kältesten Gegenden erreicht haben.
Der meteorologische Ballon steigt unbeirrt mit seinen Sonden und Meßinstrumenten in die Lüfte: 10 000 Meter, 15 000, 25 000 — unerhörte Höhen. Aber wenn er herunterkommt, liegen die Instrumente in Splittern und Scherben, und wir wissen nicht mehr als vorher, warum es Regen gibt und weshalb die Wolken immer noch da sind, statt sich in fünf Minuten aufzulösen, wie sie es tun müßten, wenn sie den physikalischen Gesetzen folgen würden.
Wenn man Schicksale in Eis einfrieren könnte, würde ich auch meines einfrieren lassen, um es überschauen zu können. Dann könnte ich zu mir selber sprechen und fragen, warum ich hier bin, außerhalb meiner selbst, am Rande der Stadt, in der Mechanik.
Mechanik.
Der allererste klirrende Frost, wenn sie durch die Alleen und über die Wege hasten, mit weißem Atem auf den Lefzen. Sie

jagen dahin, werfen sich über tiefe Gräben, durch trockenes und gefrorenes Gras, das wie Glas unter ihnen bricht, sie sind an vielen Stellen zugleich, und ihr Gebell folgt ihnen die ganze Zeit nach. Sie halten nicht an.

Zu folgendem Ergebnis bin ich gekommen:

Es gibt keine Erfahrung, die nicht mit einem anderen in Zusammenhang gebracht werden kann. Es gibt kein Bild, das nicht gleichzeitig jemand anderen vorstellt. Und deshalb gibt es auch keine ›Schicksale‹. Aber die Bilder gibt es.

Wir müssen sie retten. Es eilt, begreifen Sie das nicht?«

In dem dicken Tagebuch mit den marmorierten Einbanddeckeln habe ich mindestens zwanzig — Notizen gemacht. Es ist leicht zu ersehen, worum es sich handelt.

D. »Ein Junge namens D. erhält während des Werkunterrichts vom Lehrer die Anweisung, alle Kinder aufzuschreiben, die während der Stunde laut sprechen, und den Zettel nach dem Unterricht dem Lehrer zu geben. D., der sehr dick und feige ist, gibt eine lange Namensliste ab, auf der fast die ganze Klasse verzeichnet steht. Der Lehrer verhängt als Strafe zwei Stunden Nachsitzen. Es ist Sonnabend.

Am Montag versammelt sich die Klasse neben einem roten Haus am unteren Ende des Hofes. Das Haus enthält eine der städtischen Transformatorenstationen. Eine seiner Ziegelwände ist dem Schulhof zugekehrt.

Gegen diese Wand drängen die Klassenkameraden ihren Mitschüler D. Schritt für Schritt muß er zurückweichen. Er hält die ganze Zeit über laute Verteidigungsreden, sucht Vorwände, Ausflüchte, Drohungen und fängt schließlich an zu weinen. Die Gesichter und Schultern vor ihm sind eine kompakte Mauer, die sich zu einem Halbkreis schließt.

Zuletzt spürt D. die Ziegelwand als eine feste, undurchdringliche Fläche an seinem Rücken. Einen Augenblick lang überlegt er die Möglichkeit, sie könne nachgeben und er darin verschwinden.

Es ist ein ziemlich warmer Tag gegen Ende Mai. Die Baumkronen über ihm sind voll klebriger, sehr großer Knospen. Er kann sehen, wie sie sich im Wind bewegen. Von der Straße her ist der Verkehr sehr deutlich zu hören. Das ist ziemlich merkwürdig, weil die Rufe der Mitschüler vor ihm inzwischen zu einem einzigen zusammengeballten Gegröhl angeschwollen sind.

Wenn D. durch die Wand dringen könnte, würde sie ihm vorkommen wie eine weiche Masse, wie Wasser etwa. Es würde alles sehr schnell geschehen, mit einer fischartigen Bewegung, einem einzigen blitzschnellen Schlag gegen die Ziegelwand, die in diesem Augenblick weich wie Seide wäre.

Die Mauer müßte sich dann vor den Anstürmenden verschließen, und die ersten würden von den hinter ihnen Drängenden gegen die Steine gestoßen werden, sich verletzen, Knie und Ellbogen an den Ziegeln aufschlagen, bis die ganze Bande sich in wildem Suchen auflösen würde. Einige würden gegen die Wand klopfen und hämmern. Andere nach einer versteckten Öffnung suchen. Wieder andere würden glauben, daß er irgendwie zwischen den Beinen der zuerst anstürmenden Widersacher entkommen sei oder gar Hilfe von ihnen bekommen habe. Es würde zu einem Streit kommen, einem Kampf aller gegen alle. Viele hätten noch ein Bündel Schulbücher in den Händen. Die würden sie von sich werfen.
Als D. mit der Hand hinter sich tastet, fühlt er deutlich die Ziegelmauer mit den Fingern. Sie ist warm, vom Sonnenlicht erhitzt. Die Schar umringt ihn so dicht, daß niemand von außen sehen kann, was geschieht. Es ist kurz vor den Ferien, Ende Mai.
In der nächsten Werkstunde erhält D. denselben Auftrag. Er protestiert nicht, sondern liefert am Ende der Stunde eine vollkommen leere Liste ab.«

S. »S., mein Großvater, wird von einem technischen Spleen befallen. Er verzichtet auf die Ingenieurslaufbahn, um in Ruhe und Frieden seine Ideen verwirklichen zu können. Das Ziel, das er sich setzt, ist so eindeutig absurd, daß alle Fachleute den Kopf schütteln.
S. weist ruhig alle Einwände zurück, verschwendet Unsummen Geld und riskiert außerdem sein Leben für diese Erfindungen. Wenn er gebeten wird zu erklären, was er mit seinen Erfindungen eigentlich bezwecke, antwortet er in ausweichenden Redensarten und verwickelt sich dabei in so eigentümliche und wortreiche Widersprüche, daß die Verwandten um seinen Verstand fürchten.
Er selbst legt eine vollkommen unbeirrbare Zuversicht an den Tag. Ich erinnere mich seiner als eines sehr ruhigen Mannes, wenn auch nur von einer Photographie. Dieses Bild zeigt ihn auf einem großen Feld, umgeben von diversen Apparaten, die offenbar aus einem bestimmten Grund in einer Art von Verschlägen aus dünnen Holzlatten verwahrt werden. Es scheint sich um meteorologische Instrumente zu handeln.
Ich bin nie darauf gekommen, sie mir von jemandem erklären zu lassen. Seine großen, zuversichtlich dreinschauenden Augen gehören ganz und gar einem anderen Zeitalter an.
Die Verwandten gehen schließlich mit allerlei finanziellen Maßnahmen gegen S. vor. Das führt lediglich zum Bruch. Er setzt also seine Experimente fort, aber nun unter furchtbaren Schwierigkeiten. Er wird zeitweilig krank, auf späteren Bil-

dern sehen seine Augen müde aus. Das geht einige Jahre so weiter.

Zuletzt sieht er sich gezwungen, die Experimente durch *öffentliche Vorführungen* zu finanzieren. Eine dieser Veranstaltungen endet mit einem eigenartigen Unglück.«

»Ich habe S. verdächtigt, ein Alchimist zu sein. Und unter einem Alchimisten verstehe ich in diesem Zusammenhang eine Person, die glaubt, daß der Mensch mit mechanischen Erfindungen einen entscheidenden Kunstgriff *an sich selber* vollziehen kann, und dadurch besser, freier, ja geradezu ein anderer zu werden.«

V. »V. erhält auf einer Reise an einem Frühlingstag in München ein Telegramm. Er setzt sich in den Englischen Garten, wo hellgekleidete Damen promenieren und kleine Kinder in Wagen auf hohen Rädern spazierengefahren werden. Er liest es sehr sorgfältig.

Ein entfernter Verwandter ist gestorben. Im Telegramm wird in aller Kürze mitgeteilt, daß die Hälfte seines Besitzes an V. fallen wird.

V. hat nur eine sehr undeutliche Erinnerung an diesen Verwandten, erinnert sich aber sehr deutlich eines Aquarells, das er in seiner Kindheit gesehen hat. Es zeigt einen sanft gewellten Strand und oberhalb des Strandes hohe baumbewachsene Hänge. Durch die Wipfel schimmert im Hintergrund ein weißes Gebäude, bei dem es sich um ein ziemlich großes herrschaftliches Anwesen zu handeln scheint.

Auf diese Erinnerung stützt V. seine Vorstellung von der Höhe der Erbschaft. Seine ganze Lebensweise ändert sich. Nachdem er seit Jahren mit all seinen Unternehmungen Mißerfolg gehabt hat, zu demütigenden Kompromissen und aufreibenden Routinearbeiten gezwungen war, die alle seine Kräfte verzehrten, macht V. sich nun im Laufe weniger Tage von alledem frei.

Er erlebt unmittelbare Erfolge von solchem Ausmaß, daß sie ihn selber völlig überraschen. Er entschließt sich, eine Zeitlang in München zu bleiben. Nach einigen Monaten erhält er die Nachricht, daß das Testament angefochten wurde und daß er vor Gericht erscheinen soll. Er empfindet Unbehagen, läßt sich aber in dem Zustand heftiger Aktivität, in dem er sich befindet, nicht stören.

Während des nun folgenden Jahres fließt so viel Geld in V.'s Taschen, daß er sich nicht länger um das Erbe zu kümmern braucht. Er spricht jetzt mit einer festeren Stimme als früher. Wenn er einen Raum betritt, in dem sich viele Menschen befinden, können sie nicht länger umhin, es zu bemerken. Selber bemerkt er es nicht.

Der Einspruch wird zurückgewiesen. V. verläßt vorübergehend München, um das Erbe anzutreten.
Die Summe entspricht seinen Erwartungen, ist aber nicht groß genug, um jetzt noch wirklich Eindruck auf ihn zu machen. Er erkundigt sich nach dem Gutsgebäude, erfährt, daß es niemals solch ein Haus gegeben hat und beruft sich auf das Bild. Niemand kann ihm Antwort geben. Erst nach etlichen Schwierigkeiten wird das Bild herbeigeschafft.
Es stellt sich heraus, daß es nichts mit der ganzen Angelegenheit zu tun hat, das Motiv stammt aus einer anderen Gegend. Außerdem erweist sich das, was er für ein Gutshaus gehalten hat, in Wirklichkeit als eine weiße Klippe, die der Maler ziemlich unbeholfen *mit einigen Flecken Zinkweiß* angedeutet hat.«

G. »G. leiht sich von seinem Schwiegervater ein sehr großes altmodisches Motorboot, das mehrere Jahre lang auf der Werft gelegen hat und aus allen möglichen Gründen erst in diesem Sommer zu Wasser gelassen worden ist.
In der Kajüte riecht es stickig nach Kissen und Mahagoni, und die Feuchtigkeit hat große Flecken hinterlassen. Es gelingt G., der sehr hartnäckig ist, das Boot in einen gebrauchsfähigen Zustand zu bringen. Er verläßt seine Familie und begibt sich auf eine weite Reise.
Er ist ein von Grund auf unglücklicher Mensch, dem die Fähigkeit abgeht, sein eigenes Unglück in Worte zu fassen.
Er unternimmt diese Seereise während einer Lebenskrise, in der er weder zum Leben noch zum Sterben Kraft zu haben meint.
Es ist ein schwerer, regnerischer Sommer, die Sonne ist seit Wochen nicht zu sehen gewesen. Er setzt seine einsame Reise Tag für Tag fort, mit Kurs nach Norden. Er sitzt im Regen am Ruder, in sich zusammengesunken, verbissen und schwer.
Auf diese Weise nähert er sich der Mündung des Oslofjords, gerät in Gegenstömungen, peitschende Schauer, rollende graue Wolken und wird zum Wenden gezwungen.
Spät in der Nacht geht er bei Asmalöy, nahe der schwedischen Grenze, vor Anker. Es ist eine Gegend mit starken, von Land kommenden Strömungen.
Er erwacht in langsam rollender Dünung und vermißt das Geräusch des Regens. Als er in den Sitzraum des Bootes hinaustritt, wird er von einem fast unerträglichen Sonnenlicht geblendet. Es herrscht vollständige Windstille, Höhenrauch.
Er beobachtet längere Zeit einige Fischerboote, die ungewöhnliche kreisförmige Bogen beschreiben. Sie scheinen ununterbrochen ihren Fang einzuholen.
Schließlich wird ihm klar, daß einer der großen atlantischen Makrelenschwärme sich der Küste genähert hat, einer der

wirklich großen und seltenen Schwärme, die nur wenige Male im Laufe eines Jahrzehnts durch ein seltsames Zusammenspiel von Wind, Temperatur und Veränderung in den treibenden Meeresalgen in die Nähe der Küste gelockt werden.

Er findet eine Angelschnur. Er hat kaum Zeit zu warten, bis sie tot sind, so viele sind es. Stunde um Stunde angelt er auf diese Weise weiter, während die Fische sich um ihn herum häufen. Die See bleibt so spiegelblank wie vorher, das Licht genauso blendend.

G. fischt weiter und gerät so in einen Zustand der Glückseligkeit, der ihn eigentlich nie mehr verlassen wird.

Es geschieht am Ende seines Lebens.«

A. »A. zeigt frühzeitig Anzeichen einer außerordentlichen Begabung.

Diese äußert sich als ein früh entwickeltes Interesse für verschiedene Naturwissenschaften, vor allem für Meteorologie und Botanik. Er fühlt sich unverstanden unter Gleichaltrigen und scheint völlig in seinen Interessen aufzugehen. Schon als Sechzehnjähriger besitzt er große Sammlungen der verschiedenartigsten Gegenstände, die in seinen Augen wissenschaftlichen Wert haben.

In der vierten Klasse schließt er Freundschaft mit K. Dieser ist offensichtlich minder begabt, unruhig und seiner selbst und seiner Wünsche nicht ganz sicher.

Widerwillig beteiligt sich K. an den botanischen und sonstigen Zerstreuungen seines Freundes. Für A. sind sie im Grunde Ausdruck eines größeren Interesses, das er selber nicht näher zu bestimmen vermag. Für K. bekommen sie nach einigen Jahren einen eigenen Wert. Während dieser Zeit gleiten sie A. aus den Händen, er überschaut sie nicht länger.

K. entwickelt sich zu einem wirklich hervorragenden Botaniker. Er unternimmt weite Reisen in tropische Länder und spezialisiert sich auf südamerikanische Pflanzenkulturen.

A. bleibt in seiner Heimatstadt. Im Laufe von fünfzehn Jahren vollzieht sich ein vollständiger Rollenwechsel zwischen beiden.

Dann nimmt alles eine sehr überraschende Wendung. A. trifft ein Mädchen, das später seine Frau wird.

Auch K. hat seine Hand dabei im Spiel. Er führt sie beide zusammen.«

Auf der Vorderseite des Buches, quer über das graue Papier, steht in sehr ordentlichen Buchstaben verzeichnet: ETHNO — GRAPHICA. Auf gleiche Weise habe ich Beobachtungen aus anderen Gebieten gesammelt. Sie vergilben durch Sonnenlicht und Alter: METEOROLOGICA, GEOLOGICA. Die ältesten sind über vierzig Jahre alt.

»Als nun der erste Frost einsetzte und die Hunde mit Gebell durch die Alleen setzten und das frühe Eis auf den Wegen klirrte, überkam mich die Einsicht, wie völlig sinnlos eine derartige Tätigkeit ist.

Und ich nahm mein Gespräch mit dem schweigsamen Herrn, der mir auf diesem Spaziergang durch die winterliche Landschaft folgte, wieder auf.«

Kaspar und die merkwürdigen Experimente

Im März eines Jahres, das ich nicht vergessen habe, taute es heftig.

Dazu kamen plötzliche und rasche Regenschauer. Ein Unwetter folgte dem anderen. In den allerhöchsten Luftschichten spielten sich recht ungewöhnliche Erscheinungen ab: Wasserhosen in gewaltigen unsichtbaren Wirbeln.

Welch große Wassermengen doch in leerer reiner Luft enthalten sein können! Eine Sturzflut von Flüssen und Bächen strömte über die Dachrinnen und ergoß sich über die Fenster, so daß alles, was draußen zu sehen war, sich verzerrte und seine Form änderte.

Eine Art länglich-schmaler, unruhiger Wolken zog Nacht für Nacht über den Himmel, und wir glaubten schon, der Winter sei zu Ende.

Aber um die Mitte des Monats kehrte die Kälte zurück, und alles fror wieder zu. Über Nacht wurde es kalt und klar. Das Eis machte die Straßen gespenstisch blank, es erstarrte über den Dächern, und die Nächte waren voller Mondlicht. Dazu wehte es heftig, und das Mondlicht spiegelte sich im starken Wind auf dem Eis.

Der Wind und die Unruhe in den Lüften über uns erfüllten auch uns mit Unruhe. Wir stellten allerlei Experimente an, spannten Drähte zwischen den Häusern, leiteten mit Spulen und Taschenlampenbatterien Ströme durch die Heizkörper, fingen das Licht in gewölbten Spiegeln ein, reflektierten es zwischen die Fenster und hofften auf die wohl seltenste aller meteorologischen Erscheinungen, die bestenfalls einmal im Laufe von zehn oder zwanzig Jahren zu beobachten ist: ein Wintergewitter, ein heftiges und verblüffendes Phänomen, das nur durch einen sehr raschen und trockenen Schneefall hervorgerufen werden kann, wenn die Luft trocken genug ist und sich gleichzeitig in einer Art wirbelnder Bewegung befindet.

Ein Wintergewitter zieht im Laufe weniger Minuten herauf, nachdem ein solcher Schneefall eingesetzt hat. Es ist viel lokaler als ein sommerliches Gewitter, man hat es sozusagen ganz dicht am Ohr, und es schlägt ununterbrochen ein, zersplittert Fahnenstangen, wirft Schornsteine um und verwandelt Gardinen in verkohlte, laut knatternde Fetzen. Und wenn es wieder verschwunden ist — es geht sehr schnell vorüber und bleibt nie länger als drei oder vier Minuten —, läßt es nichts weiter zurück als eine dünne weiße Schicht feinsten Neuschnees.

In der Absicht, das Wintergewitter einzufangen, legten wir Kupferdrähte als Blitzableiter um den Schornstein, zogen sie durch die Falltür herein und führten sie durch eine Kiste auf dem Boden, in die wir alle möglichen Vorrichtungen eingebaut hatten: Induktionsspulen aus ausgedienten Telefonapparaten, das uralte Modell einer Radioröhre, deren Glas an der Spitze zu einer warzenartigen kleinen Erweiterung ausgezogen war, Stromschalter, Ampèremesser und Signalglocken, die zur Warnung ertönen sollten.

Ich wäre selber niemals auf derlei Dinge gekommen. Für Kaspar waren sie fast selbstverständlich.

Sein Haar hing tief über die Nase herab, die Stirn war vor Anstrengung gefurcht, das Gesicht wurde noch magerer und spitzer. Er preßte dünne Drahtenden zwischen den Fingern der einen Hand zusammen — in der anderen hielt er den Lötkolben.

Er hatte eine Art Hunger auf Naturerscheinungen.

Sie blieben aus, und deshalb beschlossen wir, ein Fernglas zu konstruieren. Es waren sehr klare Nächte, und wir sprachen viel über die Himmelskörper.

Zwischen den Häusern lagerten Holzstapel. Sie waren so hoch, daß eine Straße zwischen ihnen entstand, wo der Schatten tiefer fiel. Dort fanden wir ein Rohr aus sehr harter Pappe, über das einmal ein Teppich gerollt war. Woher wir die eine Linse nahmen, weiß ich nicht. Die andere hatte schon sehr lange in einem Kasten gelegen, in dem auch Leim aufbewahrt wurde.

Wir kleisterten das ziemlich kleinkalibrige Rohr, welches das Okular aufnehmen sollte, zusammen, und als wir die Linsen an ihrem Platz befestigt hatten, stimmte sofort alles. Das Bild glitt langsam ins Gesichtsfeld und wurde deutlich, so daß wir die Schatten und Krater des Mondes durch den wieder einsetzenden Märzwind hindurch erkennen konnten.

Ein solches Fernglas zeigt das umgekehrte Bild. Wenn man es mit der Hand hält, ohne sich aufzustützen, sieht man das Bild in ständiger Vibration. Es vergrößert ebenso viele Male, wie sich die Brennweite des Objektivs durch die des Okulars teilen läßt. Wir hatten Glück. Unser Teleskop vergrößerte einhundertachtmal.

Und wir erblickten eine zitternde Mondscheibe mit Schlagschatten von toten Bergen und unvorstellbaren Schluchten.

Wir erprobten das Fernrohr an verschiedenen Gegenständen während des ganzen Monats März. Wir trafen uns häufig und hatten immer weniger Umgang mit den anderen.

Bei einer Gelegenheit entwarfen wir einen Plan, eine Art Weltbeschreibung, die zugleich eine Welterklärung sein sollte. Ich entsinne mich auch, daß wir eine Karte dazu gezeichnet hatten.

— Die kleinsten Gegenstände, die es im Universum gibt, sind Elektronen. Die größten zusammenhängenden Objekte, die darin vorkommen, sind die Sternhaufen, der Milchstraße. Irgendwie müssen sie voneinander abhängig sein. Aller Wahrscheinlichkeit nach sind die meisten Sonnen von Planeten umgeben, wie die meisten Atome von Elektronen umgeben sind. Warum nur ordnen sich so große und so kleine Dinge auf die gleiche Art und Weise?

Jeden Morgen kamen wir an dem langen braunen Zaun einer Villa vorüber. Manchmal hatte jemand mit Kreide Zeichen auf den Zaun gemalt. Wir hatten keine Ahnung, wer das getan haben konnte. Immer waren es dieselben Zeichen und die gleiche Kreide. Ringe, Pfeile und Dreiecke, alle in eine bestimmte Richtung zeigend.

Eines Morgens nahmen wir uns vor, sämtliche Zeichen auszustreichen. Es vergingen zwei Wochen, und die Spuren der Kreide verschwanden. Aber eines Morgens waren sie wieder da, die gleichen Kreise und Pfeile, auf genau die gleiche Weise gezeichnet wie vorher. Jemand schien sich mit jemandem zu verständigen.

Das gab uns die Idee zu einem Experiment. Wir löschten nicht die ganze Schrift aus, sondern nur eines der Zeichen, einen Ring am Ende der Reihe. Wir taten das sehr vorsichtig mit einem feuchten Taschentuch, so daß auch nicht die geringste Spur des gelöschten Rings zurückblieb.

Es war eine breite Straße mit viel Verkehr, die auf beiden Bürgersteigen mit Bäumen bepflanzt war. Mehrere Buslinien führten vorbei, und zahlreiche Fußgänger und Radfahrer strömten morgens und abends, wenn in den Fabriken die Schichten wechselten, vorüber. Obwohl der Frühling vor der Tür stand, waren es kalte Morgen.

Ein einziges der Zeichen abzuwischen, genügte. Wir besahen uns den Zaun einige Wochen lang jeden Morgen und Abend sehr genau, aber die Reihe der Zeichen kam nie wieder. Sie konnte ohne das fehlende Zeichen nicht existieren.

Oder wir hatten aus Versehen jemanden verständigt, daß er nicht zurückkehren dürfe. Auf diese Weise griffen wir in einen Zusammenhang ein.

— Man könnte sich vorstellen, daß unsere Sonnen und Plane-

ten selber Atomkerne und Elektronen eines anderen, viel
größeren Universums sind. Dann könnte man sich auch denken, daß die normalen Elektronen Planeten eines Sonnensy-
stems in einem viel kleineren Universum sind, dessen Körper
aus irgendwelchen Atomen bestehen, die so klein sind, daß
sie sich jedem Versuch einer Beschreibung widersetzen, obwohl sie ihrerseits wiederum die Sonnen eines noch winzige-
ren Weltalls sind.
Wir versuchten ein Diagramm zu zeichnen, aber wir brachten
nichts weiter zuwege als eine Art riesenhaften, bodenlosen
Trichter, der sich rasch nach unten zu verjüngte und trotzdem
sehr lang und an beiden Enden offen war.

Das rote Haus an der Kreuzung zwischen den großen breiten
Alleen war eine riesige Volksschule, die um 1880 aus Ziegel-
steinen an der Kreuzung zwischen vier Straßen errichtet
worden war: eine einsame Insel in einem fast endlosen Hof.
Um diesen Hof, der mit hartem, scharfem Kies belegt war,
lief ein hohes feindliches Eisengitter. Dahinter sah man das
kleine rote Gebäude einer Transformatorenstation und einige
unregelmäßige Reihen von Linden. Unter den Linden spielten die Jungen Brennball in einem Spielfeld, das der Lehrer
mit seinem Stock in den Sand gezeichnet hatte.
Hier waren alle Proportionen ungeheuer groß, als seien sie
etwas weit Größerem angepaßt worden, irgendwelchen ge-
waltigeren Verhältnissen, die geherrscht haben mochten, ehe
wir dorthin kamen.
Um die Jahrhundertwende, als die Gegend ringsherum noch
aus Kohlfeldern und Äckern bestand, als die Stadt noch unschlüssig und zusammengekauert an der Mündung des Flusses
lag und man auf allen Photographien die kleinsten Details
deutlich erkennen konnte (als ob selbst die Luft damals anders
zusammengesetzt gewesen wäre), hatte man von diesem Hof
aus Ballons aufsteigen lassen. Darüber, wie einer dieser Versuche mißglückt war, erzählte man sich in Herrn Arenanders
Kindheit noch legendäre Geschichten.
Es gab sogar noch Leute, die die Stelle zeigen wollten, an der
der Luftfahrer auf die Erde gefallen war. Dort hätte man sein
für immer von aller Unrast befreites, weit verstreutes Gehirn
gefunden.
Auch das Haus war gewaltig. Allein der Unterbau aus grauem Stein, auf dem es stand, hatte doppelte Manneshöhe. Um
in das große hallende Treppenhaus zu gelangen, von dem aus
die (leicht nach Urin riechenden) Flure in allen Richtungen
zu den verschiedenen Klassenräumen führten, mußte man
über eine breite, fast pompöse Außentreppe gehen, deren
harte Steinstufen sich von kleinen scharfen Sandkörnern un-

ter Generationen von Schuhen unvorstellbar blank geschliffen hatten.

Im Inneren führten die hohen Eisentreppen zu entlegenen Stockwerken, in denen sich das Geräusch von Stimmen und zuschlagenden Türen hoch oben unter dem Dach verlor, wo das alte biologische Museum mit all seinen toten, in Spiritus konservierten Tieren lag.

Trockenes altes Holz in der Täfelung sprang manchmal mit plötzlichem Knall wie ein Pistolenschuß, so daß die ganze Klasse jäh verstummte und der Lehrer steckenblieb, bis alle wieder laut durcheinanderredeten und er mit dem Zeigestock auf den Tisch klopfen mußte.

Zuweilen hallte das Echo der Stimmen durch das Treppenhaus und wurde immer lauter, bis es eine unerträgliche Stärke erreichte, und in diesem qualvollen Geräusch konnte man dann oft ein noch stärkeres und grelleres Kreischen unterscheiden, wenn ein Lehrer in Raserei geriet und einen Schüler gegen die Wand warf oder ihn beim Schopf ergriff und hin und her schüttelte, so daß er einen Augenblick lang wie ein Hampelmann oder eine Stoffpuppe aussah.

Der granitene Sockel des Gebäudes, auf den unanständige Figuren mit Nägeln eingeritzt oder so oft mit Kreide aufgeschmiert waren, daß sie nicht mehr beseitigt werden konnten, war an vielen Stellen von Türöffnungen unterbrochen: schweren Eisentüren, wie man sie noch heute in verlassenen Bunkern aus den vierziger Jahren findet. Treppen führten zu unbeschreiblich stinkenden Toiletten mit langen Reihen unvorstellbar besudelter Klosetts hinunter.

Das Dach des Hauses mit seiner schwarzen klebrigen Blechbedeckung, die im Widerspruch zu den hohen geraden Ziegelwänden stand, bildete so viele Winkel, daß man unwillkürlich an eigentümliche Kristallbildungen denken mußte.

Und wie jemand erzählte, wäre der Ballonfahrer angeblich zuerst auf eine dieser schrägen Flächen aufgeprallt, und zwar ausgerechnet an einer Stelle, wo sie in jähem Winkel auf eine andere Schräge trifft, und sei dann mit hilflos von sich gestreckten Armen das abschüssige Blech hinuntergerutscht, das Gesicht den Zuschauern zugewandt, die immer noch dort unten standen und, ohne sich zu bewegen, zu ihm hinaufschauten.

Zwischen diesen Winkeln und Flächen, die das Dach bildet, erheben sich hohe Schornsteine mit Ornamenten aus geschnittenem Blech, die oben wie Kragen und Krawatten aussehen, und zwischen einigen dieser Winkel schauen die Fenster heraus. Starren die Fenster heraus.

Das ist das biologische Museum mit den dicken gelben Vorhängen, die die Präparate in ihren Spiritusflaschen gegen das

Sonnenlicht schützen, die Pelze der ausgestopften Füchse vor dem Verbleichen bewahren und den schwachen, durchdringenden Terpentingeruch daran hindern sollen, sich zu verflüchtigen.

Auf der anderen Seite liegt die Turnhalle, in der es immer sehr warm ist, weil der mächtige Schornsteinsockel in ihrer Mitte steht, so daß die Schüler im Kreis um ihn herummarschieren müssen und einander vom einen Ende des Raumes zum andern nicht sehen können. (Sie haben alle verschorfte Wunden an den Knien, die schon ganz gelb sind, weil sie immer wieder aufgerissen werden. Narben, die der harte Schotterbelag auf dem Hof ihnen zugefügt hat.)

Oben unter dem Dachsims befindet sich in allen vier Ecken ein schachbrettartiges Ornament mit braunen und gelben Quadraten.

Der Putz mußte schon von Anfang an einen Fehler gehabt haben, da er sehr porös war.

Nach längeren Trockenheitsperioden konnte es vorkommen, daß er in großen Fladen herunterfiel, die sich auf dem Boden in ein weißes, völlig geschmackloses Pulver verwandelten. (Wir kosteten davon.)

Wenn genügende Mengen Putz sich gelöst hatten, begannen die Ziegel selber abzublättern. Man erzählte sogar von halben Steinen, die heruntergefallen sein sollen. Wir hatten das zwar niemals gesehen, waren aber darauf gefaßt, daß es jederzeit geschehen konnte.

Wir lachten viel darüber. Aber es war ein Haus, das wir bewältigen mußten, ein gewaltiges Haus.

Zeitig im Vorsommer, in den ersten Tagen des Juni, vermengte sich der klebrige Duft der Linden mit dem säuerlichen Geruch des Pissoirs zu einem schwachen Dunst, der bei Windstille oft ganze Nachmittage lang über dem Schulhof lag und einen eigentümlichen Kontrast zu dem trockenen Geräusch der gegen die Wände schlagenden Bälle und dem Lärm der hellen Kinderstimmen bildete.

(Der zeitliche Abstand, der mich von diesem Duft trennt, ist so gewaltig groß, daß ich mir vorstelle, daß nicht ich, sondern jemand anders ihn erlebt hat, daß ein anderer glücklich gewesen sein muß. Erst dann empfinde ich ihn als wirklich und kann ihn festhalten.)

Windstille, Duft von Urin und Linden — und die Experimente.

Sein Vater hatte etwas an sich, das nur schwer zu erklären war. Kaspar verschwand immer schnell im Haus, sobald wir auf dem Heimweg in dessen Nähe gekommen waren. Er nahm das Geräusch eines vorüberfahrenden Autos zum Vorwand oder die Sonne, wenn sie sich hinter Wolken verhüllte, oder ein Stück Zeitungspapier, das die Straße entlangflatterte. Wenn man dort hinsah und dann wieder zurückschaute, war er verschwunden.

Eine zweistöckige Villa mit einem Büro im Erdgeschoß: Pferdewagen und Traktoren mit Anhängern standen draußen auf der Straße, Männer mit Papieren und mit Bleistiften hinter dem Ohr liefen geschäftig zwischen großen Ladungen Brennholz und Koks umher.

Es kann sich um einen Betrieb für den Verkauf von Holz und Koks oder sonstige Waren gehandelt haben. Vielleicht ist es auch ein Fuhrgeschäft gewesen. Auf dem großen unordentlichen Grundstück waren manchmal Wagen abgestellt: ein Traktor mit hohen Eisenrädern, leere Tonnen, aus denen es nach Asphalt roch, und Fuhrwerke mit Brennnesseln zwischen den Rädern.

Kaspar hatte einen eigenen Aufgang zum Boden, wo er in einem Verschlag des großen trockenen, warmen Raumes wohnte, in dem es nach Sägespänen roch, und in dem wir unsere Experimente machten. Die Bettdecke, ein Fetzen aus plüschartigem alten Stoff, lag fast immer unordentlich herum. Aus der Wohnung darunter hörte man schwache Geräusche, Stimmen, Schritte. Er verschwand ab und an zu den Mahlzeiten nach unten, während ich allein dort oben zurückblieb, in seinen alten, abgegriffenen technischen Zeitschriften blätterte oder fortfuhr, den Radioapparat zu löten, den wir gerade in Arbeit hatten.

Ich kann mich nicht erinnern, jemals dort unten gewesen zu sein, oder vielleicht nur ganz gelegentlich einmal. Ich erinnere mich aber trotzdem an seine Mutter, die klein und blond war und ein auffallend weiches Gesicht hatte. Sie sah immer zur Seite und litt an einer Art Krampf, einem Flackern des linken Augenlids.

Vielleicht war dies der Grund, daß sie einen nie anschaute. Wenn man sie fragte, ob Kaspar zu Hause wäre, schien es oft, als fiele es ihr schwer zu antworten. Sie konnte dann mißtrauisch lachen oder ganz einfach im Haus verschwinden. Entweder kam sie dann gar nicht wieder, oder sie steckte nach einiger Zeit den Kopf zur Tür heraus und gab irgendeine unklare Antwort:

— Letzten Freitag . . .

oder

— Er war unterwegs, um etwas zu erledigen. Er ist gleich nach dem Mittagessen zurückgekommen.

Wenn man die beiden zusammen sah, wechselten sie kaum ein Wort miteinander, doch es schien eine Art Einvernehmen zwischen ihnen zu bestehen. Sie reichte ihm zum Beispiel die Schultasche mit den Büchern und Butterbroten, der Milchflasche und dem Apfel immer so, als wüßte sie ganz genau, in welchem Augenblick er fortgehen wollte.

Sein Vater hatte, wie ich bereits erwähnte, etwas an sich, worüber man nur schwer Klarheit gewinnen konnte.

Auch er war von kleiner Gestalt, dunkel, mager, schnell und ungeduldig. Die Art, wie er seinen Kopf zur Seite warf, wurde von seinem Sohn auf geradezu lächerliche Weise nachgeahmt. Er hatte die Besonderheit, daß er bei allem, was er unternahm, den eigentümlichen Eindruck erweckte, es *neben* etwas anderem, gewissermaßen nur im Vorübergehen, zu tun, als ginge es ihn in Wirklichkeit nichts an.

Er war mitunter längere Zeit abwesend. Das Büro war dann geschlossen, und die Traktoren und Pferdefuhrwerke draußen auf der Straße waren verschwunden. Aber auch dann gab Kaspar keinerlei Erklärungen ab.

Ein Jahrmarkt, ein sehr kleiner Rummelplatz, auf dem sich die Nebengeleise zwischen Schrottstapeln und kleinen Fabriken, Kanuwerkstätten, Tischlereien und Holzlagerplätzen verlieren, wo schmale Gänge zwischen Bretterzäunen hindurchführen und Brennesseln zwischen den rostigen Schienen und Weichen wachsen.

Ein sehr kleiner Jahrmarkt auf einem winzigen offenen Rasenplatz zwischen zwei Fabrikgrundstücken, ein provisorisch errichteter Zaun in hellroter Farbe und eine Musik, die von dort kommt und uns den Weg weist. Eine Musik wie aus blankstem Messing.

Wir standen dort lange am Zaun und sahen zu, ohne eigentlich zu wissen, ob uns etwas interessierte oder nicht.

Ein langsames Karussell, dessen Farben der Regen aufgelöst hatte, so daß sie ineinandergeflossen waren, ein Karussell, das sich leer in der diesigen Nässe drehte, und einige niedrige Verkaufsstände aus feuchtem Stoff, die ihre offenen Seiten von uns abkehrten, so daß wir nicht sehen konnten, was sich dort abspielte, sondern nur wußten, daß etwas geschah. Schließlich zählten wir unser Geld und gingen hinein.

Es war ein sehr alltäglicher Jahrmarkt: Tombolastände mit abscheulichen kleinen Gipsvasen als Preise, ein mächtiger Herr in pantherfarbenem Trikot, der Hufeisen mit den bloßen Händen zerbrach, und ein Feuerfresser, der mit dem Mund Benzin einsog, bis ihm die Backen zu platzen drohten, und dann eine zwei Meter lange, entsetzlich zischende Flamme ausspie, die so heiß war, daß der Dreizack in seinen Händen rot aufglühte.

Wir unterhielten uns lange darüber, wie er es fertigbrachte, die Flamme daran zu hindern, sich sozusagen nach hinten zu entzünden und ihn innerlich zu verbrennen, fanden aber keine schlüssige Antwort.

Es muß dort auch etwas geschehen sein, woran ich mich nicht mehr erinnern kann, und das ist eigentümlich, denn ich strenge mich wirklich an, das Bild, das Erinnerungsbild, klar vor Augen zu bekommen — aber es gelingt mir nicht.

Wir gingen als Freunde dort hinein. Als erbitterte Feinde kamen wir wieder heraus. Weiß im Gesicht vor Zorn und ohne ein Wort miteinander zu wechseln, schritten wir zum zweiten Mal durch die Öffnung des roten Zauns mit dem kleinen Billetthäuschen.

Und er stolperte über die Schienen und trat wütend ein Stückchen Schlacke oder verrußten Ziegel vor sich her.

Wir sprachen nicht vor Anfang Juni wieder miteinander, auf dem Schulhof in dem herben und zugleich trockenen Duft von Lindenblüten und Menschen. Es war ein sehr warmer Tag, im Schatten des größten Baumes neben der warmen roten Wand des kleinen Ziegelhäuschens, in dem sich einer der städtischen Transformatoren befindet. Wir standen einander gegenüber, und ich hörte ihn noch sagen:
— Was weißt du sonst noch vom Ballonaufstieg?

Die Wolken

Ich kann selber nur schwer mein ständig zunehmendes Interesse für die Wolken verstehen. Es stimmt allerdings, daß ich schon immer ein besonderes Verhältnis zur Meteorologie gehabt habe — mehr als andere Menschen — und daß ich die meteorologischen Phänomene vom Schneesturm bis zur mittäglichen Schneeschmelze und Höhenrauchbildung als den eigentlichen Inhalt meines Lebens betrachtet habe.

Hier draußen bin ich den Jahreszeiten nähergerückt. Große, gerade Birken hindern mich nicht daran, den Himmel zu beobachten, der bis zur Erde herunterreicht. Nun ist mein Interesse neu erwacht. Ich gehe ernstlich mit dem Plan um, in die Stadt zu reisen und mir eine Kamera anzuschaffen, einen modernen Photoapparat, und ihn mit roten Filtern auszustatten, mit denen ich die Wolken photographieren kann.

Dadurch wäre es möglich, ein genaueres, fast hätte ich gesagt: ein ungestörtes Studium zu betreiben.

Anfang März waren die Wälder hier ringsum nach wenigen Tagen von einem unentwirrbaren Netz von Skispuren durchkreuzt. In den letzten Wochen ist dieses Netz immer undeutlicher geworden. Der Schnee schmilzt wehrlos an den Südseiten der Häuser, und durch das Fenster dringt unablässig das Geräusch des Wassers. Es ist Frühlings-Tagundnachtgleiche, und das Jahr ist nicht länger aufzuhalten, es stürzt nur so herein.

Zwei Kilometer von hier beginnt eine sehr lange Schlucht. Außer einer Villensiedlung, die in ihrem südöstlichen Teil an einer Stelle dicht an sie heranreicht, ist sie praktisch unbewohnt. Es gibt nur ein paar Höfe an ihrem südlichsten Zipfel und ein altes weißes Gebäude in ihrer nördlichsten Ecke, ungefähr zehn Kilometer von hier, das als Trinkerheilanstalt dient. Bei sehr klarem Wetter kann man es als weißen Fleck in der Ferne sehen. Im übrigen gibt es dort nur waldbedeckte Hänge, sehr feuchte Äcker und ein paar Scheunen, die so unsicher und kraftlos auf dem Boden stehen, daß die Wände sich biegen und die Dächer einzustürzen drohen. Große Vögel von einer besonderen Art, die man sonst fast nie so nahe an einer Stadt zu sehen bekommt, gleiten fast regungslos in den warmen Aufwinden, die sich an milden Nachmittagen, wenn der Schnee warm geworden ist, über der Schlucht bilden.

Ich habe die Wolkenformationen über dieser Schlucht mit Interesse beobachtet. Sie sind bemerkenswert.

Seit ungefähr zehn Tagen hat sich die Wetterlage täglich in genau der gleichen Weise entwickelt.

Um sechs oder halb sieben Uhr, wenn ich davon erwache, daß das Buch, über dem ich am vorhergehenden Abend eingeschlafen bin, von der roten Decke herunterfällt, liegt noch leichter Nebel. Wenn ich dann aufstehe und meinen Kaffee koche, zeigt das Außenthermometer in der Küche minus 3 bis minus 6 Grad Celsius an. Die Räume an der Südseite des Hauses *empfinde* ich als wesentlich kälter im Vergleich zu den nach Norden liegenden. Nachdem ich anfing, mich für dieses Phänomen zu interessieren, habe ich bei verschiedenen Gelegenheiten mein deutsches Innenthermometer, das mittlerweile schon sehr alt ist, trotzdem aber immer noch außerordentlich *exakt* arbeitet, vom einen Zimmer in das andere gebracht. Dabei stellte sich heraus, daß im Badezimmer, in dem die Luftfeuchtigkeit und damit auch die Diffusionsverhältnisse extrem sind, die Temperatur immer genau um einen halben Grad niedriger liegt als im Hausflur. Wenn das Fenster zehn Minuten lang geöffnet bleibt und dann geschlossen wird, sinkt die Temperatur zunächst und steigt dann wieder auf die des Hausflurs.

Zwischen den Zimmern auf der Südseite und denen auf der Nordseite kann ich auf dem Thermometer nicht den geringsten Unterschied ablesen!

Was bedeutet das? Bin ich etwa empfindlicher als ein Thermometer, oder liegt es an dem *Eindruck*, den diese Räume auf mich machen, daß ich sie als wärmer empfinde? Oder gibt es etwa *mehrere* Arten von Temperaturen, von denen das Thermometer nur eine ablesen kann?

Um diese Zeit am Morgen herrscht ein leichter Nebel. Er wird sehr schnell von der Sonne zerstreut, und es klart auf, während ich noch meine Zeitungen lese. Ich habe jetzt vier Blätter abonniert, doch vermeide ich sorgfältig, bestimmte Spalten zu lesen. Das hat, glaube ich, die gleiche Ursache wie meine zunehmende Unfähigkeit, Telephongespräche oder andere Unterhaltungen zu ertragen, die längere Zeit in Anspruch zu nehmen drohen.

Bis gegen zwölf leuchtet die Sonne aus vollkommen wolkenlosem Himmel. Skiläufer ziehen draußen am Zaun vorüber, besonders an Sonnabenden und Sonntagen, zuweilen auch Reiter auf Pferden, die unruhig ihren Kopf zurückwerfen, wenn ich das Küchenfenster öffne und sie dabei zufällig der Lichtreflex der Scheiben trifft.

Aber gerade um zwölf herum beginnen die Wolken aufzuziehen. Sie beginnen immer, sich im Osten, über der Stadt, zu formieren, und obwohl es Anfang März ist, haben sie alle die für Kumuluswolken charakteristischen Merkmale, nur mit dem Unterschied, daß sie sich in bedeutend größerer Höhe zu befinden scheinen.

Draußen in der Schlucht, von einem Fußweg aus, der in weitem Bogen durch eine andere kleine Villensiedlung zu meinem Haus zurückführt, machte ich vor zwei Tagen eine Beobachtung, über die ich immer noch nachdenke. Von irgendwoher in der Ferne war ein Geräusch wie von schweren Fuhrwerken zu hören, das Schmelzwasser rann im Straßengraben, und die Bäume zeigten schon den ersten schwach-violetten Schimmer, der der erste Vorbote des Frühlings ist, und den ich nun zum ersten Mal bemerkte.

Am Horizont, ungefähr im Winkel von fünfunddreißig Grad über dem kleinen weißen Fleck der Trinkerheilanstalt, von woher auch das Geräusch einer Holzsäge durch die wie ausgetrocknete, vollkommen windstille Luft herüberdrang, bildete sich vollkommen lautlos eine Wolkenbank: eine große und schwere, labyrinthische Wolkenbank mit mächtig anschwellenden Ausbuchtungen, die das Licht an den äußeren Kanten auffingen und es in eine weißlichere, unbestimmte Helligkeit verwandelten, und in deren Mitte dunklere Partien, durch einfallende Schatten gebildet, tiefe Hohlräume lagen.

Da wußte ich plötzlich mit absoluter Sicherheit, ohne meine Phantasie anzustrengen, ohne jene eifrigen und sentimentalen Gefühle, die ich verabscheue und die der Vernunft zuwiderlaufen, daß ich diese Wolke früher schon einmal gesehen hatte.

Nichts ist, genau genommen, so individuell wie die Form einer Wolke. Warum sollte sie sich jemals wiederholen können?

Aber in der Gegend von München, auf der windigen Hochebene, die die Stadt von allen Seiten umgibt, auf der endlose baumbestandene Wege zur Peripherie führen, bei München hatte ich an einem Sommertag vor zwanzig Jahren die gleiche Wolkenformation gesehen, und sie hatte sich volle drei Stunden lang deutlich gegen den hellblauen Himmel über den Alpen abgezeichnet. In dieser Gegend galt ein solcher Wolkentyp als Vorbote von Föhnwinden.

Dabei stütze ich meine Behauptung keineswegs auf lose Impressionen oder sentimentale Eingebungen. Ich studierte jene Wolke damals genau, hatte ja auch gute Gelegenheit dazu, weil ich im Liegestuhl einer Pension oder eines Erholungsheims lag und nichts anderes anzuschauen hatte als ausgerechnet diese Wolke, deren labyrinthisch anschwellende Wölbungen, prall mit Wasser gefüllt und drohend weiß von all dem reflektierten Licht, die Blicke auf eigentümliche Weise anzogen und die während der Nachmittagsstunden immer größer wurden, bis schließlich ein hartnäckiger Wind in den Bäumen unter dem Balkon aufkam.

Es interessierte mich schon damals, Wolken zu betrachten, und deswegen zeichnete ich sie ab. Ich habe die Zeichnung vor mir liegen, jetzt, hier auf diesem Tisch. Sie ist mit anilinhaltiger Kreide ausgeführt, die in der einen Ecke etwas ausgelaufen ist.

Die Höhenproportionen sind ein wenig anders; es ist als ob die Wolke damals durch andere Luftschichten zu sehen war, die das Bild zusammengedrückt hatten. Aber die drei großen Mittelpartien, der lange Ausläufer schräg rechts, der einem flatternden zweizüngigen Winkel ähnlich sieht, und die gezackten Umrisse — das stimmt bis ins kleinste Detail überein.

Sollte also dieselbe Wolke mit einem Zeitabstand von zwanzig Jahren an zwei so verschiedenen Orten vorkommen?

Und wo würde sie sich zum dritten Mal zeigen?

Ich habe München seitdem nicht wiedergesehen.

Die jüngere Familie, die im nächsten Haus wohnt, unternimmt seit einiger Zeit Versuche, Gespräche mit mir anzuknüpfen. Man grüßt mich, gibt Kommentare zur Wetterlage und zu den unzuverlässigen Buslinien, die in die Stadt hineinfahren. Der Hausherr, dessen Kleidung auf einen Agronomen oder jüngeren Offizier schließen läßt, bezieht seinen Tabak aus dem gleichen Kiosk wie ich. Er liegt ungefähr zwei Kilometer von hier an einer Wegkreuzung außerhalb des Villenvororts. An schönen Sonntagnachmittagen hält oft eine ganze Autoschlange vor dem kleinen grünen Kiosk am Waldrand. Wochentags ist es dort sehr ruhig.

Ich erwidere die Begrüßungen und Einladungen meiner Nachbarn in sehr höflicher, zugleich aber zurückhaltender Weise.

Die nur scheinbare und rasch vorübergehende Erleichterung, Bekannte zu haben, die mein Gesicht kennen und mich bei Namen nennen, steht für mich in keinem Verhältnis zu der Müdigkeit, der Unruhe und dem Überdruß, die ich bei fast jedem längeren Gespräch empfinde.

Zu bestimmten Zeiten sitzt im Kiosk ein dicker, älterer Herr mit einer hellen Hornbrille.

Sonst ein junges Mädchen. Oft scheint sie ein Buch zu lesen, während sie auf Kundschaft wartet.

Letzten Sonntag konnte ich sehen, was sie las, und wunderte mich darüber. Wo konnte sie es nur gefunden haben? Das Büchlein war nur in sehr kleiner Auflage erschienen, von der etwa zweihundert Exemplare in fünf Jahren verkauft worden waren. Den Rest der Auflage hatte ich selber gekauft und in einer Holzkiste auf dem Boden verwahrt. Dann hatte ich so lange auf irgend etwas gewartet, bis sowohl die Kiste als auch ihr Inhalt bei einem Umzug verloren gingen.

Es ist das einzige Buch, das ich jemals geschrieben habe. Es erschien ungefähr zu der Zeit, als ich München besuchte.

Sie darin lesen zu sehen, es einen Augenblick lang durch das Fenster schimmern zu sehen und meinen Namen auf dem Umschlag zu erkennen gab mir das Gefühl, einer äußerst fein gesponnenen Intrige ausgesetzt zu sein.

Da entstand in mir die Vorstellung von einem Netz menschlicher Verbindungen, einem endlosen Kommunikationssystem, das sich in alle Richtungen erstreckt und jedem die Möglichkeit bietet, sich von jedem beliebigen Teil dieses Systems zu jedem gewünschten anderen zu begeben, nur um *in die richtige Lage* zu gelangen.

Und dieses Netzwerk ist so beschaffen, daß es nur ein Zufall ist, ein reiner Zufall, daß jemand darin gerade an dem Punkt angekommen ist, an dem er sich befindet.

Es ist zu groß, als daß man es überblicken könnte. Vielleicht erfüllen wir darin zusammen einen Auftrag, ohne uns dessen bewußt werden zu können, wie ja auch eine einzelne Zelle in den Geweben unserer Leber nicht weiß, daß sie mit anderen Zellen in einem großen Organismus zusammenarbeitet.

Aber wozu verwendet sie mein Buch?

Wozu verwende ich mein Erlebnis mit ihr?

Wer verwendet uns? Was sind das für chiffrierte Mitteilungen, die wir die ganze Zeit über miteinander austauschen, ohne uns selber dessen bewußt zu sein, wie Morsetechniker, die sich Geheimbotschaften zusenden und niemals erfahren, was die Buchstabenkombinationen darin eigentlich bedeuten.

Warum gibt es ein und dieselbe Wolke an einem Tag vor zwanzig Jahren über München und an einem anderen Tag hier über dem Tal bei Håga? Und warum bin nur ich bei beiden Gelegenheiten zur Stelle, um als einziger von allen Menschen dieser Erde ihre Identität feststellen zu können?

Wozu das alles? Welcher Art ist die Verschwörung?

In meinem Alter und bei einem gewissen Typ von etwas kühlnervösen Intellektuellen trifft man nicht selten auf eine leichte geistige Anomalie, die sich zuerst in harmlosen kleinen Wahnvorstellungen äußert. Ich weiß noch, wie ich einmal mit dem älteren Thorwald eine Straße in Oxford hinunterging und wie er an jeder Straßenecke auf die Kreidezeichen deutete, die die Arbeiter dort hinterlassen hatten, um die Leitung, die sie reparieren sollten, leichter finden zu können.

Mit einem halb scherzhaften, fast nachsichtigen Lächeln unterbrach er jedesmal, wenn wir an eine Straßenecke kamen, unsere Unterhaltung und zeigte auf einen weiteren derartigen Kreidestrich.

Er, der große Naturwissenschaftler, der er war oder — besser gesagt — der er gewesen war, überließ es mir, die Schlußfolgerungen zu ziehen.

Wenn die Krankheit sich wohlfühlt, wenn sie merkt, daß sie an den Richtigen geraten ist, macht sie es sich sehr schnell gemütlich. Zuerst wächst sie langsam, braucht eine Unterlage, das solide Material einiger grundlegender Vorstellungen, sie braucht das Gefühl, eine wirklich streng logisch geschulte Natur gefunden zu haben, die die Fähigkeit besitzt, sie so weiterzuentwickeln, wie sie sich eingenistet hat. Es bedarf nur einiger weniger *Grundvermutungen.* Wenn diese erst einmal vorhanden sind, geht es sehr schnell. Alles wächst labyrinthisch, konsolidiert sich, läßt Erweiterungen und unentwirrbare Anhängsel entstehen, die von der Unruhe, die sie schlucken müssen, trächtig werden. Zum Schluß gibt es in der ganzen Welt keine Tatsache mehr, die nicht in das Schema hineinpaßt. Illusionen wie Wolkenzusammenballungen, Verschwörungen, bei denen zuletzt jeder Herr mit Aktentasche, dem man an einer Straßenecke begegnet, zu den Verfolgern gehört, obwohl er selber nichts davon weiß, riesige hierarchische Organisationen, die jeden zu anderen Zwecken verwenden, als er selber glaubt.

Wer hätte gedacht, daß es so viele Zauberkünste in der Welt geben könnte?

Wenn die Krankheit weit genug fortgeschritten ist, führt sie entweder dazu, daß man eingesperrt wird, oder man entwickelt sie zu so gigantischen Ausmaßen, daß sie zuletzt mit einer vollkommen normalen Betrachtung der Welt übereinstimmt.

Denn in der äußersten Fortsetzung des Gedankens, daß die ganze Welt eine Verschwörung darstellt, begegnet einem natürlich die gleiche Unruhe und die gleiche fundamentale Unschlüssigkeit, die auch alle anderen erleben müssen.

Wenn nun die ganze Welt eine Verschwörung wäre — was würde das eigentlich für einen *Unterschied* ausmachen?

Ich muß mich also entweder in acht nehmen oder aber sehr konsequent sein. Im letzteren Fall deckt sich meine Unruhe mit der allen Menschen gemeinsamen Unruhe, in den ihnen augenscheinlich völlig fremden und sie nichts angehenden Kausalzusammenhang geraten zu sein, der Welt genannt wird.

Ich bin also eher eigensinnig als in Wahnvorstellungen befangen. Meine Metaphysik ist dieselbe, die sie immer gewesen ist, nur klarer, nachdem ich endlich weiß, was mein Leben enthielt, und ich mich also einigermaßen deutlich darüber äußern kann.

Das ist ein beträchtlicher Unterschied.

Und dasselbe, was ich von Anfang an geahnt habe, läßt sich auch jetzt sagen, nachdem ich es übersehen kann:

Wer lebt mich? Ich bin es nicht.

Im Alter von sechzehn Jahren träumte ich — wie Kaspar — davon, ein großer Naturwissenschaftler zu werden. Mehr als das. Ich war wohl auch eine Art Naturwissenschaftler.

Ich habe mich nicht verändert.

Mit zwanzig Jahren träumte ich davon, daß sich die Welt — durch mein Vorhandensein irgendwie ändern würde.

Sie hat sich nicht verändert.

Die Tage vergehen. Der Sonnenaufgang erfolgt nun jeden Morgen ungefähr zwei Minuten früher, und die Sonnenscheibe, wenn sie am Horizont steht, ist nicht rot, wie sie eigentlich sein müßte, sondern vollkommen gelb, aber es ist ein anderes Gelb als zur Mittagszeit. Ich beobachte sie, schräg über den Dächern, durch das hohe, weiße Birkenwäldchen. Hier ist ursprünglich Sumpfboden gewesen, und die Birken sind übrig geblieben.

Diese großen weißen Gebilde mit ihrem feinnervigen Wurzelsystem wissen, daß nur die Oberfläche sich verändert hat.

Unter den Entwässerungsanlagen und Telephonkabeln steht immer noch dasselbe Wasser.

Es gibt Pässe, bestimmte Gebirgspässe in der Antarktis, wo der Wind immer eine Geschwindigkeit von vierzig Sekundenmetern hat, jahraus, jahrein, Stunde um Stunde, unermüdlich. Einige von ihnen werden nur alle fünfzig Jahre einmal befahren.

Durch welche sonderbaren Luftschichten bricht nun wohl das Sonnenlicht, daß es gelb wird?

Der Aufstieg

Was weißt du sonst noch vom Ballonaufstieg?

Das Haus war unerhört groß, aus rotem Ziegel. Auf dem Hof wuchsen Linden in regelmäßigen Reihen, und darunter spielten die Jungen noch um 1930 Brennball. Die Begrenzung des Feldes zog der Lehrer mit seinem Spazierstock in den Sand, der scharf war und einschnitt, wenn man hinfiel.

Das Dach des Hauses mit seiner schwarzen Blechverkleidung, die im Widerspruch zu den hohen geraden Ziegelwänden stand, bildete so viele Winkel, daß man unwillkürlich an die Oberfläche eines höchst komplizierten Kristallsystems erinnert wurde.

Es gibt Leute, die behaupten, daß der Ballonfahrer beim Absturz zuerst gegen eine dieser schrägen Flächen geprallt sei, und zwar gerade an einer Stelle, wo sie in jähem Winkel auf eine andere Schräge trifft.

Zwischen den Winkeln und Flächen des Daches erheben sich hohe Schornsteine mit Verzierungen aus Blech, und zwischen einigen dieser Winkel befinden sich Erker und große Fenster. Es sind die Fenster des Biologiesaals mit Skeletten und anatomischen Präparaten in Spiritusflaschen, und in der Mitte der Turnhalle steht der riesige Schornstein, so daß die Schüler im Kreis herum marschieren müssen und sich vom einen Ende des Raumes zum anderen nicht sehen können.

Zu allen übrigen Eigentümlichkeiten kam noch hinzu, daß der Putz schon von Anfang an porös gewesen sein mußte.

Nach Regen und Hagelschauer, nach Angriffen von Vogelschwärmen oder längeren Trockenheitsperioden konnte es vorkommen, daß er als weißes, vollkommen geschmackloses Pulver aus den Fugen fiel.

Die meisten dort oben ein- und ausfliegenden Vögel waren Schwalben. Sie hatten ihre Nester in den Löchern, die nach und nach zwischen den schadhaften Ziegeln entstanden waren.

Zuweilen lösten sich faustgroße Stücke. Und gelegentlich fielen auch ganze Ziegelsteine herunter. Niemand schien daran Anstoß zu nehmen oder gar etwas dagegen tun zu wollen: es geschah allzu selten.

Der Aufstieg fand bald nach der Jahrhundertwende statt.
Es mag für uns, die so viel später leben, schwierig sein, den Charakter solcher Ereignisse richtig zu verstehen. Sie waren feierliche Begebenheiten und zogen große Mengen von Zuschauern in dunklen Anzügen an, die ihre kleinen Kinder sich auf die Schultern hoben, damit sie besser sehen konnten. Das einfache Volk wurde hinter Stricken zurückgehalten und von würdigen Schutzleuten bewacht. Es gab eisgekühltes Bier und Erfrischungsgetränke aus Körben.
Kleine Jungen wollten helfen, die Leinen und Trossen zu ordnen.
Die Vorbereitungen zu einem Aufstieg dauerten immer sehr lange. Sie begannen meist schon im Morgengrauen und waren oft erst in den späten Vormittagsstunden beendet. Die ganze Zeit stand die Volksmenge geduldig dabei und wartete.
Eine Welle der Unruhe und Erwartung lief durch die Reihen, wenn der Ballonfahrer selber oder einer seiner Helfer sich zeigte.
Über dem gesamten Aufstieg lag etwas Magisches, und das Ritual, das ihn umgab, wirkte irgendwie phantastisch und unwirklich. Dieser Eindruck verstärkte sich noch durch die unnatürlich klaren Farben, mit denen das Seidenfutter des Ballons bemalt war, und durch die bunten langen Wimpel, die an solchen Tagen von zahlreichen provisorisch aufgestellten Fahnenmasten im Winde flatterten.
Als sich das Prinzip »schwerer als die Luft« in der Luftfahrt durchsetzte, bedeutete dies einen eigentümlichen Triumph der Vernunft. Die Vernunft folgte dem Gesetz des *größten* Widerstandes und suchte die Lösung ihres Problems an einer Stelle, wo sie am allerentferntesten zu sein schien. Gleichzeitig ging für alle Zeiten etwas verloren: der endlose und unvergleichliche Augenblick, in dem die Ballons sich vom Boden abhoben.
Aber 1903 taten sie das noch. Von vielen Plätzen der Welt, an sonnigen Vormittagen, an Festtagen oder Sonntagen. Sie stiegen immer unter dem gleichen atemlosen Schweigen des Publikums, das dann in Jubel überging, in die Höhe.
Warum jubelte man?
Vielleicht kam darin ein Wunsch zum Ausdruck, vielleicht war es der Anblick eines Vorgangs, den jeder einzelne Zuschauer an sich selber zu erleben wünschte.
Wenn der Ballon sich in die Lüfte hob, mit seiner großen schwellenden Wölbung aus Seide in klaren, unwirklichen

Farben, in Zirkusfarben, Turnierfarben, Bilderbuchfarben, empfand jeder einzelne Zuschauer es im Zwerchfell wie eine persönliche Bestätigung. Als sei nunmehr bewiesen worden, daß tatsächlich etwas existierte, was er immer schon für wirklich gehalten, wenn auch immer wieder angezweifelt hatte.

So stiegen die Ballons an vielen Stellen Europas, auf dem amerikanischen Kontinent und sogar in Australien einem jungfräulichen Luftmeer entgegen. Von grünenden Feldern, die mit Seilen abgesperrt waren, von Marktplätzen oder von mit Schotter bedeckten Flächen, und überall lösten sie den gleichen Jubel aus.

In den Augen der Zuschauer schmolzen sie langsam zu unbedeutenden Punkten zusammen und verloren sich im Luftmeer, das auf diese Weise für die verwundert nach oben gerichteten Gesichter zur Realität wurde.

Der Führer in der Gondel winkte immer so lange, bis man ihn nicht mehr sehen konnte. Er war stets so gekleidet, als fordere die Gelegenheit eine gewisse feierliche Würde von ihm, und er führte all die verschiedenen Instrumente mit sich, die im Laufe der Fahrt benutzt werden sollten: Barograph, Aneroidbarometer, Windmesser, Sextant, ein oder mehrere Ferngläser, Thermometer sowie ein Hydrometer: das Instrument, mit dem die Feuchtigkeit der Luft gemessen wird.

Die Meteorologie erlebte eine Periode ununterbrochenen Fortschritts: zum ersten Mal gewann man Einblick in die geheimnisvollen Werkstätten, in denen Wolken, Regen und starke konstante Windströmungen entstehen.

Dieser Aufstieg wurde von einem Ingenieur und Meteorologen namens Segantini unternommen; er kombinierte die öffentlichen Aufstiegsveranstaltungen mit seinen eigentlichen Experimenten und bezahlte letztere mit ersteren, indem er den Besuchern ein Eintrittsgeld abverlangte. Ob das so üblich war, weiß ich nicht.

Er scheint sich für die Verhältnisse und Strömungen in den allerhöchsten Luftschichten interessiert zu haben und verbesserte seine Ballonkonstruktionen im Laufe der Zeit immer mehr, um in Höhen zu gelangen, die bis dahin kein Mensch erreicht hatte. Ein von ihm selber konstruiertes Ventilsystem, das eine ständige Anpassung des Gasvolumens an die Luftdruckveränderungen der verschiedenen Höhenlagen ermöglichte, von dem nach seinem Tod aber nur noch einzelne Bruchstücke vorgefunden wurden, scheint es ihm in der Tat ermöglicht zu haben, ungewöhnliche Resultate zu erzielen.

Er kleidete sich auch auffallend warm wie für kalte Wintertage, an denen der Schnee unter klarem Himmel liegt, das Eis spröde ist und das Quecksilber unter zwanzig fällt. Das tat er selbst dann, wenn der Aufstieg an einem Maientag mit lauen Winden erfolgte.

In den Höhen, die er auf diese Weise kennenlernte, traf er wahrscheinlich auf Geheimnisse, die er bis auf weiteres für sich zu behalten wünschte.

Vom Hof, der schier endlosen Schotterfläche rings um das riesige rote Ziegelhaus, stieg Segantini zweimal auf. Der Bericht handelt von einem dieser beiden Versuche.

Die eben noch gewaltig große Hoffläche versank schnell unter ihm und verwandelte sich in ein kleines schmutziggelbes, auf der Erde ausgebreitetes Tuch, in dessen Mitte sich schwarze Punkte bewegten. Die Stimmen aus der Menge verstummten, und er war allein.

Gegen zwei Uhr nachmittags befand er sich noch immer in raschem Steigen, er ließ etwas Sand ab und sah, wie sich unter ihm die Wolken ansammelten. Sie waren das Ergebnis eines langen warmen Sommermorgens und eines noch wärmeren Vormittages, die ihre gesamte Feuchtigkeit in der direkt unter ihm liegenden Luftschicht gespeichert hatten. Er wußte, daß er mit guter Fahrt in westlicher Richtung trieb und daß relativ große Waldgebiete unter ihm lagen.

Die Warmluft, die hier und da aus hellen Lichtungen empordrang, in denen die Luft sich stärker erwärmt hatte, gab dem Ballon zuweilen einen heftigen Aufwärtsruck, der in der Rohrkonstruktion des Korbes ein klagendes und knarrendes Geräusch verursachte. Im übrigen herrschte ringsum völliges Schweigen.

Die Wolken zogen sich immer dichter unter ihm zusammen. Wenn er hier und dort durch einen Spalt Vögel auftauchen sah, stellte er auch diesmal wieder fest, was er schon bei so vielen verschiedenen Gelegenheiten beobachtet hatte: daß auf der Flucht befindliche Vögel, die man von oben statt von unten sieht, immer eine leuchtend weiße Färbung aufweisen, die einen zunächst daran zweifeln läßt, ob es sich überhaupt um Vögel handelt.

In diesen Höhen ist die Zeit ein teilweise unklarer Begriff. Man ertappt sich selber dabei zu denken, »wie die Stunden vergehen«, obwohl in Wirklichkeit nur zwanzig Minuten verstrichen sind.

Das Gefühl der Isolierung kann zunehmen, wenn die Sicht zur Erde durch einen immer dichter werdenden Wolkenteppich verdeckt wird.

Segantini wußte, daß aus der Richtung, in die er flog, keinerlei größere Gefahren drohten. Früher oder später mußte sich dort ein Feld oder ein Acker öffnen, der groß genug war, um eine einigermaßen risikolose Landung zu gestatten.

Er sah also vollkommen ruhig zu, wie die Wolken sich unter ihm zu immer mächtigeren Formationen türmten, je mehr

»Stunden vergingen«. Der thermische Aufwind, der seinen Ballon innerhalb eines Spielraums von einigen zehn Metern rhythmisch steigen und sinken ließ, führte den aromatischen Duft von Nadelwald und warmer Erde mit sich. Aus einem Spankorb holte er ein gebratenes Hühnchen, etwas Käse und eine Flasche trockenen Weißwein hervor, wobei er das Notizbuch immer in der anderen Hand hielt und die Augen auf die meteorologischen Instrumente gerichtet hatte.

Kein plötzliches Fallen oder Steigen erfolgte, keinerlei Luftwirbel oder Druckveränderungen, die das spröde Barometer in einem einzigen Augenblick in einen Haufen zersplittertes Glas hätte verwandeln können. Es befanden sich auch keine Gewitterwolken in Sichtweite, die Gasverluste schienen bald geringer als bei normaler Geschwindigkeit zu sein.

Das Schweigen rings um ihn war nun geradezu überwältigend, und er sog es mit wachsendem Wohlbehagen ein, bis es ihn völlig umschloß und ihn in ein Wesen verwandelte, das sich selbst als Teil der ihn umgebenden Leere empfand. Das Schweigen des Luftmeers ist so beschaffen, daß es den ungeheuerlichsten Kräften in Gestalt von Winden, Regen und konstanten Luftströmungen erlaubt, sich in Größenordnungen, die auf der Erdoberfläche völlig unbekannt sind, frei zu entfalten, ohne daß auch nur der geringste Laut zu hören wäre.

Für Segantini, der sich schon jahrzehntelang mit verschiedenen Ballonfahrten und aeronautischen Experimenten befaßt hatte, war dies keineswegs neu. Er wußte, daß der Eindruck völligen Stillstehens, den eine Ballongondel in großen Höhen hervorrufen kann, nur scheinbar ist, selbst wenn sie in einem Luftstrom dahinjagt, der auf der Erde Bäume entwurzeln und Ziegel von den Dächern abheben würde. Ein Ballon kann unter bestimmten Voraussetzungen im Mittelpunkt eines solchen Sturms dahinrasen, ohne daß der Luftfahrer das leiseste Säuseln des Windes hört und ohne daß auch nur ein einziges Wollfädchen an einem der Tragseile seinen hängenden Zustand verändert.

Da diese starken Kräfte oft so auftreten, daß derjenige, der sich mitten darin befindet, nichts von ihnen spürt, muß sich ein Luftfahrer mehr auf seine Vernunft als auf seine Sinne verlassen.

Die Sinne sind nicht für derartig extreme Verhältnisse geschaffen und würden ihn nur ständig irreführen.

So gibt es Berichte von Aeronauten, die erfroren sind, ohne daß sie die Kälte, die mit den starken aufwärtsgehenden Luftströmungen auftritt, bemerkten. Andere Luftfahrer sind mit der Geschwindigkeit eines Steins zu Boden gesaust und haben dennoch die ganze Zeit über geglaubt, ihr Ballon schwebe noch auf der gleichen Höhe und mit derselben geringen Kursabweichung dahin wie beim letzten Ablesen von Kompaß und Barometer. Erst nachdem sie die unterste Wolkendecke durchstoßen und den Erdboden wie einen gewaltigen Schlagschatten auf sich zurasen sahen, hatten sie ihren Irrtum bemerkt.

Diese Umstände waren Segantini bekannt, und er stieg mit zunehmender Geschwindigkeit in dem immer schräger einfallenden Nachmittagslicht aufwärts, wobei der Ballon in der Längsrichtung einem leicht westlichen Kurs folgte.

Ein immer häufigeres schwaches Ticken des modernen Aneroidbarometers zeigte ihm an, daß seine Aufstiegsgeschwindigkeit weiterhin zunahm, was ihn aber nicht nennenswert beunruhigte. Er wußte, daß ihm noch mindestens sechs Stunden bis zum Sonnenuntergang zur Verfügung standen, und daß der Wind dann den größten Teil der Wolkendecke vertreiben und eine verhältnismäßig sichere Landung ermöglichen würde.

Eingeschlossen wie eine Blase im Wasser, stieg nun der Ballon, in vollständiges Schweigen gehüllt, mehr als eine Stunde lang in die Höhe. Und Segantini las von den Instrumenten ab, daß er sich nunmehr Höhenschichten näherte, die bislang nur bei sehr wenigen bekannten Versuchen erreicht worden waren.

Gerade das hatte er auch erwartet. Mit den letzten von ihm eingebauten Verbesserungen genügte sein Ventilsystem den höchsten Anforderungen, die er je daran zu stellen gewagt hatte.

Die Wolkendecke unter ihm entfernte sich immer mehr, und der Schatten des Ballons, der ihm die ganze Zeit gefolgt war und sich in scharfen, verzerrten Konturen auf den Ausbuchtungen und Vertiefungen der Wolkenballen abgezeichnet hatte, schrumpfte nun zusammen, bis er die Größe einer Erbse einnahm.

Mit einer Deutlichkeit, die keinen Spielraum für Schreck und Unentschlossenheit ließ, spürte er, wie seine Sinne sich ihres alltäglichen Inhalts entledigten. Seine Erinnerungen blieben an der gleichen Stelle jener unentwirrbaren Ordnung stehen, die ihnen von der Zeit und den Geschehnissen einmal zugewiesen worden war, verloren nunmehr aber ihre Bedeutung, ja, sogar ihre Farbe, so daß sie genauso bleich und unwichtig wurden wie die Buchstaben eines Zeitungsfetzens, der längere Zeit im Freien gelegen hat.

Das Licht fiel jetzt sehr schräg ein und ließ die der Sonne zugewandte Seite des Ballons wie eine Kugel aus edlem Metall aufleuchten, die gerade aus dem Glühofen kam. Eine Reihe rasch aufeinander folgender, äußerst schwacher Tickgeräusche im Aneroidbarometer zeigte ihm an, daß der aufwärts gehende Luftstrom ihn mit erneuter Kraft gepackt hatte, und ein schwaches, aber deutliches Gefühl des Absterbens seiner einen Hand, die er lange Zeit instinktiv hart um die Korbkante geschlossen hatte, verriet ihm, daß die Temperatur sehr gering sein mußte. Schleunigst zog er die pelzgefütterte Lederjacke und die groben Handschuhe an, die für diesen Zweck in einer Sporttasche bereitlagen. Ein schwaches Summen und Knacken in den Tragseilen und im Ventilsystem war ein Zeichen dafür, daß die Ballonhülle sich nunmehr in der immer dünner werdenden Luft sehr schnell ausweitete.

Segantini war sich sowohl der Gefährlichkeit als auch der Einmaligkeit seiner Lage durchaus bewußt. Ein außergewöhnlich starker Aufwind, der sich aller Wahrscheinlichkeit nach kilometerweit um ihn herum in alle Richtungen ausbreitete, war im Begriff, ihn in die allerhöchsten Luftschichten zu tragen. Er befand sich auf dem Weg zu völlig unerforschten Höhen. Weit unten im Osten stand eine mächtige, rosafarbene Wolkenbank. Um ihn herum schwebten dünne, nahezu durchsichtige Wolkenschleier, und sehr weit unter ihm befand sich eine fast völlig zusammenhängende Wolkendecke, durch die man wie durch den Lauf einer Flinte hin und wieder den sonderbar farblos und fast schwarzweiß wirkenden Erdboden wie in einem tiefen Brunnen liegen sah.

Die Ventilvorrichtungen am unteren Teil der großen Kugel wurden durch ein ganzes System dünner starker Leinen reguliert. In sehr großen Höhen konnte sich im Ventil selber Frost bilden und es dadurch schwer, im schlimmsten Fall sogar vollkommen unmanövrierbar machen.

Ein anderes Seil, die Reißleine, führte zu einem Punkt im Inneren des oberen Ballonteils, und ein plötzlicher Ruck daran würde das ganze Gewebe aufschlitzen und die große tropfenförmige Hülle in einen flatternden Fetzen verwandeln. Diese Sicherheitsvorkehrung konnte unter den augenblicklich herrschenden Verhältnissen nicht betätigt werden: der Ballon würde sonst mit der Geschwindigkeit eines Steins zu Boden fallen.

Obwohl er sich über all diese Umstände im klaren war, schob Segantini den Augenblick, in dem er das Ventilsystem ganz öffnen und den Abstieg beginnen würde, so weit wie möglich hinaus. Er verspürte ein schwaches Sausen in der Ohrmuschel, doch er konnte es durch mehrmaliges heftiges Schlucken unterdrücken.

Zu seiner Verwunderung stellte er fest, daß er immer noch ohne Beschwerden atmen konnte und nicht einmal das bohrende Kopfweh verspürte, das sich sonst schon nach kürzerem Aufenthalt in so außergewöhnlicher Höhe einzustellen pflegt.

Vierzehn Minuten später zeigte das Instrument an, daß er die höchste Höhe, die bislang jemals von einem Ballon erreicht wurde, überschritten hatte, und mit leeren Sinnen vermerkte er Zeit und Höhe in seinem Notizbuch. Dabei beobachtete er, daß der Handschuh, der die Feder hielt, mittlerweile mit Frost bedeckt war.

Die Einsamkeit, die ihn umgab, war nun so vollständig, daß er das Geräusch seines eigenen Atems, der in schnellen und kurzen Stößen ging, als nicht zu sich gehörig empfand. Und mit diesem Gefühl begann sich noch ein weiteres bemerkbar zu machen. Unter dem Eindruck seiner eigenen verwischten und verblichenen Erinnerungen faßte er seine eigene Anwesenheit deutlich als störendes, fremdes Element auf, das auf tausenderlei belanglose Weise das großartige Experiment, das in diesem Augenblick durchgeführt wurde, beeinflussen und behindern konnte.

Segantini, ein ziemlich melancholischer Mann mit schwerem Kopf, kräftiger Stirn und einem weit über die Oberlippe herabhängenden markanten Schnurrbart, begann sich von seinen Erinnerungen freizumachen. Von den Demütigungen durch seine Verwandten, die ihn daran gehindert hatten, über sein eigenes Geld zu verfügen, und die ihn gezwungen hatten, seine Experimente mit öffentlichen Aufstiegsveranstaltungen zu finanzieren. Auch gab es da Erinnerungen an eine Einsamkeit, die er niemandem gegenüber zuzugeben gewagt hatte. Und die sogar ihm selber unbegreifliche Leidenschaft, die ihn dazu getrieben hatte, diesen außerordentlich zukunftsweisenden Ballon zu konstruieren.

Dieser Segantini spürte nun, wie all dieses sich auflöste und jegliche Bedeutung verlor. Eine Verwandlung, die — wie ihm in diesem Augenblick bewußt wurde — er erhofft und erstrebt hatte, ohne jedoch jemals an ihre tatsächliche Möglichkeit zu glauben, hatte in diesem Augenblick schon eingesetzt und zeigte ihre Wirkung.

Damit begann er auch den Sinn dieses ganzen Höhenexperiments zu verstehen. Was es beweisen sollte, hatte er vorher nämlich ebenso wenig gewußt wie die Zuschauer, die dem Aufsteigen des Ballons zusahen.

Was nun geschah, kann nur mit einem *opus alchymicum* verglichen werden, bei dem sich nicht nur die Grundstoffe verwandeln und ihre Struktur ändern, sondern auch derjenige, der gerade mit ihnen umgeht, seine eigene Natur verwandelt und austauscht.

— Das hat es schon die ganze Zeit gegeben, ganz nahe, sagte er zu sich selber mit einer Stimme, die in der dünnen frostigen Luft metallisch und fremd klang, die wie klirrendes Eis war.

— Die ganze Zeit hat es das gegeben, ganz nahe.

Und er ertappte sich selber dabei, wie er diese Worte ein um das andere Mal wiederholte, als enthielten sie eine bedeutungsvolle Entdeckung und als hätten all die bemerkenswerten Erfahrungen dieses unübertroffenen Aufstiegs kein anderes Resultat erbracht als ausgerechnet diese Worte.

— Die ganze Zeit hat es das gegeben, ganz nahe.

— Mein wirkliches Leben.

Der Ballon schien nun vollständig still zu stehen. Wenn jemand am Rande der Gondel eine Stearinkerze festgeschmolzen hätte, würde sie genauso still wie in einem geschlossenen Raum gebrannt haben. Das Barometer zeigte an, daß der Ballon sich immer noch in schnellem, gleichmäßigem Aufstieg befand. Der große Sekundenzeiger auf dem Messingchronometer bewegte sich in regelmäßigen Ausschlägen.

Als Segantini, halb befangen in einem Traum, den er nicht einmal sich selber gegenüber in Worte zu fassen vermochte, endlich das Ventil voll öffnete, überkam ihn eine geradezu unwiderstehliche Heiterkeit. Diese begann mit einer Art Leichtigkeitsgefühl im Zwerchfell und steigerte sich bald zu einem so gewaltigen und andauernden Lachen, daß er den Knoten, mit dem er sich gerade abmühte, nicht lösen konnte und Tränen aus seinen Augen rannen, die sofort zu Eis erstarrten, wenn sie auf den Pelzkragen fielen.

Mit diesem Lachen beugte er sich über den Rand des Korbes, und das Gelächter, das auf diese Weise frei wurde und wie die letzte Spur einer lebenden menschlichen Stimme in die Leere ringsum hinausströmte, wurde rasch von dem ihn umgebenden Wind davongetragen.

Unter diesen Umständen begann Segantini seinen Abstieg.

Fragment einer Jugend

> Indem ich etwas einrichte, stelle ich
> Verhältnisse her, die mich verändern.
> Indem ich verändert werde, werde ich
> in eine Lage versetzt, in der ich etwas
> anderes einrichte, etc. (fortwährend
> ohne ein Entscheiden).
>
> Jürgen Becker

Ich weiß nicht einmal, wo ich anfangen soll.

Welche Jahreszahl soll ich aussuchen?

Mir scheint das so gleichgültig; sie sind einander nun so ähnlich, wo sie auf ein Stückchen Papier geschrieben werden. Nur eine kleine Ziffer unterscheidet sie, die früher einmal doch so verschieden waren.

Ich denke an die großen flatternden Zugfahrpläne und ihren

Inhalt: immer dasselbe seitauf und seitab.

Orte und Zeiten, Orte und Zeiten, wie Sandkörner über die Seiten gestreut. Oh, wie die Augen brennen!

Und irgendein Zug befindet sich immer zu irgendeiner Zeit an irgendeinem Ort. Das ist ja gerade das Sonderbare ...

Lachen Sie vielleicht?

Aber das ist nun einmal der springende Punkt. Das Leben, oder wie man den ganzen Vorgang nennen will, das Leben ist eine öffentliche Angelegenheit, genau wie die Fahrpläne.

Alles ist offen, und nichts davon läßt sich verbergen. Es gibt immer irgendein Zug zu irgendeiner Zeit an irgendeinem Ort. Und an jedem Ort und zu jeder Zeit deines Lebens steht jemand bereit, dich zu erleben. Immer steht einer, irgendeiner von denen, die dafür in Frage kommen, bereit, dich zu bekämpfen, mit dir in Wettbewerb zu treten, dich zu lieben, ja, sogar dich zu sehen.

Deswegen ist es eine durch und durch öffentliche Angelegenheit, die selbst in ihren geheimsten Winkeln und Verstecken hell beleuchtet ist. Und es gibt nicht einmal den Bruchteil einer Sekunde, in dem du *für dich* bist. Ob du willst oder nicht, du bist die ganze Zeit gezwungen, anwesend zu sein: das ist der springende Punkt.

Die Folgen? Die habe ich erst allmählich begriffen.

Wir leben nicht. Es lebt uns.

(— Und deswegen, pflegte Kaspar zu sagen, deswegen gibt es keinen Schaden, der sich nicht auf die menschliche Gemeinschaft in ihrer Gesamtheit auswirkt, und keinen Erfolg, der nicht zugleich für die gesamte menschliche Gemeinschaft ein Fortschritt wäre.

Mir war dies immer wie eine fast perverse Sentimentalität vorgekommen, bis ich einsah, daß das, was er auszudrücken versuchte, ganz einfach eine Tatsache ist.

Und als Tatsache betrachtet, ist es ja erschreckend.)

Die sehr großen, flatternden, zerlesenen Fahrpläne, die man in bestimmten Ländern am Fahrkartenschalter ausleihen kann.

Dieses Frühjahr und dieser Sommer sind in meiner Erinnerung gelb. Nichts weiter als gelb, so viel gelbes Licht drängte herein, ja, durchbohrte und füllte den dritten oder vierten Stock des Hauses. Die innere Treppe dunkel, mit Steinen belegt und schraubenförmig das Haus durchdringend. Es herrscht darin eine Art Kühle, die man vielleicht »Feuchtigkeit« nennen könnte, aber man hört kein »Echo der Schritte«, sondern im Gegenteil: es ist ungewöhnlich still. Alle Geräusche werden von der Schraube und den weichen zerschlissenen Treppenläufern geschluckt, die aus einem haarigen, sehr groben Material bestehen.

Dort war es immer still.

Und wer zu Besuch kam, stand immer lautlos als »eine vollständige Überraschung« vor der Tür.

Lachen Sie wieder? Aber ich, der ich Ihnen gar nicht so unähnlich bin, ich weiß nicht mehr, wieviele Male ich starr vor Schrecken einem solchen Besucher gegenübergestanden habe, der nicht zu hören war, bevor er in der geöffneten Tür stand.

Also heucheln Sie und lügen, wenn Sie lachen. Sie lügen, wenn Sie bestreiten, daß Sie diese Rolle nicht auch schon einmal gespielt hätten.

Selber vergesse ich leicht, daß es Gelegenheiten und Zeiten gegeben hat, in denen auch ich zum Erschrecken anderer beigetragen habe. Unter all dem, was man von mir erzählt hat, ist auch das gesagt worden. Man hat mich als boshaft, rücksichtslos und listig hingestellt.

So kommen Besucher und gehen wieder ihrer Wege. Aber einen Augenblick lang stehen sie vor der Tür, vollkommen still, »schneller als Gedanken«.

Die Erinnerung erobert alle Jahreszeiten auf einmal.

Wenn man sich im Sommer aus dem Fenster lehnte, konnte man zuletzt hinter den großen schwellenden Laubmassen der Baumkronen die darunter verborgene Straße nicht mehr sehen. Die Geräusche der Autos drangen gedämpft nach oben, schwache Düfte, blauer Rauch, und in der wunderlichen Landschaft von Schornsteinen und Dächern war beinahe alles blau. Und ganz in der Ferne ein neues und blinkendes Dach, auf dem zwei Männer sich abmühen, ein fast hoffnungslos verfilztes Seil zu entwirren. Um die Mittagszeit wird der Dunst so stark, daß ihre Silhouetten sich verlieren und wie ausgelöscht sind.

Das Fenster, das zu einer Mansarde gehörte, saß so tief, daß man ein Stückchen auf die schwarzgeteerten Dachplatten hinauskriechen konnte, die im Sommer sehr heiß waren. Man konnte sogar einen Fuß vorsichtig frei über die Kante baumeln lassen.

(Aber die ganze Zeit in der heimlichen Furcht, daß die Tür unverschlossen war und daß jemand leise von hinten hereinkommen, sich über den Teppich zum Fenster schleichen und einen mit einem einzigen wohlgezielten Stoß in die Tiefe stürzen konnte.)

Dieser Sommer, den ich zum größten Teil im zoologischen Institut verbrachte, erscheint mir in der Erinnerung länger, aber auch stiller als andere, die später kamen. Wie eine ruhige Sequenz in einem aufgeregten Film.

Das Institut lag in einer stillen Vorstadtstraße, deren Namen ich seit langem vergessen habe. Ich würde sie aber daran wiedererkennen, daß der Asphalt an dieser Stelle im Juni immer schlüpfrig ist, weil etwas Klebriges aus den Bäumen tropft.

Und das Haus selber beherbergte unter anderem tausenderlei geheimnisvolle grauweiße biologische Präparate: gespenstische Tierkörper, die in Glasbehältern verschiedener Größe in Spiritus schwammen. Sie und die ausgestopften Tiere, die seltenen Skeletteile sowie die auf Nadeln steckenden, schimmernden Insekten, wurden von den dunkelblauen Vorhängen, die ständig vor den hohen staubigen Fenstern herabgelassen waren, vor dem Tageslicht geschützt.

Im Sommer waren die Laboratorien und Bibliotheken nur von einem Dutzend Studenten bevölkert, die nachdenklich ihre Reagenzgläschen schüttelten und gegen das Licht hielten, und dem einen oder anderen Mädchen mit schmalem weißem Nacken, das die Blätter in einem Buch umwandte, ohne aufzusehen.

Kaspar und ich führten hinter den blauen Gardinen eine Reihe routinemäßiger Experimente durch.

Der scharfe Geruch von Salpetersäure und die hartnäckigen gelben Flecken an den Fingern, der Gestank einer starken organischen Lösung, die jemand zu Beginn des Frühlings in einer nur selten benutzten Schublade vergessen hatte, und die wunderbaren Kristalle, die der Kalk in den Körpern der niedrigsten Meerestiere bilden kann.

— Es ist, als versuchten sie Schneeflocken zu gleichen, wenn auch in viel größerer Tiefe.

Wenn man das Material aus vielen Seeigeln zertrümmert und von einer Zentrifuge zermahlen läßt, bekommt man zuletzt eine völlig formlose, homogene, organische Masse. Aus dieser wiederum kann man die Stoffe isolieren, die die regelmäßig wiederkehrenden chemischen Prozesse erkennen lassen, aus denen das Leben des Tieres besteht.

Jetzt ist ein anderer, schwererer, betäubenderer Duft unter den Bäumen als im April, als das Gras noch hellgrün war.

Die Erinnerung erobert alle Jahreszeiten auf einmal.

Die Entenpresse.

Dieses Gerät war aus reinem, gelbem, leuchtendem Messing und bestand aus zwei groben Platten, von denen die eine, wie bei einer altmodischen Kopierpresse, mittels einer starken, glänzenden Schraube gegen die andere gedreht werden konnte. Rinnen in der unteren Platte führen zu den Kanten: dort kann man die herausgedrückte Flüssigkeit auffangen. Auf diese Weise preßt man den toten Vogel, und nur so kann er seine höchste Vollendung erlangen. Eine schmackhafte braune Bratkruste, die an Gold oder frisches Brot erinnert.

Diese Presse stand in der hinteren Schaufensterecke eines Lumpenhandels. Ich kaufte sie für vier Kronen und trug sie nach Hause.

Ich entsinne mich, daß ich während dieser ganzen Zeit ein lebhaftes Interesse für Delikateßgeschäfte, für kühle Marmortische, tot am Haken hängende Vögel, Konserven, Gänseleber und Hummer verspürte, das sich in keiner anderen Periode meines Lebens wieder eingestellt hat.

Ich konnte ganze Nachmittage damit verbringen, in solchen Geschäften aus irgendeinem kleineren Anlaß einzukaufen, der kaum wichtig genug war, diesen Aufwand zu rechtfertigen.

Was für eine Unruhe! Und dann die großen höflichen Männer mit blutiger weißer Schürze und rotgesprenkeltem Gesicht, die den Lachs mit schmalen Messern in Scheiben schnitten.

Und die Stapel toter Fische unter- und übereinander in den Eishaufen auf den Ladentischen.

Und die schwarzen Trüffel in ihren Blechdosen mit langen ausführlichen Beschriftungen.

Das einzige, was man mit einem toten Vogel — »in der Verwüstung« — machen kann, ist, ihn zu essen.

Ich nannte diesen Zustand der Unruhe »in der Verwüstung« sein.

In diesen eigentümlichen Revieren, in denen man die ersten zwanzig oder fünfundzwanzig Jahre seines Lebens verbringt, ist man ja ständig beschäftigt, ohne sich auch nur einen einzigen Augenblick lang zu fragen, warum man das ist. In den Sumpfniederungen dieser Jahre, in denen die Luft ringsum von einer seltsamen Feuchtigkeit durchdrungen ist, die eine später niemals wiederkehrende Flora erzeugt: aus Hoffnungen, eigenartig schemenhaften Plänen, Tagträumen und einem Umherirren, das noch nicht als Kreisbewegung empfunden wird, obwohl es sich die ganze Zeit im Kreise vollzieht.

In den Sumpfniederungen dieser Jahre, in denen sich neues schwarzes Wasser bei jedem Schritt so nahe an unserem Fuß zeigte, daß wir die ganze Zeit lang überzeugt waren, er würde auch den nächsten Schritt tun, von dem es dann kein Zurück mehr gäbe, bis er im letzten Augenblick durch irgendeinen nachtwandlerischen Impuls doch noch zur Seite gelenkt wurde.

Was ist es eigentlich, das einen Nachtwandler vorbereitet?

Welch absurder Gedanke, daß es *im* Menschen eine Moral geben könnte. Wie sollte sie aussehen? Hat jemand auch nur bei einer einzigen Gelegenheit behaupten können, sie gesehen zu haben?

Warum heucheln wir dann?

Uns allen ist ja bekannt, wie es in einem Menschen aussieht. Sie wissen doch: Impulse, Herausforderungen, Wünsche, der immer vorhandene Schrecken, die immer bereite Lust, all das, was sich die ganze Zeit im Zwerchfell zusammendrängt. Dort ist die Temperatur sehr hoch, so hoch, daß die Handlungen nicht ihren natürlichen Aggregatzustand beibehalten können, sondern sich in ihre Elementarteilchen auflösen und eine Art amorphe Grütze aus unkontrolliert umherfließenden Möglichkeiten bilden. Und inzwischen ist es kalt, unwirklich kalt. Zweihundertsechzig Grad wie in den äußersten Regionen. Huh — mich friert, es fliegt Schnee gegen die Scheiben, der Rauhreif fällt aus.

Im Innern tut sich ein leerer, entsetzlicher Abgrund auf, ebenso ungastlich wie der Raum zwischen den Himmelskörpern. Ein paar Feuertropfen in einer eisigen Leere. Mich friert!

Dort ist Platz für alles, nur nicht für Moral. Das meiste, was es dort gibt, läßt sich nicht aussprechen.

An der Oberfläche muß man suchen, nicht in dieser inneren Eisregion. Was? Die Moral. Was ist denn eigentlich die Moral?

Welches sind die wahrhaftigen Motive für politische Reformen? Eine andere Lebensform zu schaffen? Aber lassen sich Lebensformen überhaupt vergleichen? Wirft nicht jede neue Lebensform neue Probleme für jemanden auf, das Bedürfnis nach einer neuen Lebensform für andere?

Dann ist es also so, daß der Mensch nicht nach dem Glück strebt. Er ist ganz einfach tätig.

Aber das ist ja entsetzlich.

Erst wenn man die sorgfältig gebräunte und von der Presse zusammengedrückte Ente verspeist, entdeckt man, daß ihre kurzen Flügel nicht mehr schlagen.

Die Anarchisten

Ich erinnere mich: die kalten, bläulich geäderten Marmortische in den Delikateßwarenläden und diese toten Vögel, die an Haken unter der Decke hingen, und die schmalen Wasserrinnsale, die unablässig über die Scheiben liefen, und der Duft von frischer Petersilie im Innern dieser kalten Räume.

Ich erinnere mich: das immer schwach gelbliche Licht in meinem Zimmer hoch oben unter dem Dach (wo sich ein feuchter Fleck in jedem Semester etwas weiter ausbreitete und gewissermaßen Jahresringe ansetzte), das Knarren des Korbsessels, auf dem eine Decke lag, die fast nie ausgestaubt wurde.

Und wie dieser Staub sich frühmorgens in dem Sonnenstrahl bewegte, der stechend und kräftig schräg durchs Fenster fiel und den Teppich ›erglühen‹ ließ.

Es gab eine Erfahrung, die ich in jenen Jahren immer wieder machte: etwas entglitt mir, etwas fiel beiseite.

Es gab damals Menschen, die mich »brutal« nannten.

Das war keine Brutalität, sondern Kraft, und zwar eine, die nach innen wirkte, wenn die Außenwelt ihr nicht genügend Widerstand entgegensetzte. Man bezeichnete mich auch als »egoistisch«. Auch Steine und Bäume sind Egoisten.

Außer Kaspar und einem oder zwei anderen, die gutwillig mit mir verkehrten, weil uns irgendwelche gemeinsame Interessen verbanden oder weil sie nicht weiter darüber nachdachten, hatte ich nicht viele Freunde.

Es entglitt mir, fiel beiseite. Es konnte etwas ganz Unwichtiges sein: etwa eine Einladung, die ich vergaß, oder die freundliche Aufforderung eines Professors, eine Zeitlang in seinem Institut zu arbeiten, die ich vielleicht nie richtig begriff. Er war natürlich verletzt, wenn er nichts von mir hörte — ich hatte besonderes Geschick, solche Sachen schon im Hinausgehen zu vergessen —, und das Angebot wurde nie wiederholt. Kühle und höfliche Distanz!

Dabei hätte eine wertvolle Zusammenarbeit daraus werden können. Vielleicht hätte ich mein ganzes Leben dort bleiben können.

Ich vergaß Telephongespräche, verpaßte Züge, meldete mich nie, wenn jemand mich darum gebeten hatte, »doch mal wieder von mir hören zu lassen«.

Steine und Bäume haben ihren eigenen Blutkreislauf und eigene Lungen.

Ich erinnere mich: eine besondere Sorte feuchter Erde, die durch die Fenster duftet, ein humusreicher schwarzer Boden gleich nach dem Regen, schwarze Teiche und der eigentümlich trockene Geruch krautartiger Gewächse, wenn man im Herbst über sumpfiges Gelände geht. Nasses Laub und schwere Zweige.

Kaspar suchte sich seinen Weg durch die Wissenschaften, probierte die eine und verwarf dafür eine andere, geriet dabei ganz zufällig an die Botanik, fand sich darin zurecht und wurde Lizentiat, ehe ich noch recht begonnen hatte, die Sache ernst zu nehmen.

Er schaute oft an den Nachmittagen herein, erzählte, was er trieb und was er machen wollte und schien die ganze Zeit davon überzeugt zu sein, daß ich alles, was er zu sagen hatte, interessant fand.

Eine fast rührende Angewohnheit, die er noch aus seinen Jungenjahren beibehalten hatte. Und nicht einmal jetzt, wo es mir so vorkam, als würde er jeden Tag phantasieloser und schulmeisterlich pedantischer, konnte ich mich überwinden, ihm zu sagen, was ich dachte.

Als wir früher einmal durch die Naturwissenschaften miteinander verbunden waren, stellten diese eine Art Medium für uns dar, so daß wir stundenlang zusammensitzen oder miteinander spazierengehen und unsere Gedanken und unsere Nähe ständig durch eine Art spekulativer Betrachtung erleben konnten. Wir tauschten Meinungen aus über

die Entstehung der Arten

die verborgenen Nervensysteme und Ganglien der Gewächse

die geheimnisvollen geometrischen Strukturen der ersten Kristalle, die die Grundlage für das gesamte Steinreich bilden

die Fähigkeit der Kieselsäure, Verbindungen einzugehen

ein Pflanzenleben auf anderen Planeten, das auf Kiesel statt auf Kohle beruht

die Stickstoffatmosphäre des Riesenplaneten Jupiter

die Möglichkeiten für ganz neue Zahlensysteme und eine neue Logik

die Frage, ob die botanische Systematik einer natürlichen Ordnung entspricht, oder ob sie nur ein Spiegel des Menschen selber ist

das seltsame Verfahren der Alchimisten, die ein ganzes Leben lang dasselbe Präparat in einem einzigen Kolben destillieren, kondensieren und destillieren, ohne am Ende etwas anderes zu gewinnen als das gleiche Präparat in einer extrem gereinigten Form

die geheimnisvollen elektronischen Eigenschaften der ganz reinen Metalle

hohe leuchtende Nachtwolken

Nordlicht

die Entstehungsgeschichte der Polareise

eigentümliche und schreckenerregende vorgeschichtliche Funde in den nordafrikanischen Wüsten

und vieles andere. All das, was wir in einer Art scheuen Befangenheit durchsprachen, wurde uns auf diese Weise durchsichtig.

Als Kaspar in jenen Jahren tiefer in seine botanischen Studien eindrang, eignete er sich auch eine neue Haltung an, die er »Sachlichkeit« nannte. Sie bestand darin, daß er all meine Bemühungen, Gespräche der erwähnten Art anzuknüpfen, ignorierte. Er verwies auf das, was wahrscheinlich und wissenschaftlich beweisbar war, auf das mühsame Sammeln des Materials und die Gefahr, aus unvollständigen Unterlagen übereilte Schlußfolgerungen zu ziehen oder Beweisketten aufzubauen, in denen auch nur ein einziges Glied unvollständig oder zu schwach wäre.

Was er ablehnte, war natürlich nicht das vermeintlich Unwissenschaftliche, sondern etwas anderes. Und als ob dieses andere nur auf diese Weise hätte entwickelt oder ausgetauscht werden können, wurde er augenblicklich unzugänglich.

Dies alles geschah seinerseits völlig unbewußt.

Ist es möglich, daß ein Mensch einem anderen als Spiegel dienen kann, so daß der Sprechende meint, auf alles, was er sagt, eine Antwort zu bekommen, während er in Wirklichkeit nur das Echo seiner eigenen Stimme hört und die Bewegung, die seine eigenen Worte in einem anderen auslösen, abliest und für eine von außen kommende Mitteilung hält? So daß er glaubt, eine Antwort zu erhalten, obwohl diese Antwort eigentlich von ihm selber stammt?

Katalysatoren nennt man Stoffe, die, ohne sich selber zu verwandeln, vorhanden sein müssen, wenn ein chemischer Prozeß herbeigeführt werden soll. Wer ist ein Katalysator?

Es war das zweite Mal, daß ich Kaspar zu verstehen glaubte, als er sich auf diese Weise verriet. Vor mir saß ein geschwätziger, überschwenglicher und auf unsichere Weise gehetzt wirkender Fremdling, der von einer Pedanterie besessen war, die jedem beliebigen gut angestanden hätte.

Er kam so oft wie früher zu Besuch. Dann entspann sich ein Gespräch mit unsicheren Rollen.

Das machte auch mich unsicher. Es war wie ein Griff in den luftleeren Raum, und ich fing an, erwachsen zu werden. Ich sah ein, daß es keine Fortsetzung der *Experimente* gab.

Unfähig, mich mit dieser Tatsache abzufinden, suchte ich dennoch nach einer Fortsetzung der Experimente.

Denn irgendeine Art Fortsetzung mußte es doch geben.

Dieser Gedanke hat mich mein ganzes Leben lang begleitet.

Gibt es niemanden, der eingesehen hat, daß Jules Vernes Romane Meisterwerke sind, und zwar Meisterwerke solcher Art, an denen Verrat begangen wird, während sie geschrieben werden, weil nämlich die ganze Zeit der Eindruck erweckt werden muß, als verfolgten sie eine andere Absicht?

»Eine Reise zum Mittelpunkt der Erde«. Der Professor und seine beiden Begleiter sind durch den Vulkan abwärts gedrungen. Sie haben die erste Nacht unter der Erde zugebracht und setzen ihren Weg in die Tiefe fort. Sie hören eine Wasserader, die ganz deutlich hinter der rechten Wand des unterirdischen Ganges, dem sie folgen, plätschert, und wenn der Gang einen Bogen macht, folgt das Wasser mit. Es folgt ihnen, aber sie können ihm nicht näherkommen.

Worauf sie wohl beruhen mag? Diese Empfindung, daß die

Freiheit, daß die Lösung des Rätsels die ganze Zeit dicht neben einem liegt.

Suchen wir an der falschen Stelle?

Kaspar jedenfalls suchte hartnäckig in der Botanik weiter und blieb ein Fremder.

Ich erinnere mich: das beinahe vage Gefühl, von einer staatlichen Ordnung umgeben zu sein, einem Alltag, der mit schwachem Brausen auf mich eindringt, aber die ganze Zeit an der Oberfläche bleibt. Unbezahlte Telephonrechnungen, der große Lieferwagen vor dem Lebensmittelgeschäft, wo starke Männer Kisten mit Brot hinein- und heraustragen, die kleinen Kinder unter hohen Laubbäumen auf dem Spaziergang mit ihren Müttern. Zuerst sind die Busse in der Erinnerung gelb, ganz deutlich gelb, aber später werden sie blau. Sie müssen irgendwann einmal im Laufe der Zeit ihre Farbe gewechselt haben. Und die alten Frauen in dunkelblauen Kleidern im Altersheim, das nicht weit davon entfernt liegt. Das rote Waisenhaus und die rote Volksschule und ganz früh morgens das Surren der Fahrräder auf dem Asphalt.

Es ist etwas Eigenartiges um eine Gesellschaft, die sich offenbar schon im Laufe des 19. Jahrhunderts zu einem solchen Grad von Unpersönlichkeit entwickelt hat, daß wir in ihr leben können und allem, was sie ausmacht, ausgesetzt werden, ohne es auch nur einen Augenblick lang zu bemerken.

Ich erinnere mich: die frühen, nahezu brutalen erotischen Erfahrungen, gewissermaßen blind und brutal, weil die Lust, die sie erzeugten, sich stets als Wissen ausgab.

Plötzliche, flackernde Lichter der Hoffnung über einer Landschaft, deren Dimensionen und Ausdehnung ich nicht kannte.

Nun wollte dieselbe gelbe Sonne wieder aufgehen, aber sie stieg nur einige Grade über den Horizont, hing dort lange still und sank wieder herab.

Die verschiedenen Gesichter wollen zu einem verschmelzen, seltsam nur, daß mir die Hände individuell in Erinnerung geblieben sind: die mageren oder kurzen, die weichen oder heißen Hände dieser Mädchen oder Frauen, die Schwierigkeiten hatten, über dasselbe zu sprechen wie ich, und die bei mir blieben, bis es allzu spät wurde und ein Vergessen eintrat, das uns zusammenführte.

Noch schlafend, auf dem schmalen Bett liegend, konnte ich ihre Eigenart erkennen und spürte, wie ungleich sie einander waren.

Etwas, das es mir immer schon schwer, wenn nicht unmöglich gemacht hat, über »Erotik« zu sprechen oder zu schreiben, selbst in meinen Tagebüchern.

Ich bin fest davon überzeugt, daß es keine »Erotik« gibt, ebensowenig wie ein »Leben«.

Es gibt Ereignisse, und nichts Gemeinsames hält sie zusammen.

Mitten im tiefsten Schlaf spürte ich zuweilen ihre schwachen Bewegungen, wenn Körperteile sich zufällig berührten und eine bittere, eine süßliche, eine trockene Empfindung erzeugten oder etwas, das niemals in Worte gekleidet werden könnte. Und das war dann ein tieferes Einverständnis als die vorangegangene Intimität; es war, als ob das, was unbekannt sich in mir verbarg, mit dem Unbekannten in der anderen Person sprach: ein Murmeln, eine leise Unterhaltung zwischen lauter Unwägbarkeiten, die dennoch vertrauter miteinander waren und »lebendiger« als all das Leben, das sprechen und sich ausdrücken und einem ins Gesicht sehen kann.

Dann wandte sich womöglich eine zufrieden zur Seite und versank tiefer in Schlaf, und früh am Morgen, wenn wir erwachten, hatten wir einander nichts zu sagen.

Die Gesichter verschwimmen allmählich. Und ich weiß nur noch, daß da immer etwas war, was mir entglitt.

All diese Mädchen und Frauen (und die Erinnerung hat natürlich ein Vielfaches aus ihrer wirklichen Zahl gemacht) kamen und verschwanden auf eine fast traumhaft unkomplizierte Weise. Ich traf sie gelegentlich wieder, dann machten wir uns Versprechungen und vereinbarten, wann wir uns wiedersehen wollten, doch immer gab es eine Reise, irgendein Telephongespräch, das die Erinnerung trübte, so daß ich die Gelegenheit um Haaresbreite verpaßte, ohne es eigentlich zu wollen.

Die Möglichkeit war die ganze Zeit über sehr nahe.

Ich bin nicht sicher, ob ich diese Erinnerungen richtig wiedergebe. Wenn etwas geöffnet würde, etwas sich veränderte, wenn eine Art Blende aufgeschraubt werden könnte, so daß die Landschaft heller würde, *unnormal* hell wie auf überbelichteten Photographien, würden hier Einzelheiten zu erkennen sein, die bei normaler Belichtung nicht sichtbar werden: Details einer Landschaft — einer anderen Landschaft.

Mir steht so etwas nicht zur Verfügung.

Die Frostbildung.

Aber ich erinnere mich: eine Sommernacht Anfang Juni, es muß schon sehr spät gewesen sein. Ich fuhr in einem geliehenen Auto, dessen Kühler im Laufe des Tages so viele Male gekocht hatte, daß wir uns stark verspätet hatten, mit einem Mädchen aus einer mageren, sehnigen, klugen und wortkargen Familie. Wir kannten uns nur flüchtig. Wenn ich mich recht entsinne, hatte sie selber darum gebeten, von irgendeiner entfernten Hochzeit, einem abgelegenen Fest, mit nach Hause genommen zu werden. Sie hatte kurzgeschnittenes braunes Haar, schmale Hüften und war Assistentin an einer meteorologischen Versuchsstation, von der aus man Sonden und Windmesser aufsteigen ließ.

Wir waren müde und sprachen nur langsam miteinander.

— Noch im 19. Jahrhundert waren alle Revolutionen Angelegenheiten einzelner Personen. Ein absurdes Jahrhundert, wie auch das vorangegangene, aber jetzt pessimistisch und ohne eigentliche Hoffnung auf eine Ordnung. Und eines, in dem alle Revolutionen von stolzen, trotzigen Rebellen vorbereitet werden, die sich gegen eine Ordnung auflehnen, welche ihrer Ansicht nach von den anderen repräsentiert wird. Welchen anderen?

— Anderen Klassen.

— Die selber nicht einzusehen vermögen, daß sie ein Teil einer Ordnung sind . . .

An den Wegbiegungen tauchten überraschend schlafende Häuser mit frischgeharkten Rasenplätzen und Milchschemeln aus dem Halbdunkel auf.

— In dieser Situation entstehen die großen Ideologien: der Marxismus, der Liberalismus, der Anarchismus in seiner modernen Form als letzte wahnsinnige und fast schon verzweifelte Versuche, die Lage übersichtlich darzustellen, Gegenpole zu bilden, an denen man die Wirklichkeit messen kann.

Wenn sie lachte oder zuhörte, konnte man sehen, daß sie um den Mund herum eine starke Muskulatur hatte. Im Halbdunkel fühlte ich mich in einen Zustand versetzt, der fast schon als Wohlbehagen zu bezeichnen war. Sie wandte sich mir zu.

— Woher kommen sie?

— Wer?

— Die Anarchisten?

— Sie sind immer da, wenn auch in wechselndem Gewand. Im 18. Jahrhundert als verirrte Tagelöhner, die ausziehen, um in den Gemeindeäckern zwischen den gewöhnlichen Feldern zu graben und zu säen und dort von Soldaten vertrieben werden. Diese »Grabenden«, wie man sie nannte, handeln nicht als Aufrührer, sondern eher, als wollten sie neue Gesetze zwischen den bestehenden normalen Gesetzen einführen: eine neue Landwirtschaft zwischen den gewöhnlichen Äckern.

Vielleicht ein neues Eigentumsrecht zwischen den herkömmlichen Besitztümern.

Der Staub der Straße leuchtete ungewöhnlich weiß. Hin und wieder flog ein Insekt in das Licht der Scheinwerfer.

— Utopien spiegeln uns das Glück vor, einen harmonischen Zustand, aber in einer Lebensform, die von der unsrigen ganz und gar abweicht. Das ist es ja gerade, warum man ihnen so leicht verfällt. Sie handeln ja nicht von uns.

— Welches sind die eigentlichen Motive für politische Reformen?

— Etwas an unseren Daseinsbedingungen zu ändern.
— Und für Revolutionen?
— Eine neue Lebensform zu schaffen.

Aber sie sind nicht miteinander vergleichbar. Die großen Revolutionen schaffen keine besseren Bedingungen, sie schaffen nur völlig neue, und die Menschen erwachen und stellen fest, daß sie anders geworden sind. Sie tun der Wirklichkeit keine Gewalt mehr an, sie sind eine neue Wirklichkeit. Nicht zu vergleichen mit der, die vor ihr war.

— Du bist sehr an Politik interessiert, glaube ich.
— Nein, wieso?
— Ich dachte nur.
— Ich spreche nur vom Glück.
— Und was hast du darüber zu sagen?
— Daß die Menschen das Glück nicht suchen.
— Was tun sie dann?
— Sie betätigen sich ganz einfach.
— Und die Anarchisten?

— Einige von ihnen schafften sich ein Utopia, andere nicht. Einige begnügten sich damit, vom »einzelnen« zu sprechen. Sie erfanden eine neue Art von Gewalt, die sie gegen die Ordnung selber richteten. Aber weil die Ordnung selber unsichtbar und gewissermaßen unerreichbar war, konnte diese Gewalt sich nur gegen alle und jeden richten. Denn jeder beliebige repräsentierte die Ordnung.

— Warum das?
— Sie alle erfüllten die Voraussetzung.
— Welche Voraussetzung?
— Jemand anders zu sein.
— Dann bist du also ein Pessimist?

— Pessimist ist man immer nur im Verhältnis zu einer Erwartung.

— Was wollten sie denn, die Anarchisten?
— Sie hatten etwas über sich selber entdeckt.
— Was denn?

— Daß es keine Moral im Menschen gibt, daß Menschen mal brennen und mal kalt sind, unwirklich kalt. Sie erkannten, daß dieser Zustand eine unabwendbare Tatsache sei und daß sie gezwungen waren, sich damit abzufinden.

— Und dann?

— Sie glaubten, daß dies eine Art Veränderung zur Folge haben würde.

— Hatte es das?

— Wir wissen nun, daß keine Revolution möglich ist, die sich nur darauf beschränkt, sich im einzelnen zu vollziehen. Denn im einzelnen ist der normale Zustand eine Revolution.

— Eine Veränderung in den Daseinsbedingungen des Menschen, eine wirkliche Freiheit ist etwas ganz anderes. Sie muß eine Veränderung in den Lebensbedingungen aller Menschen sein.

— Ist so etwas möglich?

— Warum fragst du mich?

Sie nickte, wenn ich mich recht entsinne, und wir lachten beide. Es war wie ein Schauspiel mit verteilten Rollen.

Und ich habe oft die Beobachtung gemacht: wenn ich ganz gelegentlich in meinem Leben mal eine Idee hatte, die ich originell fand, kam sie nur auf diese Weise zustande, in einem solchen Dialog, in dem keiner er selbst ist, sondern nur eine Rolle spielt. Welche spielten wir?

Sie trug irgendein helles Kleid mit kurzen Ärmeln. Die Waldränder waren undeutlich, die Laubdächer schmolzen zu verschwommenen Massen zusammen, und alle Plätze glichen einander auf verwirrende Weise. Über den Feldern stand die Wärme, und als wir an einer Wegkreuzung anhielten, konnten wir ein schwaches Geräusch hören wie von Autos auf einer größeren Landstraße, die etwa zehn Kilometer entfernt parallel zu der unsrigen verlief.

Und etwa eine Stunde später sahen wir, ungefähr dreißig Grad über dem westlichen Horizont, einen eigentümlichen, starken und blinkenden Schein. Er hüllte die Gegend in seinen Lichtkegel.

— Kann das ein Leuchtturm sein?

— Es gibt keine Leuchttürme draußen in den Wäldern.

Als es etwa ein Uhr nachts war, sahen wir dasselbe Licht noch einmal. Jetzt in einer ganz anderen Himmelsrichtung, immer noch dreißig Grad über dem Horizont: der gleiche weiße Lichtkegel, der Waldränder und Bergrücken in seinen Schein tauchte. Und unerklärlich war.

Es gibt keine Leuchttürme draußen in den Wäldern.

Später bin ich bei mehreren Gelegenheiten an dieses Gespräch erinnert worden. Seine Folgen kann ich immer noch nicht übersehen.

Die Frostbildung

Die Frostbildung.

Die Frostbildung ist nicht nur ein atmosphärisches, sie ist auch ein kristallisches Problem.

Die Eisblumen wachsen wie lebende Organismen auf der Fensterscheibe. In den hohen Luftschichten bilden sich besondere Kristalle, die im Laufe weniger Minuten entstehen können.

Zum ersten Mal begann ich einzusehen, daß ich es eilig hatte.

Die Überzeugung, daß man Erfolg haben wird, macht einen leicht gleichgültig. Drei oder vier Jahre vergingen, ohne daß ich mir eigentlich richtig klarmachen konnte, wozu ich sie benutzt hatte.

Es kam zu einer Art Aufbruchsstimmung. Ein Gleichgewicht, das die ganze Zeit über bestanden hatte, begann zu verschwinden. Und erst, als es fort war, begriff ich, daß es vorhanden gewesen sein mußte.

Ich fing an, mich für eine Gruppe von Erscheinungen zu interessieren: vor allem für solche, die mit der Frostbildung zu tun hatten.

Ich beschloß, eine Abhandlung zu schreiben, und zwar entschied ich mich für die Frostbildung, weil ich eine Behauptung aufstellen wollte, die mich zu einem großen Naturwissenschaftler machen würde, wenn es mir gelingen sollte, sie zu beweisen.

(Später habe ich begriffen, daß ich mich dem Phänomen auf diese Weise sozusagen von der falschen Seite her, nämlich von außen, genähert hatte.)

Für einen jüngeren Meteorologen bot sich eine Art Assistententätigkeit im Ausland. Ich wußte nicht recht, worum es sich handelte und was daraus werden konnte. Aber die Leere auf den Straßen Anfang Juli, jene Leere, die durch dichtes Laubwerk nur noch verdichtet und noch leerer werden konnte, sie war mir Einsamkeit genug. Ich sagte zu.

Die Stadt München liegt auf einer Hochebene, beleuchtet wie auf einem Tisch.

Später entdeckte ich, daß es dort starke Regenfälle gibt, die durch die Straßen peitschen und so heftig sind wie in den Tropen (mein eigener Aufenthalt in den Tropen war so kurz und unwirklich, daß ich nicht länger unterscheiden kann, was ich darüber gelesen und was ich selber gesehen habe), und daß dort bestimmte konstante Wetterverhältnisse herrschen, die eigentlich extrem und ungewöhnlich sind. Die Alpen verursachen Unregelmäßigkeiten, Luftdruckveränderungen, turbulente Erscheinungen. Die Einflüsse aus den großen mitteleuropäischen Ebenen versuchen, einen Ausgleich zu schaffen: Erwärmung steht im Streit mit Abkühlung, Feuchtigkeit mit Trockenheit, und die Folge ist ein unablässiges Schwanken, eine stete Unruhe.

Solche Gegenden sind es, die in der Magie eine Rolle spielen werden. Der ältere Thorwald nannte sie »die instabilen Orte«.

Haben sich die großen Schnellzüge verändert? Sie wirken jetzt kleiner. Die zischenden, fauchenden Geräusche, die sie in den großen gußeisernen Bahnhofsgewölben erzeugten, meine ich schon seit sehr langer Zeit nicht mehr gehört zu haben.

Schon im Speisewagen, mit kleinen blanken Behältern für Pfeffer und Salz, weißen Tischdecken, roten Wänden, altmodischen braunen Stühlen, irritierte mich eine Dame am Nebentisch durch ihre Art, Apfelsinen zu schälen: eine lange, sich ringelnde Spirale und das schmale Messer lose zwischen den Fingerspitzen. Ihre Mundbewegungen waren eigentümlich, wenn sie ihr, wie mir schien, perfektes Französisch sprach.

Ein tosender Regen überschwemmte die Stadt.

Er strömte gurgelnd durch die Rinnsteine, riß Zeitungen und weggeworfenes Seidenpapier mit sich, in dem Südfrüchte verpackt gewesen waren, und ertränkte fast die Droschkenkutscher hoch oben auf ihren ungewöhnlich großen Wagen.

Gelbe Straßenbahnen standen still, während das Wasser über ihre Windscheiben strömte. Die Reisenden drängten sich, knufften einander, winkten ungeduldig die Träger mit ihren blanken, großen Lederschürzen heran.

Ständig kamen neue Züge an und polterten mit zischenden Geräuschen unter die große gußeiserne Kuppel der Bahnhofshalle.

Der Schrecken, der einen bei solchen Gelegenheiten oft überkommt, kann nahezu unerträglich sein.

Hier wurden die Experimente durchgeführt, weit außerhalb der Stadt. Die Untersuchungen der Atmosphäre wurden mit vortrefflichen kleinen Ballons vorgenommen, die man aufsteigen ließ und mit Theodolit und Chronometer verfolgte, damit man ihre Geschwindigkeit direkt ablesen konnte. Die Station lag am Rande eines riesigen grünen Golfplatzes.

Ich glaube, ich habe nie richtig herausbekommen, wie weit sie sich eigentlich ausdehnte.

Ich wohnte in einem so nahe gelegenen Vorort, daß ich gut zu Fuß gehen konnte. Und wo der schmale Weg auf einer unscheinbaren Brücke über die Eisenbahn führte, blieb ich oft lange stehen und schaute den blinkenden Geleisen nach, die sich zur Stadt hin im Nebel verloren.

Eine Art Ornament in Gestalt eines steinernen Vogels auf dem linken Giebel der großen Villa gegenüber dem Garten sah bei Tageslicht wie ein Adler aus, glich aber in der Dämmerung eher einem Habicht.

Als ich später in meinem Zimmer krank im Bett lag, litt ich unter einer vagen Vorstellung, von der ich mich nur schwer befreien konnte und die darauf hinauslief, daß der Habicht sich jederzeit von seinem Platz erheben und *auf mich werfen* konnte, direkt durchs Fenster.

Der andere Assistent, mein Arbeitskollege Witter, setzte mich durch seine Schweigsamkeit, seine Abneigung, auf Fragen zu antworten, in Erstaunen.

Er schien überhaupt nie richtig zu bemerken, daß ich vorhanden war und behandelte mich nur dann als anwesend, wenn ich ihn direkt ansprach.

Anfänglich war diese kühle Haltung kaum spürbar und äußerte sich lediglich in seiner — Zerstreutheit.

Witter war ein äußerst magerer und langer Mann mit dünnem Haar, hohen Geheimratsecken und einem Gesicht, das man heutzutage als »intelligent und gefühlvoll« bezeichnen würde. Er war ehrgeizig und erschien morgens immer außerordentlich frühzeitig. Ja, ich kann mich eigentlich nicht entsinnen, jemals die niedrigen Gebäude betreten zu haben, in denen Instrumente und Tagebücher vorbereitet wurden, ohne daß er nicht schon vor mir dort gewesen wäre.

Zu den übrigen im Institut Beschäftigten schien er ein ganz anderes Verhältnis zu haben — ich hatte sogar den Eindruck, daß er von allen sehr geschätzt wurde. Ich sehe ihn noch in irgendeiner Pause mit einer kurzen englischen Pfeife im Mund im Kreise der anderen stehen und sich unterhalten; er steht fast genau in der Mitte, alle lachen und geben einander schlagfertige Antworten. Es ist außerordentlich schönes Wetter.

Auch ich hatte ein sehr gutes Verhältnis — zu den anderen. Die beiden Professoren Schmidt und Schröder, der eine dunkel und elegant, irgendwie italienisch aussehend, der andere klein, untersetzt, mit goldgeränderter Brille, behandelten mich liebenswürdig, ignorierten mein fehlerhaftes Deutsch und hörten aufmerksam zu, wenn ich etwas vorzutragen hatte. Die Dozenten Jacobsen und Erhard, die beide wie große ungelenke Bauernburschen aussahen und sich gegenseitig ängstlich zu bewachen schienen, verhielten sich etwas reserviert. Wahrscheinlich aber nur, weil sie von Natur aus zurückhaltend waren.

In diesem Kreis galt Witter zweifellos als ein aufgehender Stern; er genoß mehr Respekt als einem Assistenten eigentlich zukam.

Man hörte höflich zu, man bat ihn sogar um Rat:

— Würden Sie nicht auch meinen, es lieber so zu machen, Herr Witter?

— Glauben Sie nicht, Herr Witter, daß man ein zuverlässigeres Resultat erhielte, wenn man das Instrument etwas häufiger richten würde?

Er schien an vielen Stellen zugleich anwesend zu sein. Er war immer an seinem Platz; jedenfalls ertappte ich mich mehrfach dabei, daß ich ihn mir dort vorstellte, so oft ich nur an den Platz dachte.

Ich erwähnte schon die — Zerstreutheit, mit der er mir begegnete. Ich gab mir größere Mühe, sie zu überwinden, als es eigentlich nötig gewesen wäre. Wenn ich Fragen an ihn zu richten hatte, tat ich es so ausführlich, wie ich nur konnte, und mit so großem Nachdruck wie möglich, um ihm zu zeigen, daß ich Wert darauf legte, eine Antwort von ihm zu bekommen.

Er antwortete irgendwie gehetzt, abgewandt und phantasielos, als hätte ich die Antwort selber wissen müssen. In allen diesen Situationen zeigte sich deutlich, daß er jeden Kontakt mit mir länger als notwendig auszudehnen versuchte.

In Gegenwart seiner Vorgesetzten und Kollegen behandelte ich ihn immer mit äußerster Höflichkeit, doch gelang es mir, sobald von seiner Beteiligung oder seinem Anteil an unserer jeweiligen Arbeit die Rede war, eine fast mikroskopisch feine Nuance von Herablassung anklingen zu lassen, mit der ich eine Art Selbstverständlichkeit zum Ausdruck brachte, die seinen Einsatz zwar als unentbehrlich, aber im vorliegenden Zusammenhang nicht als sonderlich interessant erscheinen ließ.

Noch heute bin ich mir über die Art seiner Empfindlichkeit nicht im klaren. Es ist möglich, daß sie nach einem mir fremden System funktionierte. (Ich habe nicht selten die Entdeckung gemacht, und sie hat mich mehr interessiert als schokkiert: zwei Personen können zu genau derselben Art von Sensibilität gelangen, zur gleichen Auffasung in der Beurteilung der Frage, welche Gefahren und Möglichkeiten eine bestimmte Situation in sich birgt, aber auf ganz verschiedenen Wegen, ohne daß eine Verbindung vom einen zum anderen möglich ist, bis sie beide ein und demselben Ergebnis gegenüberstehen. Und in diesem Augenblick erkennen sie sich auch wieder. Mit einer Unmittelbarkeit, die oft erschreckend sein kann. Sie haben sich also aufeinander zubewegt wie durch parallele Tunnel, die plötzlich in den gleichen Raum münden.)

Zu den Aufgaben des Instituts gehörte es, eine Wettervorhersage für die kommenden 24 Stunden aufzustellen und sie telegraphisch an verschiedene europäische Hauptstädte und an das Observatorium in Greenwich zu senden.

Diesen Prognosen gingen Konferenzen voraus, in denen die Professoren Schmidt und Schröder gemeinsam mit den Dozenten das Material zusammenstellten. Der Begriff Wetterfront, die Bergenschule und die modernen Wetterkarten waren damals noch eine Neuigkeit, jedenfalls aber noch neu genug, um eine nervöse und feierliche Stimmung auf diesen Sitzungen aufkommen zu lassen, wenn Isobare und Fronten aufgezeichnet wurden und nordatlantische Wirbelstürme aus dem ziemlich dürftigen Material, das Wetterschiffe und Stationen damals zu liefern vermochten, auf der Karte entstanden.

Nicht selten ergaben sich Diskussionen zwischen Schmidt und Schröder über die Auslegung dieser Phänomene.

Für die übrigen Teilnehmer galt es bei diesen Gelegenheiten, um jeden Preis alle Äußerungen zu vermeiden, aus denen geschlossen werden konnte, daß man sich zur Ansicht des einen oder anderen Professors bekannte.

Witter pflegte sich vollkommen still zu verhalten. Er machte sich nicht einmal die Mühe, Papiere vom einen zum anderen weiterzureichen oder gar höflich die verschiedenfarbigen Kreiden hinzuhalten, mit denen Temperatur- und Druckkurven eingetragen wurden.

Bei einer solchen Gelegenheit, als die Stimmung ungewöhnlich nervös war, weil die Wetterlage nur mit größter Schwierigkeit gedeutet werden konnte und wir außerdem stärker als sonst in Verzug geraten waren, verlangt Schröder, der oft unter Kopfweh leidet, besonders wenn ein Gewitter zu erwarten ist, nach den telegraphisch aufgenommenen Windstärken von der Nordseeküste.

Witter und ich sitzen am weitesten unten am Tisch, nebeneinander. Ich selber habe dieses Telegramm am gleichen Morgen entgegengenommen und suche es nun unter meinen Papieren.

Schröder, ein ungeduldiger Mann mit hochrotem Gesicht, läßt ein deutliches Stöhnen vernehmen, während ich suche, als ob er nicht einmal die dadurch entstehende kleine Verzögerung der Verhandlungen ertragen könnte.

Ich sortiere rasch noch einmal die Papiere durch. Witter beugt sich unerwartet vor, wie um mir zu helfen, und, der heftigen Inspiration eines Augenblicks folgend, lese ich, ohne den Kopf auch nur zu heben, aus einem vier Tage alten Telegramm, das ein Verzeichnis der veränderten Adressen verschiedener nordeuropäischer Wetterstationen enthält, die Windstärken vor. Ich spreche leicht und ohne Anstrengung und erfinde einen deutlich abnehmenden westlichen Wind, der ohne den geringsten Zweifel Schröders Hypothese widerlegen muß, daß das Tief sich in schnelle Bewegung setzen wird. Ich lasse diesen fiktiven Wind einen mächtigen Bogen um die norddeutsche und holländische Küste beschreiben und flechte absichtlich einige von diesen unerklärlichen und irrationalen Variationen und Unregelmäßigkeiten in der Windstärke ein, die darauf schließen lassen, daß nichts so genau gemessen wird, wie es eigentlich erforderlich wäre, und daß die Meteorologie keineswegs die exakte Wissenschaft ist, die sie zu sein glaubt.

Schröder nickt schwer und gibt sich geschlagen.

Diese Fälschung begehe ich nicht einmal deswegen, weil sie notwendig wäre: wenn ich zugegeben hätte, daß ich das Telegramm nicht finden konnte, würde dies höchstens eine wütende Bemerkung von Schröder zur Folge gehabt haben, allenfalls eine Mißstimmung gegen mich in der nächsten Zeit.

Sie ist eine Eingebung: ich folge ganz einfach dem bequemsten Weg.

Witter und ich bleiben zurück, sammeln unsere Papiere ein.

Als wir dann aufstehen und gehen wollen, reicht er mir, was gefehlt hatte.

Einen Augenblick lang wendet er mir das Gesicht schräg nach oben zu. Darin ist auch ein kindlicher Zug und etwas anderes, das ich nie vergessen werde, etwas Entsetzliches, das ich nie vergessen darf, etwas Scheußliches, wie wenn jemand durch einen Spiegel am anderen Ende eines dunklen Raumes, den er versehentlich betreten hat, überrascht wird.

Ich hatte ein höhnisches Gesicht erwartet, aber ich sah etwas anderes.

Zum ersten Male begriff ich, daß man mich mit Schrecken betrachten konnte, daß jemand mich für einen sehr bösen Menschen halten konnte.

Ich lachte laut auf über das Absurde und Übertriebene der ganzen Situation, und ein Schatten lief einen Augenblick lang über die feinen Häutchen des Auges.

Die bewohnten Himmelskörper

»Nun habe ich Gott gesehen.«
Eher abwesend als böse.

Die Kristallbildung — dieser Prozeß hat mehrere komplizierte Phasen. Er ist noch nicht abgeschlossen, er geht die ganze Zeit weiter.

Ein Lehrer, der G. hieß und viele Jahre lang mein Lehrer in Französisch und in der Muttersprache war und zufällig neben uns auf dem Lande wohnte — meine Eltern hatten viele Jahre ein hübsches, altes Sommerhäuschen —, ein sehr schweigsamer, untersetzter kleiner Mann mit Brille und braunem Schnurrbart, der im Sommer immer in fleckigen Shorts herumlief und mich durch seine Gegenwart und sein Schweigen in Verlegenheit brachte, wenn wir am gemeinsamen Brunnen Wasser holten, dieser G., der auch bei allerscheußlichstem Wetter täglich mindestens zwei Stunden auf dem See zubrachte, um ein kompliziertes System von Netzen zu kontrollieren, die er in allen Buchten und schmalen Durchfahrten des

Sees ausgelegt hatte — wenn das Boot irgendwo auf dem Grunde des ziemlich lehmigen Sees stecken blieb, hieß es immer, es wäre wohl eines dieser verdammten Netze von G. —

diesen G. hatte jemand einmal im Gang vor der Turnhalle sagen hören: bei diesem Arenander ist es ja nicht das Schlimmste, daß er faul ist, das ist ja nur ein Eindruck, den man als Lehrer bekommen kann und von dem man sich freimachen muß, wenn man ihn als Menschen beurteilen will, und er ist auch nicht bösartig, obwohl er für sein Alter ungewöhnlich häßlich lächeln kann, nein, sein eigentlicher Fehler liegt darin, daß er abwesend ist —

eher abwesend als böse.

Aber glaubt mir, auch ich habe Zeiten gekannt, in denen ich glücklich war.

(Obwohl dies mehr nach einer Replik auf der Bühne klingt, einer Sentenz aus einem jener altertümlichen Dramen, die heute nicht mehr gespielt werden.)

Wärme, Licht, Freiheit, beinahe Liebe und etwas Unbestimmtes, das zwischen den hohen hellen Bäumen hindurchschimmerte.

Es wird Holz gehackt, am Frühjahrsabend, zwischen den hohen Birken draußen am Sommerhäuschen wird Holz gehackt. Es ist erst Mitte Mai, und keine andere Familie ist so zeitig hinausgezogen wie wir. Ich lackiere das Fahrrad mit einer silbrigen Farbe, daß es glänzt, und Rauch steigt auf aus altem Gras und trockenen Zweigen. Die Hechte springen im Schilf, die Schwalben segeln durch die Luft, an einem alten dicht zusammengewachsenen Waldsaum steht ein Schatten, und ich folge dem gewundenen Weg.

Damals gab es ein Mädchen, das D. hieß und viele Schwestern hatte. Sie wohnte nur ein paar Kilometer von uns entfernt, und wir fuhren den Weg oft gemeinsam mit dem Rad: sie in Wolljacke und weitem Rock, Söckchen und Turnschuhen.

Diese D. muß ein ganz ordinäres Mädchen gewesen sein. Ich entsinne mich ihres Haares, das fast blond war und eine schwach rötliche Tönung hatte, aber von ihrem Gesicht weiß ich nur noch, daß es hell und offen und glatt war. Sie lachte oft.

Sie habe ich mehr geliebt als je eine andere.

Ich habe vergessen, ob ich jemals mit ihr gesprochen habe, über mich selber gesprochen oder über die Welt oder irgendwelche Geheimnisse — ihre Eltern nahmen mich mit der gleichen Selbstverständlichkeit hin wie sie selber. Ich kam nachmittags angeradelt, sie saßen allesamt auf der Veranda des alten roten Sommerhäuschens, ein paar unsichere Sonnenstrahlen fielen zwischen den Zweigen hindurch, man lachte, und jeder war mit sich beschäftigt.

Dort kommt Thomas!

Wo denn?

Da unten, auf dem Fahrrad.

Siehst du ihn denn nicht?

Rück etwas zur Seite, damit ich sehen kann.

O ja, richtig. Das ist Thomas.

In ihren Augen war ich ebenso selbstverständlich wie die Wege und Bäume: ich hätte sonst wer sein können.

Manchmal regnete es, manchmal wurde es sehr warm, so daß der Schlick auf dem Pfad zur Badestelle trocknete und unter den Füßen staubte. Ich war fest überzeugt, daß ich sie heiraten würde, und jener Sommer hätte ewig dauern können.

In Wirklichkeit bin ich immer noch überzeugt davon, daß er irgendwo sein muß, daß nur ich es bin, der sich auf merkwürdige Art von ihm entfernt hat; daß er aber noch da ist mit all seinen hellen Vormittagen, dem über den See hinauswirbelnden Dampf der Waschtröge, der weißen Wäsche, die donnerstags zwischen den Bäumen flattert, und dem Geräusch eines Traktors in weiter Ferne — es gibt ihn noch, nur ich bin in ein anderes Land gezogen.

Ich verspüre immer noch eine fremdartige und bei mir ungewöhnliche Rührung in der Magengegend, wenn ich daran denke, eine Erleichterung, als ob alles andere nur Einbildung oder Traum gewesen sei.

Das duftende Heu in den Scheunen, in die wir bei Regen hineinkrochen, und der Geruch feuchter Wolle, wenn ich die Nase immer tiefer in die Wolljacke zwischen ihren Brüsten bohrte. Ich habe sie sehr lieb gehabt. Irgendwo.

Die Kristallisation.

Es ist keine äußere Macht, es ist etwas, das ich mit mir selber mache. Ich verpflichte mich. Ich verleugne mich. Ich wohne seit langem in einem fremden Land.

Dessen Karte ist es, die ich zeichne. Also verleugne ich mich und bleibe sichtbar.

Das Schlimme mit Arenander ist also, daß er abwesend ist.

Aber welcher Art ist denn nun Arenanders Abwesenheit?

Ich erlebte sie zu allererst als einen unbestimmten Zustand, der kam und ging, ich brachte ihn nie mit meinem Naturell in Zusammenhang, auch nicht mit meinen naturwissenschaftlichen Experimenten und mit meiner früh aufkommenden Neigung zur Phantasterei, mit nichts, das in mir selber lag.

Es gibt praktisch genommen keinen Schrecken, der nicht gleichzeitig auch eine Anziehung ausübt. Es gibt keinen Schrecken, der nicht mit gewissen Möglichkeiten in uns selber verknüpft ist.

Was ich beschreibe, ist ein Schrecken, ein horror vacui, aber einer, der erst langsam seine wahren Eigenschaften erkennen läßt.

Die Kristallisation. Plötzlich gefriert alles. Die Vorderseite wird zur Rückseite, und warm wird kalt. Die Gardinen verdrehen sich, und alles, was beweglich war, verharrt auf seinem Platz.

Der beste Freund des Oberlehrers G. war der Physiklehrer, Carlsson oder Karlzon, ich weiß nicht mehr. Karlzon oder Carlsson hatte immer Pech mit seinen Experimenten. Es war zu warm oder zu kalt, die Luft zu trocken oder zu feucht. Der elektrische Funke weigerte sich, aus dem Bernsteinstab zu springen, er mochte ihn noch so heftig mit seinem trockenen Wollappen reiben, die Leidener Flasche platzte auf unerklärliche Weise immer gerade dann, wenn sie geladen werden sollte.

Die Phänomene starben unter seinen Händen dahin, so daß es vollkommen still wurde und nichts mehr geschehen konnte.

Es war, könnte man sagen, ein Fall von Kristallisation.

Aber ich habe schon immer den Verdacht gehabt, daß die Kristallisation nur die Rückseite von etwas ist, das auch eine Vorderseite hat.

Als meine erste Jugend vorbei war und das Phänomen immer alltäglicher wurde und ich sah, wie es mit den sozusagen magischen Kräften meines Daseins zusammenhing, mit meiner Phantasterei, meiner Beschäftigung mit der Vorahnung und dem Schrecken und all dem, was man nicht wissen oder überblicken kann, war meine erste Reaktion eine Art Verzweiflung. Dieses Außermenschliche ist ein kalter Zustand, so als ob man mitten im Winter ausgesperrt wäre und meilenweit nicht den Rauch eines einzigen Hauses sehen könnte. Man zittert vor Kälte, man blickt sich um — es gibt nichts zu sehen.

Dann kommt die Illumination, die verschiedenen Versuche, auf offenem Feld Feuer anzuzünden. Das sind: die Experimente, die schwarzen Künste, die Luftfahrten, der Ballon, der den elektrischen Funken des Gewitters an einem Kupferdraht herunterzieht, welcher an einem hoch oben in den Gewitterwolken schwebenden Drachen befestigt ist. Das sind: die Elektrizität, die Anziehungen und Rückstöße der Körper, die Ladungen und der Funke, der mit seinem tückischen gelben Licht umherspringt, und die magnetischen Stoffe tief unten im Inneren des Bergwerks. Feierlich steigen Ballons auf, es wimmelt von unruhig im Winde flatternden Drachen, und zur Nachtzeit gibt es bengalisches Feuer, Böllerschüsse und gelbe Lichter.

Dann kommt ein Zustand, in dem man, statt Feuer zu machen, mit der Kälte zu leben versteht.

Das ist die Mechanik. Die sich drehenden Räder, die langen Hebel, die leise und gut geölt und ohne die in ihnen gespeicherte konzentrierte Kraft zu verraten, ineinandergreifen. Es sind die Zahnräder, die Winden, Förderwerke und Aufzüge, die Maschinen, die mechanischen Erfindungen, die es ermöglichen, ein und dieselbe Bewegung bis ins Unendliche zu wiederholen. Denn das Geheimnis der Maschinen, der gesamten Mechanik, besteht nur darin, daß sie schmerzlos alles sich wiederholen lassen.

Zuletzt fängt man an, sich für die Abwesenheit selber zu interessieren. Die Kristallisation, das Einfrieren aller Erscheinungen, die einem so lange als Strafe und unerträgliche Plage erschienen sind, wird selber zu etwas, das die Aufmerksamkeit erregen kann.

Die Kristallisation, der Frost, der in den Straßengräben klirrt, die Hunde, die durch die Alleen laufen und bellen, der weiße Schnee, die großen Eisflächen und die darin festgefrorenen Pfähle der zerbrochenen Landungsbrücken — all diese Dinge enthalten ein Geheimnis. Was zuerst nur Rückseite ist, ist zugleich Vorderseite, und zuletzt erwacht ein Interesse für diese abgewandte Seite.

Auch der Winter birgt ein Leben, auch der Winter birgt Geheimnisse. Dahin bin ich zuletzt gelangt.

Dann ist man weit entfernt von der alltäglichen Welt.

Der Lehrer, der Carlsson oder Karlzon hieß, hatte eine Abneigung gegen mich, weil ich oft mehr von der Physik verstand als er. Ich war selber verwundert, als ich das entdeckte.

Er unterwies uns in den Grundlagen der Elektrizitätslehre, wir berechneten elektrische Widerstände.

Am Abend zuvor hatten Kaspar und ich uns darangemacht, eine Art Schema der ganzen Welt aufzuzeichnen, ein selbstgefälliges, eigentümliches Schema, in dem die Bindungen der Elektronen und die Bindungen der Atome untereinander in den Molekülen den Kräften gleichgestellt wurden, die das Planetensystem, die Sonnen und Sternhaufen der Milchstraße zusammenhalten.

Kaspar und ich lächelten einander über drei Bankreihen hinweg hochmütig zu.

Mit Karlzon diskutierten wir auch die Frage, ob auf fremden Himmelskörpern organisches Leben denkbar sei. Karlzon verneinte eine solche Möglichkeit entschieden, weniger aus naturwissenschaftlichen Gründen als deswegen, weil eine solche Annahme seiner ganzen Wesensart zuwiderlief und ihm aus diesem Grunde abscheulich und unnatürlich erschien.

Ich kam zu folgender Erkenntnis: es gibt einen bestimmten

Unterschied zwischen denen, die an das Vorhandensein lebendiger Wesen auf anderen Himmelskörpern glauben, und denen, die es nicht tun.

Wer sich in dieser Beziehung unterscheidet, ist auch in anderen grundlegenden Fragen verschiedener Meinung.

Kaspar und ich waren begeisterte Anhänger der Theorie, daß es sie gibt. Wir legten Karlzon statistische Beweise vor: die unerhörte Menge der Sonnen, die unvorstellbare Zahl theoretisch möglicher Planetensysteme. Allein die Wahrscheinlichkeit, daß es einen Planeten mit genau denselben Bedingungen wie die Erde irgendwo im Universum geben könnte, sei enorm groß, jedenfalls viel größer als die Wahrscheinlichkeit, daß es ihn nicht geben sollte.

Von Karlzon weiß ich noch, daß er sich wehrte, so gut er konnte. Er reagierte ebenso beleidigt wie damals, als sich herausstellte, daß ich ein besseres Augenmaß hatte als er.

Die Temperatur auf der Venus, die schon an den Polen mehrere hundert Grad über dem Siedepunkt liegt —

Die Temperatur auf dem Mars, die alle normalen Gewebe zu etwas Sprödem und Hartem gefrieren lassen würde, zu Frost —

Die fürchterlichen Atmosphären des Jupiter, Neptunus und Uranus mit Stickstoff, Kohlenstoff und Schwefel bei so niedrigen Temperaturen, daß die Gase dort in flüssigen Zustand übergehen, die furchtbare Gravitation — nichts von alledem vermochte unsere Überzeugung zu erschüttern.

Für uns war es irgendwie unerläßlich, daß es ein solches Leben geben mußte, und wir erfanden es für uns.

Kohlenwasserstoff! Kohlenwasserstoff kann nur unter ganz bestimmten, sehr eng begrenzten Bedingungen Verbindungen eingehen und chemisch-organische Ketten bilden.

Die Eiweißstoffe gerinnen bei achtzig Grad Celsius.

Was kümmerten uns Kohlenwasserstoff und Eiweißgehalt! Und Kaspar las dem vor Schrecken fast gelähmten Oberlehrer Karlzon oder Carlsson, der nichts anderes im Sinn hatte, als den Unterricht fortzusetzen, laut vor, setzte ein schiefes und höhnisches Lächeln auf und trug aus seinem populärwissenschaftlichen Handbuch vor, daß die Kieselsäure ebensoviele Verbindungen eingehen könne wie die Kohle und dabei ganz andere Temperatur- und Druckverhältnisse vertrüge.

Was für eine Einfallslosigkeit, sich nicht genauso gut die Kieselsäure als Baustein denken zu können, welch ein Mangel an Phantasie, sich das Leben unbedingt als etwas Bewegliches vorstellen zu müssen.

Das Leben auf den größten Planeten könnte doch zum Beispiel aus einem Belag von Kieselsäureverbindungen auf ihrer Oberfläche bestehen, einer Art dünnem kristallischem Rauh-

reif aus mikroskopischen Kristallmustern, der sich gleich-
förmig über gewaltige Gebiete ausbreitet. Und warum sollte
solch ein Leben nicht denken können, bewußt empfinden und
Überlegungen anstellen? Die im Laufe von Jahrtausenden er-
folgten Veränderungen in diesen dünnen Kristallschichten, die
Veränderungen der elektrischen Spannungen, die osmotischen
Verbindungen, die chemischen Kombinationsmöglichkeiten —
sollte all dies nicht ein weit verzweigtes Netz symbolischer
Kombinationen aufbauen können, das zu ebenso komplizierten Ketten von binären elektrischen Operationen befähigt
wäre wie die großen Rechenmaschinen? Und zu Gedächtnis-
leistungen? Denn warum wohl sollten diese Kristalle nicht
ebenso gut ein Erinnerungsvermögen besitzen, wie die Nuklein-
säuremoleküle es haben, wenn sie sich gegenseitig nach-
ahmen?

Bei Olaf Stapledon, dessen Bücher Kaspar wie durch ein
Wunder in der schlecht geführten Volksbibliothek entdeckte,
fanden wir Material für viele weitere Theorien. Stapledon
denkt sich das Leben auf den schwersten Planeten etwa als
lebendige grobe Türvorleger oder als Gewebe, das einer groben altmodischen Türmatte zumindest sehr ähnlich sein muß:
dünn und stark, aus mineralartigen Fasern, die Hitze und
Kälte widerstehen. Und diese lebenden Türvorleger können sich über zehn, zwanzig, nein, über Hunderte von Meilen
in allen Richtungen über die unermeßlich weiten Flächen der
Riesenplaneten ausbreiten; sie bewegen sich, indem sie neue
Triebe und Wurzeln ansetzen und die alten verkümmern lassen oder sie zu neuen, hygroskopisch empfindlichen Formen
umwandeln.

Schließlich gaben wir unserem eigenen Modell mit den großen Flecken aus Kieselsäureverbindungen den Vorzug, weil
es uns letzten Endes als das vernünftigste erschien.

Eine kristallische Welt.

Und auf der Venus einige unstete Flammen, Gasverwehun-
gen, flüchtige Formen von einer Geschwindigkeit und Leben-
digkeit, der gegenüber unser eigenes Leben in geologischer
Langsamkeit erscheinen muß.

Das Wesentliche war — dieses andere.

Und einmal sahen wir — einen anderen. Es war auf einem
Jahrmarkt am Rande der Stadt, wo mancherlei Attraktionen
in Zelten und Buden gezeigt wurden, auf den wir eines Tages,
halb aus Versehen, geraten waren.

Das erste, was wir sahen, war ein Feuerfresser.

Er blies Flammen aus dem Mund, lange zischende Flammen,
die uns hätten umfangen und zu Asche versengen können —
wir bogen uns zur Seite, als er sich mit seiner eigentümlichen

schweren Maske, deren Gesicht mit roten Augen bemalt war, halb drohend und halb scherzend nach uns umwandte.

Was wir noch sahen, war ein mißgestalteter Zwerg. Der bot einen so entsetzlichen Anblick, daß ich ihn niemals vergessen werde. Er war knapp sechzig Zentimeter groß, in einem kleinen hellroten Samtkostüm mit blauer Schärpe, blanken Lackschuhen, schwarzen Strümpfen, einer Halskrause, die im Verhältnis zum übrigen Körper viel zu groß war, und der Kopf, den der kleine Körper trug, war abschreckend häßlich: riesengroß wie ein Kürbis oder wie eine mächtige Melone oder ein Ball, kurz gesagt, ein ungeheuerlicher Kopf, der bestimmt seine dreißig Kilo oder mehr wog.

Der Rest ist der Bericht eines ständig zunehmenden Schreckens.

Was mochte er wohl alles in diesem gewaltigen Kopf aufbewahren können! Welch andersartige, feindliche, gleichgültige oder vielleicht für uns in einer völlig vernichtenden Weise wohlwollende Gedanken mochten sich darin verbergen? Warum schwieg er die ganze Zeit? Sah er uns nicht oder wußte er im voraus, daß wir dort stehen würden?

Ich weiß noch, daß Kaspar erschüttert war, als wir uns wieder hinausschlichen. Im Gegensatz zu ihm war mir schon vom ersten Augenblick an klar, daß ich diesen entsetzlichen Anblick nie vergessen würde.

Von dem Tage an und noch eine ganze Zeitlang danach waren Kaspar und ich erbitterte Feinde.

Warum, fragen Sie?

Weil ich, als wir hinausgingen, einige Worte sagte, die in seinen Ohren unerträglich geklungen haben müssen, wie eine Lästerung, eine Grausamkeit und Herausforderung, die er in seinem Alter und mit seinen Fähigkeiten niemals aus eigener Kraft hätte beantworten können.

Und ich sah, wie diese Lästerung ihn veränderte.

— Nun habe ich Gott gesehen, sagte ich.

Seine großen leeren wässerigen Augen leuchten mir noch durch den Frost von vierzig Wintern entgegen.

Bildnis einer Dame

»Unter gußeisernem Gewölbe.«

In München gießt es geradezu, wenn es schon einmal regnet. Die Straßen werden wie von Bächen und Flüssen durchspült.

In München begegnete ich einer Dame, die mich lehren sollte, was Worte sind, was es bedeutet, wenn man spricht.

Ich habe sie dann lange gesucht, nein, nicht sie, sondern ihre Spur zwischen den Dingen, ihre Möglichkeit.

Aber als sie das erste Mal sprach, verstand ich sie nicht.

Es war im Zug nach München, als ich sie sah, und ich entsinne mich meines überraschenden und heftigen Widerwillens gegen die zugleich elegante und affektierte Art und Weise, in der sie ihre Apfelsine zum Nachtisch schälte, während ihr muskulöser, ebenso häßlicher wie fesselnder Mund sich die ganze Zeit an einem lebhaften Gespräch mit ihren beiden Begleitern am Tisch im Speisewagen beteiligte: einem beleibten Herrn in einem Anzug aus grober Wolle und einer angelsächsischen Dame mit weißem Haar und mageren sommersprossigen Armen.

Der Zug stampfte und hämmerte gegen die Schienen. Kellner gingen hin und her, unbekannte Bahnhöfe flogen vorüber, die Spirale der Apfelsinenschale wurde immer länger und ringelte sich auf den kleinen Teller, das kleine scharfe Messer arbeitete in ihrer Hand, und die ganze Zeit über sprach sie. Italienisch?

Es kann auch Spanisch, Portugiesisch, Rumänisch, Baskisch, Serbokratisch, Rätoromanisch, Ungarisch, Neugriechisch gewesen sein.

Ich konnte keine einzelnen Wörter unterscheiden, nur den Rhythmus ihrer Worte, die wie von einer gläsernen Trennwand verschluckt wurden. Es sprach aus ihr: acht oder neun Sprachen formten sich wie selbstverständlich zu Silben und Worten, mit der nahezu gespenstischen Selbstverständlichkeit, mit der eine Sprache sich vom Menschen löst und aus ihm spricht, als sei sie gewissermaßen ein selbständiges Wesen.

So tritt die Sprache fast immer bei uns auf: als Parasit. Ein vorübergehender Zustand, ein Organismus, der von uns und ohne unseren eigenen Willen lebt und es versteht, sich am Leben zu erhalten und von einem Menschen zum anderen hinüberzuretten, lange bevor es soweit ist, lange bevor das Wirtstier gestorben ist.

Es ist ein Unterschied zwischen einem Menschen und dem, was er sagt; und was er sagt, kann ohne ihn leben. Deswegen kann die Sprache sich von uns entfernen und sich weiter entwickeln und leben, als hätte sie ein eigenes organisches Leben. Und aus diesem Grunde auch entstehen schwere philosophische Wälzer, ketzerische Schriften, Broschüren mit Argumenten und Gegenargumenten, Erwiderungen, die Jahrhunderte zu spät kommen, und Verfassungen, nach denen ganz andere Staaten regiert werden als die, für die sie einmal bestimmt waren.

Und diese allgemeine, so hartnäckige und dunkle und selbständig lebende Sprache, die ihren eigenen Gesetzen folgt und daher die Gedanken wie selbständige Besucher im Menschen

leben läßt, als geheimnisvoll verschlossene Kapseln auf dem
Weg nach irgendwohin, die letzten Endes gar nicht für ihn
bestimmt sind, diese Sprache, deren Echo in dem leeren
Raum, den wir die »Geschichte« nennen, widerhallt und ihn
ein klein bißchen weniger öde erscheinen läßt und absurde
Dialoge zwischen längst Verstorbenen zuwegebringt, so daß
Dionysios Aeropagita zu Frege und Tarski sprechen könnte
und Chrysostomos zu Erik Gustaf Geijer, wie er an einem
Frühlingsabend an der Oberen Schloßstraße unter dem blühenden Flieder sitzt und Törneros ohne Anstrengung hinter
dem gelben Zaun verschwinden sieht, kaum verdeckt von den
breiten, nach frisch gestrichener Farbe riechenden Latten,
diese Sprache, die uns besucht und nie aufhört, uns zu be-
unruhigen,
die uns auseinanderreißt und verbindet und nach frisch ge-
pflügter Erde riecht, nach Landregen und fetten Würmern,
die sich in der Erde ringeln, die warm und bitter riecht wie
das heiße Metall in einer Gießerei, diese Sprache, die noch
Spuren der raffinierten Tortur aufweist, mit der die Andersdenkenden alle Andersdenkenden quälen, und der Zähne und
Zahnräder, mit denen die Strenggläubigen die Schwankenden
daran hindern, in eine reine leere Luft zu gelangen, in der sie
atmen könnten,
die Sprache, mit der man unterscheidet und zusammenstellt,
diese feine Maschine, die es überall gibt, wie es in jedem
Wasserhahn Wasser gibt,
diese allgegenwärtige Einrichtung, deren einzige Aufgabe es
zu sein scheint, das Leben *unpersönlich* zu machen,
damit es für jedermann zugänglich wird:
diese Sprache redete in ihr und ließ sie fremd erscheinen,
während sie mit gezierten Bewegungen ihre Apfelsine schälte
und die Spirale der Schale sich langsam auf den kleinen
Teller ringelte.
Ähnlich den Damen auf gewissen byzantinischen Mosaikar-
beiten, die sich mit großen, leuchtenden braunen Augen von
einem goldenen Untergrund abheben, wandte sie sich mit
ihrem häßlichen und doch so lebendig sprechenden Mund und
einem überraschend groben Hals, den sie bei einer Bewegung
so graziös zur Seite neigte, daß ich mit angestrengter Phantasie die lebende Form dieser Bewegung in mir selber zu
wiederholen trachtete, im Laufe des Gesprächs einem nach
dem anderen der am Tisch Sitzenden zu.

Der Zug hielt an, Wasser wurde nachgefüllt, Postsäcke ab-
und aufgeladen, Bergkämme, weißer Schnee, herabstür-
zende Wasserfälle, entfernte Gletscher, dramatische Alpen-
landschaft. Es lag Gewitter und Warnung in der Luft. Da sah

sie plötzlich lebhaft auf und betrachtete mich über den Tisch, und in den Bernsteinen um ihren Hals spiegelten sich sämtliche Lampen des Abteils deutlich wider.

Ich sollte sie kennenlernen.

Deswegen wollen wir nun das Bildnis einer Dame zeichnen. Wohlan!

Ich erinnere mich ihres Duftes, der schwer und säuerlich war und einen leicht bitteren Anflug hatte. Ich entsinne mich ihrer Handschuhe, die ich einen Augenblick lang in der Hand hielt, lang und sehr weich aus geschmeidigem schwarzem Leder, und wie sie sie über die Hände streifte. Ich erinnere mich einer Art überwältigender Schwere.

Unsere Bekanntschaft dauerte genau drei Tage, und wir blieben einander also vollkommen unbekannt. Meist unterhielten wir uns in zusammenhanglosen Satzfetzen, da wir keine Sprache hatten, die wir gemeinsam beherrschten.

Wir blieben Unbekannte und konnten also das Unbekannte in uns erleben.

Wir wollen nun das Bildnis einer Dame zeichnen. Eigentlich nicht so sehr »zeichnen«, sondern uns zu erinnern versuchen, es ins Gedächtnis zurückrufen, heraufbeschwören, herbeiflehen, verscheuchen oder anbeten, je nachdem, wie sich unsere Stimmungen mit dem Bild, das wir zeichnen, ändern.

Wir müssen sie bewahren. Kein anderer tut es. Wir müssen die Bilder retten.

Es kam früher oft vor, daß ich in ein Warenhaus ging, unter hohe widerhallende gußeiserne Gewölbe, in irgend so ein riesiges Warenhaus, das wie das Inferno in Kreise und Abteilungen eingeteilt war. Nicht um etwas zu kaufen, sondern in dem unbestimmten Gefühl, nach einer Bestätigung zu suchen.

In den großen Warenhäusern sieht man dem Menschen auf den Rücken, man kann seiner Spur folgen.

Man kann schlendern und in den Auslagen wühlen, so etwa wie man in eine Bibliothek gehen, Bücher aufschlagen und Tatsachen kontrollieren kann. Die Besitzer sind abwesend, sie sind nur als Möglichkeiten vorhanden, schlummernde Personen, die sich hinter Schmuck, Geräten, Kleidern, groben und dünnen Stoffen verborgen halten. Man könnte tagelang so weitermachen, ohne zu einem Ende zu kommen.

Es ist ein Negativbild vom Menschen. Man sieht ihn nicht selber, sondern nur die Gegenstände, die gemacht wurden, um ihm zu passen, seinen Abdruck an den Dingen.

Auf die gleiche Weise habe ich nach ihr unter meinen — Erfahrungen gesucht, sie aber nie gefunden. Sie ist und bleibt verschwunden.

Und ich kann niemals das wahllose Durcheinander von raffinierten Arrangements, Bedarfsartikeln und Kuriositäten in den Regalen und Fächern der großen Warenhäuser auf mich einwirken lassen, ohne an all die Theologien und Philosophien zu denken, denen ihre Anhänger den Rücken gekehrt haben.

Das Warenhausgewimmel des byzantinischen Christentums, dessen gewaltiges Angebot an den Marktständen der Geschichte: der Manichäismus, die gnostischen Sekten, das Durcheinander verrückter Theologien und grotesker Offenbarungen. Die eine Göttlichkeit erwächst aus der anderen, die Rollen wiederholen sich, die Vorgänger werden abgelöst, eine unübersehbare Auswahl von Möglichkeiten, ein tierisches, absurdes, anstößiges Sammelsurium von Lehren und Gegenlehren, Erlösern und Gegenerlösern, Verheißungen und Drohungen.

Eine Art Kentern und Umschlagen des Windes, ganz anderes Wetter und klarere Luft!

Als ich in meiner Jugend nach München kam, war ich noch ein Warenhaus, eine byzantinische Welt, ein Alexandrien. Es kenterte in mir!

Ein Zorn, der ebenso unversöhnlich heftig wie erfindungsreich in seinen unbegreiflichen Launen und Kapriolen war. Ein Glaube an magische Kräfte, an eine Möglichkeit, die mich ohne weiteres aus meiner Unsicherheit, meinen Schwierigkeiten, diesem wimmelnden und kribbelnden Unbestimmbaren, befreien konnte. Wahnwitzig komplizierte Anstrengungen mit so unwichtigen Ergebnissen wie etwa die Auslöschung eines kleineren Dogmas oder die Widerlegung einer belanglosen Irrlehre, die wir von unserem späteren Standpunkt aus nur mit größter Mühe erkennen können, weil sie nicht größer ist als ein winziges Pünktchen auf einem Stück Papier, das eine zwischen den Buchstaben spazierende Fliege hinterlassen hat.

Es kenterte und schlug auf die gleiche Art und Weise um. Dann schlug das Wetter um, es wurde vollkommen still! Es war, wie wenn jemand still vor sich hingeht und auf eine Aufgabe wartet. Ich gehe und warte immer noch.

Aber irgend etwas ist während dieser Zeit verloren gegangen. Glaubt mir, es gibt keine Zusammenhänge!

Und wie in dem Roman »Eine Reise zum Mittelpunkt der Erde« (den ich bei Regenwetter oben unter dem Dach zu lesen pflegte, wenn die Tropfen gegen die Dachziegel prasselten) hören die Reisenden in dem abschüssigen Gang, der von einem erloschenen Vulkan auf Island in immer tiefere unterirdische Schichten hinunterführt, ständig eine Wasserader neben sich rauschen. Sie hören sie ganz deutlich, und wenn sie auch gelegentlich einmal verschwindet, so ist sie im nächsten Augenblick gleich wieder da. Sie hören ein deutliches

Geräusch, ein Brodeln, aber sie können nie ganz herankommen.

Ich habe auch niemals herankommen können.

Es wurde vollkommen still, glaubt mir.

Gibt es diese Dame noch? Wo mag sie dann jetzt wohl sein? Irgendwo, wo es regnet, in Osteuropa, wo es im Herbst überall so durchdringend nach Kartoffelkraut riecht? Oder in einem viel zu großen und schwer zu heizenden Haus irgendwo am Rande von Oxford? Sie kann auch sehr gut schon tot sein.

Ich hatte keine Verbindungen mit der Welt ringsum. Sie gab mir eine Verbindung, so wortlos, so dämonisch, so kristallklar in ihrer Schweigsamkeit, daß ich sie nie in Worte zu fassen vermocht habe.

Ich suche nach ihrem Bild, nach ihrem Negativabdruck an den Dingen wie jemand, der sich versengt hat und nach Wasser sucht.

Warum können wir uns nicht mit deutlicheren Lauten verständlich machen!

Der Zug stampfte und hämmerte gegen die Schienen, Kellner gingen hin und her, unbekannte Bahnhöfe flogen vorüber, die Spirale aus Apfelsinenschale wurde immer länger und ringelte sich auf den kleinen Teller, das kleine scharfe Messer arbeitete in ihrer Hand, und die ganze Zeit über sprach sie.

Mit etwas größerem Mut, etwas stärkerem Selbstvertrauen hätte ich sie verstanden. Ich hätte sie auf der Reise begleitet, und auf dieser Reise hätte viel geschehen können, aber sie hätte mich verändert. Nach drei Tagen winkte ich ihr unter dem gußeisernen Gewölbe, wo die Lokomotiven lärmten und zischten, zum letzten Male zu und verlor sie an die Welt.

Die Welt enthält vieles. Warum gibt es keine deutlicheren Laute?

Im Zeitalter der Mechanik

Mit sechsunddreißig Jahren sehe ich mich selber auf einem fremden Photo. Es ist gewissermaßen – überbelichtet.

Nun habe ich Frau, Beruf, Haus, Kinder – eines von ihnen ist ganz am Rande des Bildes zu sehen.

Ich sitze in einem Garten, auf einem altväterlichen Gartenstuhl. Im Hintergrund ist Laubwerk und ein Lattenzaun, der Licht und Schatten trennt.

Hier ist es hell wie in einer Wüstenlandschaft.

Der Friede, der mich umgibt, ist gefährdet, aber nicht durch mich, und ganz unten auf der Terrasse flattert das Jäckchen des Kindes unruhig im Wind. Ein unruhiger Sommer mit

Platzregen und Wärme, die von hohen, zusammengeballten Wolken noch verstärkt wird.

Andere Platzregen haben mich mehr beunruhigt. Meine ganze Jugend, könnte man sagen, war ein Warten, eine unruhige Vorbereitung auf irgendeine Katastrophe, eine Umwälzung.

Und ich bereitete mich vor — mit den Mitteln, die mir zur Verfügung standen. Vielleicht waren es nicht die richtigen Mittel.

Es knisterte vor Elektrizität in der Luft, die Temperatur sank, das Barometer fiel.

An Mut hatte es nicht gefehlt.

Es hatte Herausforderungen gegeben.

Kaspar und die eigentümlichen Experimente. Witter, der ein wirklich gefährlicher Feind hätte werden können und mich zu etwas anderem gezwungen hätte, was nahe lag. Die Dame in München, die mich von Grund auf hätte verändern können.

Aus der Nähe betrachtet, gab es viele Veränderungen. Sie stellten sich aber immer als etwas heraus, das mich nichts anging und vielleicht auch für einen anderen bestimmt war. Sie betrafen mich nicht mehr.

Ich sah all diese Gelegenheiten zur Veränderung.

Ich redete mir immer ein, daß dieser andere, der ich werden sollte, mein wesentliches, mein eigentliches Ich darstellte, das wirklichkeitsnäher und zugleich gefährlicher war als jenes, mit dem reine Zufälligkeiten mich ausgestattet hatten.

Es war, als ob man ein Fernglas umdrehte.

Jedesmal, wenn die Gelegenheit nahe genug war, veränderte sie sich. Was aus der Ferne wie eine Möglichkeit ausgesehen hatte, verwandelte sich in der Nähe zu einer Merkwürdigkeit, einem Kuriosum.

Durch diesen umgekehrten alchimistischen Prozeß konnten sie in der Erinnerung bewahrt werden, aber nur dort. Und dadurch konnten die merkwürdigen Experimente zu Kuriositäten werden, das Bild der fremden Dame ruhig seinen Platz als Bild einnehmen und die Ereignisse als »Schicksale« erscheinen, die kaum bemerkenswerter waren als die ethnographischen Beschreibungen, die man in antiken illustrierten Zeitschriften zwischen den Nachrichten findet.

Als auf diese Weise die Geschehnisse sich in *Dinge* verwandelt hatten, die, losgerückt von den Ereignissen, mit denen zusammmen sie einmal etwas hätten bedeuten können, völlig bedeutungslos waren, sah ich, daß überhaupt nichts geschehen war, daß das, was sich ereignet hatte, nicht mehr war als ein Spuk, ein Schattenspiel, eine leere dramatische Geste, wie man sie etwa bei einem Opernbesuch in einem fremden Land erlebt, wenn Leidenschaften und Katastrophen hereinbrechen, ohne daß ein einziges Wort wirklich ankommt.

Aus München zurückgekehrt, reise ich lange Zeit nicht mehr fort.
Wer den Abstand nicht bemerkt hat, der einen Menschen von dem trennen kann, was ihm passiert, weiß nicht, was lange Strecken bedeuten.

Es ist nicht schwer, sich unter den Dingen zurechtzufinden. Von ihnen geht eine Ruhe, eine zerbrechliche Harmonie aus. Ich fasse das unter der Bezeichnung »Mechanik« zusammen.

Für meine Frau existiert dergleichen nicht.
Ihre kluge, rasche, fast schwalbenähnlich bewegliche Intelligenz befähigt sie, mich in fast jeder Lage aufzufinden, mich aus den Ausflüchten hochzujagen, hinter denen ich mich ab und an verstecke, um auch für sie unerreichbar zu sein.
Sie ist in jedem Augenblick gegenwärtig. Ich habe nicht das Gefühl, ihr Gesicht besonders oft zu sehen, was auch nicht notwendig ist. Sie ist in allen Räumen, sei es als schwacher Duft oder als ausgebreiteter Zustand, der erst dann erkennen ließe, wie stark er alles um mich herum prägt, wenn es ihn nicht gäbe.

Sie ist der einzige Mensch, der mich je als selbstverständlich hingenommen hat.

Eine kleine Unregelmäßigkeit im Gewebe der Tischdecke, auf der unser Frühstück steht, erregt meine Aufmerksamkeit, und fast wie von selber beginnt meine eine Hand zu suchen und daran herumzuzupfen. Ich versuche, das Fadenende abzureißen. Dieses abscheuliche, garstige kleine Fadenende, das man herausziehen könnte und an dem sich die ganze Welt zu einem Knäuel aufwickeln ließe, wenn man auf die richtige Weise daran zöge.
Aber sie schlägt mir auf die Hand, wir lachen.

Wenn ich mich selber erklären und ihr beschreiben wollte, wie ich mich erlebe, würde ich ganz andere Ausdrucksmittel dazu brauchen als ich sie kenne. Wenn ich ihr meine Erlebnisse mitteilen wollte, würden dazu einige andere Bilder, ja sogar einige andere Erlebnisse erforderlich sein.
Es gibt keinen Menschen — und hat auch niemals einen gegeben —, der mich besser verstanden hat als sie.

Im Garten klirren dünne Stanniolbänder, die wir in die Kirschbäume gehängt haben. Ich sitze auf der grünen Bank in der hintersten Ecke. Es ist ein grauer Sonntagmorgen, ein ungewöhnlich grauer Morgen, an dem noch alles *zurückgehalten* ist. Die Zeitungen flattern um die Füße, Insekten taumeln durch die Luft, und etwas Unruhiges ist unterwegs.

Da erblicke ich sie zwischen den Bäumen. Von den ungewöhnlich großen, fast pflaumenähnlichen Stachelbeeren, die hier wachsen, pflücken wir ein paar Eimer voll. Sie bittet mich, in die Küche zu kommen, und wir kochen, kochen diese Beeren so lange ab, bis ein süßer, schwerer, freundlicher Dunst die Fenster beschlägt.

Das Licht leuchtet warm, freundlich, gelblichrot durch den Beerendunst, der lange schreckliche Sonntag neigt sich seinem Ende zu. Ich verschnaufe, und wir setzen uns einander gegenüber an den Tisch. Eingehüllt in diesen infantilen Zuckerduft und in gelbrotes Licht getaucht, geraten wir manchmal ins Erzählen.

Dann erfinden wir zuweilen Worte und berichten von Ereignissen, die aus Gott weiß welchen Verstecken hervorgeholt werden, die keiner von uns erlebt oder auch nur gelesen hat, die uns in diesem Augenblick aber Freude bereiten.

So erzähle ich zum Beispiel von Sibirien, von einem Mädchen, das sich in einem Schneesturm verirrt. Das sibirische Eismädchen.

Es gerät auf dem Weg zwischen zwei Orten in der Taiga in einen fürchterlichen Schneesturm, der an den Baumkronen zerrt und alles rings herum weiß und blind macht.

Es stolpert durch den Schnee, verliert jegliche Orientierung, legt sich zuletzt mit ausgelöschten Sinnen in den Schnee.

Als es erwacht, ist es vollkommen still, die Luft ist klar. Es spürt, daß es lebt. Es liegt unter dicken Schneewehen, begraben unter mehreren Metern hartgefrorenen Schnees. Aber es kann sich bewegen.

Obwohl es erfroren ist, ist es zugleich lebendig, und durch den Schnee dringt ein schwacher weißlicher Schein zu ihm hinunter. So liegt es mehrere Tage und Nächte lang.

Zu meinem eigenen Erfindungsreichtum stehe ich sozusagen in einem erzwungenen Verhältnis.

Es gibt irgendein befreiendes Geheimnis, das sich — in der Mechanik verbirgt. Ich baue an einigen Sommertagen ein großes, langes Gewächshaus, vor allem meiner Frau zuliebe.

Ich isoliere es sorgfältig nach allen Regeln der Kunst — ein freundliches gedämpftes Licht herrscht unter den grünlich schimmernden Glasscheiben. Sofort erkenne ich die Möglichkeit, das Hygroskop selbsttätig die Feuchtigkeit und das Thermometer selber die kleinen Ventile der Heizung einstellen zu

lassen. Ich arbeite sehr intensiv an diesen Erfindungen, gerate dabei in einen Zustand von Rausch und Glück, vergesse alles um mich her, besorge mir die nötigen Werkzeuge und verschwende Geld für Zahnräder, Hebel und kleine Ventile.
Es geht wie verhext voran, und ich fühle mich glücklich.
Ich bin schon dabei, ein Barometer einzubauen, das die Veränderungen des Luftdrucks voraussagen und Feuchtigkeit, Wärme und Licht des Gewächshauses für sehr warme oder sehr kalte Witterung schon einen halben Tag im voraus regeln kann.
Erst dann sehe ich ein, wie sinnlos, nahezu absurd diese Tätigkeit ist und lege meine Werkzeuge aus der Hand.

Irgendwie besteht hier ein Zusammenhang mit den vergilbten Bündeln von illustrierten Zeitschriften, die man auf Böden, unter den Wespennestern im Dachgebälk, zwischen Koffern und Kisten finden kann.
Verstreut zwischen Berichten vom Boxeraufstand in China und merkwürdigen sibirischen Schneefrauen, entdeckt man darin nämlich auch solche Meldungen über kleine praktische, manchmal geradezu sensationelle Erfindungen. Ein Gewächshaus, das selber Kälte und Wärme voraussagt. Eine Vorrichtung, die etwaige Diebe schon in der Zauntür zur Umkehr zwingt.
Ich liebe die Freiheit.
Stellvertretend für sie liebe ich die Mechanik.
Die Erzählung von der sibirischen Eisfrau endet auf verschiedene Weise. Wir geben uns oft Mühe, daß sie einen glücklichen Schluß haben soll. Dann hat sie ihn auch.
Ich komme häufig auf dieselben Themen, dieselben Sachen zurück. Sie lacht. Sie begreift, daß ich nicht nur drauflosreden will, sondern daß es sich um wirklich notwendige Wiederholungen handelt.

Auf diese Weise erzählte ich vor einigen Tagen — ich weiß nicht mehr zum wievielten Male — von Fabres merkwürdigen Experimenten mit den Prozessionskäfern.
Es handelt sich um ein kleines Insekt, das blind dem Geruch seiner Artgenossen folgt.
Fabre berichtet nun in seiner onkelhaften Weise (die weder Grausamkeit noch Liebe ausschließt) von einem Experiment, das er mit dieser Insektenart angestellt hat.
Er plazierte zwei Exemplare auf der kreisförmigen Oberkante einer großen Porzellanvase und erzählt, wie die beiden acht Tage und Nächte lang ununterbrochen hintereinander herliefen.
Unter günstigen Umständen kann diese Geschichte bei uns beiden ziemliche Ausgelassenheit hervorrufen; wir stellen sie

sogar pantomimisch dar, wenn wir in Stimmung sind, und biegen uns vor Lachen.

Sie lacht oft. Wir geben unseren Gefühlen Ausdruck. Wir sind auf dem besten Wege.

Eines Tages wird sie mich ganz und gar verstehen und ich sie. Ganz und gar? Was würde das bedeuten?

Ich schlafe ein, erschöpft wie nach einem langen Waldspaziergang im Regen und empfinde vollkommenen Frieden.

Sie ist da, dicht neben mir. Die Schwalben schwirren durch die Luft.

Höhenrauch

— Wie bitte?

— Lauter?

— Was zum Teufel sagen Sie?

— Ja, aber rudern Sie hier herüber, damit ich hören kann, was Sie sagen!

— Sind Sie den ganzen Vormittag gerudert? Warum denn?

— Es ist ein großer See.

Dichtes kohlschwarzes Haar, mit wenigen grauen Sprenkeln im Nacken, mächtige sonnenverbrannte Unterarme, Ansätze von fetten kleinen Greisenbrüsten, ein ungewöhnlich schmutziges Netzhemd, darunter ein Paar braune Shorts, ein großes, schweres, geteertes Boot.

— Ich liege an einer seichten Stelle vor Anker, seien Sie vorsichtig. Hier ist der Fels nur einen halben Meter tief, dort hinten sind es vierzig Meter. Sehen Sie nur, wie hübsch er gespalten ist, es ist ein weicheres Gestein, das sich zwischen zwei härteren Felsschichten aufgelöst hat.

Was wollten Sie übrigens?

— So so, die Steuerpinne ist kaputt. Ja, man soll sich an die Markierungen halten, wenn man den See nicht kennt. Er ist voller Steine.

— Es ist ein großer See, ein See mit vielen Steinen, ein See, in dem ganze Buchten zuwachsen und der Wald die Landmarken verdeckt und das Wasser am einen Ende zwanzig Grad warm sein kann und an einer anderen Stelle nur fünf.

— Es ist ein verteufelter See, ein sonderbarer See, ein richtig heiliger See. Hier muß man vorsichtig sein.

— Es ist wie ein Alphabet. Steine und Untiefen und Buchten und Fahrrinnen sind alle nur auf einem ganz bestimmten Platz, damit man sie dort findet, und auch die kalten Strömungen sind dort, wo sie sein sollen, damit man sie ablesen kann. Eine Art Kryptogramm, ein Anagramm, ein chiffrierter Text. Bitte lesen Sie!

— Eine Steuerpinne. Das hängt ja davon ab, was es für ein Motor ist. Ich kann's nicht lesen, die Buchstaben sind so verwittert. Das hier soll wohl ein S sein und das da ein U. Könnte natürlich auch ein O gewesen sein.

— Seagull. Das ist ein guter Motor. Im Delta des Amazonas benutzen die Eingeborenen ihn für ihre Kanus. Sie befestigen einfach ein Brett an der einen Seite, und dann setzen sie einen Seagull drauf. Ich habe ihn sogar auf Schilfflößen gesehen, das heißt, vielleicht sollte man lieber von Schilfbooten sprechen, irgendwo einmal . . . oder irre ich mich? Ach was, das habe ich sicher nur geträumt. Oder wollte es vielleicht träumen.

— Ist ja nicht gesagt, daß ich eine passende habe. Eine Steuerpinne ist ja so'n verflixt kleines Ding. Die sollte man in Papier einwickeln. Sind Sie wirklich den ganzen Morgen gerudert?

— Sehen Sie dort, das ist Höhenrauch. Den habe ich hier seit 58 nicht gesehen, das war auch so ein warmer Sommer. Es kommt nicht oft vor, daß wir hier Höhenrauch haben.

— Schauen Sie, kein Wölkchen am Himmel, und die kleine blauschwarze Bö, die dort durch die schmale Durchfahrt kommt. Dort müssen Sie hinaus, warum versuchen Sie es hier?

— Das Sommerhäuschen des Oberlehrers. Man kann es von hier aus nicht sehen.

— Nein. Das ist alles zugewachsen. Es ist viele Jahre her, daß man es von hier aus sehen konnte. Er lebt nicht mehr. Ist schon vor vielen Jahren gestorben.

— Ach so, die da hinten. Ja, dann müssen Sie ja durch die Inseln hindurchsteuern, dann sind Sie hier ganz falsch.

— Es ist so heiß, daß der Teer schon aus den Fugen rinnt. Hier, riechen Sie mal. Gibt's denn nicht endlich ein Gewitter?

— Von hier aus ist es gleich weit zu allen Ufern. Die kleine Rauchfahne kommt von einem Zug. Die Strecke ist nie elektrifiziert worden.

— Wir befinden uns genau in der Mitte des Sees, es ist ungefähr eine Meile weit zu allen Ufern. Und an Land waren es heute früh fünfundzwanzig Grad Wärme. Das will schon was heißen.

— Den . . . ach so, ja die, die habe ich auch gekannt. Ich glaube, die Tochter hat alles verkauft.

— Nein, das ist nicht dort, da irren Sie sich. Das liegt in ganz anderer Richtung, dort hinten, wo sie die ganze Anhöhe kahlgeschlagen haben.

— Sie sehen ja den ganzen See irgendwie verkehrt herum.

— Nehmen Sie den Motor heraus. Dann wollen wir sehen, ob dieser Splint hier paßt.

— Die kleine Klippe da heißt Menschenfresser.

— Kaffeeholme, Langer Baumstumpf, Krummer Jan, Große Schäre und kleine Schären, Knie, Einbaum, Weideland, Helö und Schafskopf, und dann die in der Durchfahrt, die Menschenfresser heißt.

— Könnte auch Misanthrop heißen, denn als ich das erste Mal hierher kam, lebte dort ein Misanthrop. Aber sie heißt nicht so. Verdammt noch mal, ich komm' nicht drauf, wie sie heißt. Nun heben Sie ihn hoch, er ist ja schon los.

— Menschenfresser. Ja, warum? Das kann keiner mehr sagen. Es gibt sicher eine Erklärung, man hat sie wohl leider vergessen. Die Leute haben ja keine Ahnung, was alles vergessen wird.

— Es hat mich nicht weiter interessiert.
Ich habe so was schon ein paar Mal erlebt, einmal auf dem Orinoko und ein anderes Mal auf Neuguinea. So etwas ist gar nicht so selten, wie man glaubt. Noch vor wenigen Jahren verhaftete die Polizei in Oxford eine Dame. Sie war die Anführerin einer Liga, die so etwas betrieb. Die hatten ein Internat für junge Mädchen. Großer Skandal damals.

— Es ist gar nichts Besonderes dabei.
Und es wirkt sich auch nicht aus.
Es hat überhaupt keinerlei Wirkung. Die Magie ist nur Aberglaube. Man verändert sich überhaupt nicht.
Herz, Nieren, selbst das Gehirn sind nicht anders als das Herz, die Nieren und das Gehirn jedes beliebigen Tieres. Es geschieht nichts, absolut nichts.
Nicht einmal diese Möglichkeit gibt es.
Wir bleiben, wo wir sind.

— Ein Ingenieur oder so was ähnliches. Ich weiß nicht mehr so genau. Er war oft jahrelang ohne Unterbrechung von hier fort, und die Häuser waren verschlossen. Aber dann kehrte er zurück und blieb einige Sommer lang hier.

— Es ist noch ein bißchen von dem Bootssteg übriggeblieben, dort hinten. Nein dort, zwischen den Steinen.

— Es gibt noch scheußlichere Dinge. Sind Sie mal im Stephansdom in Wien gewesen und haben Sie die Kupfertöpfe mit den Banderolen um den Bauch gesehen, in denen die Eingeweide des Kaisers liegen? Und weiter unten kann man stundenlang durch Räume oder Galerien spazieren, wo alle Seitengelasse bis unter die Decke mit den Gebeinen von Toten vollgepackt sind, allen Toten der Stadt Wien, von sämtlichen Pesten und Belagerungen. Können Sie das verstehen? Vollständig anonym geordnet, alle Fingerknochen in einem Raum und alle Oberschenkel in einem anderen, wie gesägtes und gehacktes Holz, das in einem Keller für die Überwinterung gestapelt ist.

— Was ist das?

— Das ist die Anonymität. Das Unterirdische ist es. Die tiefste Unterwelt.
Es ist eine — Reise zum Mittelpunkt der Erde.
— Eine Art Ingenieur also. Die Verwandtschaftsverhältnisse habe ich nie richtig herausbekommen können, wer nun die Töchter, Frauen und Neffen waren. Sie wohnten alle zusammen während der Sommermonate dort draußen in mehreren Häuschen — ich erinnere mich ganz deutlich, weil sie immer spät abends im Nachthemd auf dem Bootssteg standen und die Angelruten auswarfen, eine lange Reihe und ohne zu sprechen. Es sah richtig komisch aus, ein feierlicher Aufmarsch.
— Dann passierte irgend etwas mit einer der Schwestern, fällt mir ein. Entweder sie ertrank oder sie ertränkte jemanden.
— Es kann ja einen Menschenfresser dort gegeben haben.
— Dort haben sie gewohnt. Sie hatten zuerst ein großes grünes Haus, aber dann wurde es weiß. Sie bauten sich mehrere kleine Häuschen, weil sie eine so große Familie waren. Sie wohnten dort den ganzen Sommer über und fuhren wochentags mit dem Zug hin und zurück. Einer der Jungen war etwas sonderbar. Er war taub und lernte nie sprechen. Er saß hier draußen und angelte oft. Ich glaube, er verschwand bei einem Sturm, oder aber sie haben ihn weggeschickt. Ich weiß nicht mehr so genau.
— Ach was! Ich bin alter Akademiker. Das kann man doch wohl sehen?
Unter Kollegen zeigt man keinen Meuchelmord bei der Polizei an. Man telefoniert und regelt die Angelegenheit unter Kollegen.
— Wo denn? Ach so, dort ganz drinnen. Ja, da gibt es Schilf. Das ist die einzige Stelle im ganzen See, wo es Schilf gibt.
Dort drinnen liegt auch ein kleines Sommerhäuschen. Von hier kann man es allerdings nicht so gut sehen.
O ja, die habe ich gut gekannt. Ich verkehrte mit dem Jungen im Hause, obwohl er nicht lange hier war. Der Vater reiste viel. Aber wir kamen auch in der Stadt zusammen. Wir waren Schulfreunde, wenn ich mich recht erinnere. Ja, das waren wir.
— Sie sind jedenfalls nicht schlecht.
— Seagull.
— Wir sammelten damals viele Steine hier draußen. Oder vielleicht war es an einer anderen seichten Stelle.
Die Gegend hier hat einen eigentümlichen Felsboden. Deswegen ist auch der See so eigentümlich. Es gibt hier Mineralien, die geradezu einzigartig sind.
Ich habe viele Steine gesammelt. Einige von ihnen liegen im mineralogischen Museum in London.

Große helle, staubige Zimmer mit riesigen Fenstern, vor denen den ganzen Tag jalousieartige Gardinen herabgelassen sind. Und nun liegen sie da in ihren Schaukästen mit Alarmvorrichtung, und das Licht bewegt sich langsam vom Vormittag zum Nachmittag, und sie liegen da und leuchten zurück und zeigen immer neue Farbtöne.

Du lieber Gott, wir kamen mal mit so einem — so einem Seagull und sahen ein flackerndes Licht hinter einer Sandbank.

Es war ein Feuer, und wir begriffen, daß es ein Feuer war, und da saßen etwa fünf, sechs Menschen mit ihren kleinen freundlichen Gesichtern. Sie saßen fast im Schlamm, und um sie herum duftete es nach dichtem Wald.

— Und wir ließen uns nieder und aßen, und sie aßen auch und griffen mit ihren langen kleinen Fingern zu und suchten für uns die besten Stücke heraus, und dann war da eine sämige Flüssigkeit, deren Zustand nicht zu bestimmen war.

— Einer von ihnen erregte um die Jahrhundertwende Aufsehen mit irgendwelchen Ballonaufstiegen, aber davon habe ich nur erzählen hören. Den weißen Turm da hat er gebaut. Den kann man als Landmarke benutzen.

— Sie alle hatten etwas Besonderes an sich, das sich immer mehr steigerte. Bei dem Jüngsten von ihnen trat es schließlich ganz deutlich hervor. Es sprühte förmlich um ihn herum, so daß man nicht wußte, ob es ein Gewitter war oder die statische Elektrizität der Zimmergardinen. Das Wetter veränderte sich, und es kamen Sachen zutage, die man selber niemals von sich geahnt hätte. Er besaß die Fähigkeit, den Gemütszustand anderer zu verändern, ganz einfach dadurch zu verändern, daß er da war, so daß man sich selbst als einen anderen ansah und entdeckte, daß man genausogut ein anderer sein konnte als der, der man tatsächlich war.

Man kam von einer anderen Seite heraus, das war alles.

— Sonst war nichts Besonderes dabei. Die übliche Geschichte: wir setzten einige Hoffnungen in ihn, die selbstverständlich zu sein schienen, aber auf kein bestimmtes Ziel gerichtet waren. Er wollte eine Art Naturwissenschaftler werden, blieb ziemlich lange auf der Universität, reiste fort und kehrte zurück, fuhr nochmals fort, wurde Meteorologe oder etwas ähnliches, wohnte lange hier und noch länger anderwärts, fand irgendein Mädchen, das er heiratete, und ist seit einer Reihe von Jahren, die ich vergessen habe, verschwunden.

— Er war der letzte von ihnen. Er hätte etwas daraus machen können.

— Es ist wie ein Alphabet. Alles befindet sich auf seinem Platz, und wenn es zuwächst, ist es vollkommen in Ordnung. Es ist ein Alphabet, und man braucht es nur zu lesen.

Als Kind war Segantini unruhig und in sich gekehrt.
Spät am Abend, wenn die Schatten flatternd gegen die Rouleaus schlugen, stand er leise auf und schlich sich hinaus.
Die Bäume, im Dunkel der Nacht von gespenstischer Größe, fingen den Wind auf und zeigten an, aus welcher Richtung er wehte. Wege und Straßen lagen leer. Er verspürte ein intensives Glücksgefühl, das sich in dem Maße steigerte, wie der Wind an Stärke zunahm.
Am nächsten Morgen, wenn man vom Sturm der Nacht sprach, wenn herabgewehte Äste und zersplitterte Dachziegel in Straßen und Gärten aufgelesen wurden und die abgebrochenen Blitzableiter auf hohen Trittleitern wieder an ihren Platz gebracht wurden, hatte er das Gefühl, an etwas Festlichem und Verbotenem teilgenommen zu haben.
Wenn die Jungen sich kurz vor dem Läuten auf dem Schulhof versammelten, sprachen sie über nichts anderes als den Sturm: Dächer, Baumkronen und umgeworfene Zäune, überall war etwas passiert.
Und Segantini machte eine Beobachtung:
Nach einem Sturm ist alles etwas verändert. Jeder einzelne ist zwar an einer anderen Stelle gewesen, und doch haben alle das gleiche erlebt.
Es ist, als könne der Sturm sie selbst im Schlaf zusammenhalten, und der Schlaf des einen ist dem des anderen sogar ziemlich ähnlich. Sie sind auf geheimnisvolle Weise von ein und demselben Erlebnis betroffen.

Die Eltern, die — abgesehen von ihrem ausländischen Namen — nichts Absonderliches oder Außergewöhnliches an sich hatten, behandelten ihn mit Umsicht und ängstlicher Zärtlichkeit. Er reagierte darauf mit einer Art zerstreuter Selbständigkeit. Eine seiner besonderen Gaben war die extreme Fähigkeit, Glück zu empfinden.

Der Vater hob den zweijährigen quecksilbrigen Jungen zu sich in den Stuhl hinauf, drehte und betrachtete die kleinen Füße in seinen Händen und hielt den Wildfang fest, der sich in fieberhaftem Eifer wand und krümmte, um die vielen Schalen und Schmuckgegenstände zu untersuchen, die auf dem Fensterbrett standen.

Er hatte eine Vorliebe für den August, für sehr schmale Pfade, wenn es gerade heftig geregnet hatte, für Gewässer mit kohlschwarzer Oberfläche, über denen sich Erlen und Espen zu einem Tunnel wölbten. Und ein Interesse für seltene

Pilzsorten, Morcheln und Bischofshüte, die nur an den sehr seltenen Stellen wachsen, wo Schlackenhaufen liegen oder sonstige Überreste früherer Industrieanlagen.

Solche Pilze bekommen ihren Geschmack von den Mineralien, die noch in der Schlacke enthalten sind. Sie schmecken wie Blech, wie Fische aus Höhlenseen, wie fremdartige Kristalle, die man eines Morgens auf seinem Fensterbrett findet.
Auf gleiche Weise zog es ihn zu Seen mit einem komplizierten Gewirr von Inseln und Untiefen, über denen die Himmelsrichtungen bei besonderen Wetterverhältnissen ihre Plätze auszutauschen scheinen. In diese feuchten und etwas heruntergekommenen Gegenden, in dünn besiedelte Gebiete mit morastigem Boden und Wasser zog es ihn auf eine Weise, über die er sich selbst nicht recht klar werden konnte. Und wenn er dann ein völlig verrostetes Schleusentor fand oder die weggeworfenen und zerfallenen Reste eines alten Treibrades, die bewiesen, daß die Anwohner dieser Gegend früher anderen Gewerben nachgegangen waren, verharrte er über diesem Fund ganz still vor Glück.
— Du bist ein Tier, sagte jemand zu ihm.

Und ein Besucher wies einmal darauf hin, daß es zweierlei Magie gibt: eine mit metallischem und eine andere mit organischem Ursprung.
Die metallische Magie nähert sich der Natur, aber sie tut es als Feind und ist darauf aus, mit allerlei Kniffen eine neue Natur zu schaffen. Sie verdreht und vermischt die ursprüngliche Natur, hebt sie auf und möchte das, was dabei herauskommt, zu einem neuen, mechanischen Universum erheben.
Diese Art der Magie hat Bedarf an Tiegeln, heißen Öfen, Hebeln. Sie basiert auf Wiederholung, auf Übermüdung, auf Linsen, die das Licht brechen. Unaufhörliche Destillationen ein und desselben Präparates, bis dieses einen Reinheitsgrad erreicht, den es in der Natur selber nie gehabt hat. Dann wird das Reine zu einer gefährlichen Kraft allein dadurch, daß es so ganz und gar andersartig ist als alles, was sonst existiert.
Anreicherungen und lebensgefährliche Reinheit, sie sind das Wesen der metallischen Magie.
»Wenn ein Stein nur ein Stein wäre, würden wir ihn nicht Stein nennen.«
Aber es gibt auch eine andere Art Magie, die die Natur nicht aufhebt, sondern sie in ihren Dienst stellt. Sie basiert auf Unreinheit, Vermoderung, Rost, immer weitergehender Vermischung, immer größerer Vielfalt.
Die Feuchtigkeit in riesigen Wäldern, die von eigentümlichen, leicht schweißigen Pilzen mit ihren fein verzweigten Gewebe-

fasern aufgefangen wird, die feine schlüpfrige Masse am kurzen Ende der Stämme an einem Platz, der sehr lange dem Regen ausgesetzt war, und die Ozeane mit ihren gewaltigen Mischbehältern, sie alle haben etwas mit dieser Sache zu tun.

Die Wünschelrute und die Spanten in den Booten, die nicht gebeugt und gebogen, sondern nach ihrer Form ausgesucht werden, in der sie gewachsen sind. Das ist die andere Magie.

Und in der Fliegerei gibt es zwei Prinzipien: schwerer als die Luft und leichter als sie. Ein drittes Prinzip gibt es nicht.

Das unruhige Alter, das formlose, in dem man jedermann oder überhaupt niemand sein kann, das Alter, in dem man in Gruppen auf dem Schulhof herumsteht, sich unterhält oder lacht und sich gegenseitig irgendwelche Rollen zuteilt, die ganz zufällig sind und trotzdem von allen blutig ernst genommen werden, so daß sie sogar danach handeln — das war Segantinis eigentliches Alter. Er sehnte sich nach ihm zurück, und als er begriff, daß es endgültig vorüber war, trauerte er ihm nach wie einer verlorenen Möglichkeit.

Dort spielten sich die eigentümlichsten Intrigen ab, deren Kern niemand richtig verstand, dort gab es die fast endlose unterirdische Toilette, in die seit Jahren niemand seinen Fuß zu setzen gewagt hatte, und dort waren auch die Zeichen, die sie auf Planken und Wände malten. Ein Dreieck und dergleichen, all die üblichen Zeichen, aber auch einige, die nicht zu den gewöhnlichen gehörten und die sie selber nicht einmal verstanden. Ein Kreis mit einem Kreuz in der Mitte, ein Kreis mit einem Pfeil, ein Punkt mit einem Ring darum.

Andere löschten sie aus und zeichneten andere. Es fand die ganze Zeit über ein Austausch von Zeichen statt, deren Bedeutung ihre Vorstellungskraft überschritt.

Andere strichen sie aus und zeichneten neue.

Man kann das Formlose nicht ausstreichen. Es ist immer vorhanden, selbst wenn man es irgendwann einmal aufgegeben hat.

Einmal in seiner Jugend hatte Segantini ein sehr heftiges Liebeserlebnis. Es begann damit, daß er entdeckte, daß ein von ihm angebetetes Mädchen, mit dem er nicht einmal zu sprechen gewagt hatte, sich in ihn verliebte, geradezu *leidenschaftlich* in ihn verliebte.

Das stellte ihn vor eine vollkommen neue, verwirrende Situation. *Was* konnte es nur sein, in das sie sich verliebt hatte?

Eine ganze Weile stellte er sich vor, daß es sich um einen Irrtum handeln müsse, daß sie ihn für einen anderen hielt, als er in Wirklichkeit war.

Aber als die Geschichte sich dann weiter entwickelte, erreichte sie bald einen Zustand, in dem keine Irrtümer mehr möglich waren. Das Mädchen spürte ihn in seinen Verstecken auf, verstand es, an allen Orten, an denen er sich befand, auf so unzweideutige Weise anwesend zu sein, daß er zuletzt das Gefühl nicht los wurde, stets und ständig von jemandem *gesehen zu werden*.

Es endete damit, daß sie ihn nahezu überfiel, daß sie ihn verführte.

Nun folgte eine kurze Zeit ekstatischen Glücks. Segantini mußte versuchen, in einer oder mehrfacher Beziehung eine Gestalt anzunehmen, ein anderer zu werden und so die Liebe zu rechtfertigen, mit der er überschüttet wurde. Er wand und krümmte sich bei dieser absurden Aufgabe. Was mochte man wohl von ihm verlangen, wo doch jemand so großen Wert auf ihn legte, ausgerechnet auf ihn, seinen Körper und seine Gedanken?

Er begann, sich in verschiedene Rollen hineinzuversetzen. In kurzer Zeit übernahm er mehr Rollen, als er in seinem ganzen bisherigen Leben gespielt hatte: infantile, männliche, brutale, geschäftige, abgrundtief schweigende. In ihm wimmelte es von allen nur denkbaren Verwandlungen, sie drängten sich wie vor einer Haustür, er wurde affektiert, unklar, kindisch, fast unbegreiflich. Die Herausforderung zwang ihn, sich durch ein ganzes Register von Möglichkeiten hindurchzusuchen, von denen nicht eine einzige zu ihm paßte.

Das Mädchen beobachtete dieses Schauspiel, zuerst verwirrt, dann beruhigt, bald wieder erschrocken und allmählich angeekelt. Er war ja ein Ungeheuer!

Diese eigentümliche Affäre dauerte vielleicht zwei oder drei Jahre lang. Schließlich wurde der Zank, das gegenseitige Zerreißen ihre einzig mögliche Ausdrucksform. Sie trennten sich eines Tages im Mai ganz in der Nähe eines kleinen Zeitungskioskes, der unter einigen hohen Bäumen stand. Segantini hatte inzwischen seine Studien an der Technischen Hochschule begonnen. Er trug Bücher unter dem Arm. Es war sehr warm für die Jahreszeit.

Als das Mädchen um die Ecke verschwunden war, trat er auf den Kiosk zu, überflog die Extrablätter der Zeitungen, ohne sie jedoch richtig zu lesen, und verspürte plötzlich eine ungeheure Erleichterung in allen Muskeln des Gesichts.

Es gab keine Herausforderung mehr, keinen Grund, daß sie gespannt, gestreckt, zu Grimassen verzerrt und verzogen werden mußten. Ein leise klirrendes Geräusch im Laub veranlaßte ihn, zu den elektrischen Leitungen der Straßenbahnen und zu den Baumkronen aufzusehen. Sein Gesicht nahm einen ganz und gar gutmütigen Ausdruck an. Niemand liebte ihn mehr, und er brauchte sich also nicht länger zu verstellen.

Erleichtert, daß er fortab kein Ungeheuer mehr zu sein brauchte, ging er nach Hause.

Er trug seine Wesenlosigkeit, seine Jugendlichkeit wie eine dünne Schale in der Hand.

Er gehörte genau zu der Sorte Menschen, die im Alter von etwa elf Jahren unter den Kameraden auf dem Schulhof unerhört populär sind, ohne daß jemand richtig erklären kann, warum.

Im späteren Leben fand er nie wieder so recht eine Umgebung, die seiner Unbestimmtheit auf so unnachahmliche Weise Resonanz zu geben wußte. Er verspürte dann oft eine Leere, die sich von einem Zentrum aus, das er nicht lokalisieren konnte, dessen Sitz er aber im Zwerchfell vermutete, nach allen Teilen des Körpers ausbreitete. Es war kein Überdruß, eher eine Rückkehr zum natürlichen Nullpunkt, zur Ausgangslage, die er niemals verlassen hatte.

Seine Besonderheit bestand darin, sie eigentlich nie zu verlassen. Eine sehr friedliche Weigerung.

Gegen Ende seines Lebens steigerte sich diese Weigerung nahezu zum Heroismus, als seine Verwandten seine immer weitläufigeren aeronautischen Experimente zu verhindern trachteten, aber sie blieb die ganze Zeit so friedlich wie zuvor.

Es ist leicht, die Verwandten anzuklagen, sie als Schurken, Intriganten, Geizhälse oder als selbstgefällige und phantasielose Leute hinzustellen. Segantini selber wäre niemals auf den Gedanken gekommen, ihnen Vorwürfe zu machen.

Man muß bedenken, daß seine Experimente, von außen betrachtet, einen völlig sinnlosen Eindruck machten. Zu diesem Zeitpunkt war die Meteorologie noch keine anerkannte Wissenschaft. Die höheren Luftströmungen erforschen zu wollen, schien ein Interesse für Dinge zu verraten, die derart ausgefallen und abstrakt waren, daß nur ein Phantast sich mit ihnen beschäftigen konnte. Die Aufsätze, die er schrieb, standen ja nur in Fachzeitschriften und wurden nur von anderen Meteorologen gelesen.

Hohe Luftströmungen sind unsichtbar, es gibt keine Baumzweige, die sie in Bewegung setzen, keine Dachziegel, die sie herunterreißen können. Sie haben keinen Geruch, keinen Geschmack, man kann sie nicht anrühren und auch nicht fühlen, wenn man sich nicht selber schon einmal in den höchsten Luftschichten befunden hat.

Nicht einmal Segantini hatte sie jemals *gefühlt*, bevor ihm in den allerletzten Jahren seine bemerkenswerten Aufstiege glückten.

Unbemannte Ballons mit kleinen Blechkörben aufsteigen zu

lassen, Luftfeuchtigkeitsmeßgeräten, Hygrometern, Luftdruckmessern ohne Quecksilber und Aneroidbarometern, und dann tagelang in einem immer weiter werdenden Umkreis auf dem Lande umherzusausen und nach ihnen zu suchen, gilt nicht gerade als typische Beschäftigung für einen Erwachsenen.

Segantini gehörte zu denen, die den Ballon ungefähr so weit entwickelten, wie es zu seiner Zeit möglich war. Von den Verwandten konnte natürlich nicht erwartet werden, daß sie das anerkannten.

Bei einer Gelegenheit versuchte eine Gruppe von Enthusiasten, ihn zu einem Versuch zu überreden, den Nordpol mit Hilfe eines verbesserten Ballons zu erreichen. Es hätte ihn weltberühmt gemacht.

Es ist typisch, daß er sich weigerte, obwohl starker Druck auf ihn ausgeübt wurde. Er weigerte sich, friedfertig und ohne die Stimme zu heben. Die Berechnungen ergaben, daß kein existierendes Ballongewebe das Gas während einer so langen Reise zusammenhalten können würde.

Er bewies ein seltenes Geschick, sich nach einiger Zeit verhaßt zu machen. Man schalt ihn abwechselnd einen »Phantasten« und einen Menschen ohne eigentlichen Kern. Es hieß, daß es keinerlei Möglichkeit gäbe, »Kontakt« mit ihm zu bekommen. Er war entweder allzu freundlich, aalglatt ausweichend oder zu verschwiegen.

Diejenigen, die ihn gerade kennengelernt hatten, waren zuerst immer ganz begeistert. Sie spürten eine neue Art von Stimulans, glaubten irgendeinen Kern oder ein Geheimnis zu erahnen, von dem sie selber profitieren konnten. Sein Gesichtsausdruck versprach geheime Dinge, über die nur er verfügte und die er vielleicht im Laufe der Zeit verraten würde, Geheimnisse, die sie selber erfahren zu müssen glaubten.

Sie wurden immer grausam enttäuscht. Es steckte nichts dahinter, nichts, was sie vermuteten. Wenn man ihn zwingen wollte, geriet er in einen irritierenden und peinlichen Zustand: ein nervöses Sprechen, das fortwährend in Sinnlosigkeiten auszuarten drohte, absurde und völlig unangebrachte Späße, makabre Scherze, Grimassen und Fistelstimmengekicher.

Segantini war ein Ungeheuer.

Wer seinen Verwandten einen Vorwurf macht, sollte bedenken, daß er im Laufe von zehn Jahren nicht einen einzigen ernsthaften Versuch unternahm zu erklären, was seine Experimente bezweckten. Wenn man ihn direkt fragte, antwortete er mit einem verlegenen Lachen oder Kichern.

— Man hat sich nicht genug um ihn gekümmert, als er ein Kind war, habe ich einmal jemanden sagen hören.
— Er ist zu lange alleingelassen worden. Die Eltern waren immer etwas verschlossen und beschäftigten sich mit allem möglichen anderen.
Das ist in Wirklichkeit eine gänzlich unwahre Behauptung. Man nahm sich seiner als Kind sehr wohl an, und es gefiel ihm gut, Kind zu sein. Kind zu sein, war nämlich der einzige Zustand, der ihm völlig angemessen war. Er hätte es sein ganzes Leben lang bleiben mögen, wenn man es ihm nur erlaubt haben würde.
Ich habe auch alle Theorien gehört, was geschehen wäre, wenn nichts seine Entwicklung unterbrochen hätte, wenn er sich weiter hätte entfalten können. Er wäre immer mehr zum Phantasten geworden, auf eine immer raffiniertere Weise. Seine Kälte hätte zugenommen und sich schließlich zu einer völligen Gleichgültigkeit gegenüber Menschen gesteigert.
— Hätte er die Möglichkeit erkannt, die der Ballon tatsächlich zu jener Zeit noch für die Kriegführung bot, würde er nicht gezögert haben, seinen Einfallsreichtum an die Kriegführenden zu verkaufen.
Seine Kenntnisse der konstanten hohen Luftströme hätten sich für die grauenerregendsten Zwecke ausnützen lassen.
Manchmal habe ich an so etwas geglaubt, aber wenn ich die großen leeren, freundlichen Augen auf seinem Porträt sehe, wird mir klar, daß es unmöglich war.
— Er wäre früher oder später im Irrenhaus gelandet, denn eigentlich war er während der letzten Jahre auf eine diskrete und leise Art verrückt, besagt eine andere Theorie.
— Wenn er nun auf einen Menschen gestoßen wäre, einen einzigen Menschen, der ihn verstanden hätte. Was wäre dann geschehen? Ja, was wäre dann wohl geschehen?
— Wenn er irgendeinen sinnvollen Zusammenhang gefunden, eine wirkliche Entdeckung gemacht hätte.
Ich glaube, daß er eine gemacht hat. Ich glaube, daß es eine solche Entdeckung gab. Ein alles verdüsterndes, überwältigendes Ereignis.
Nur mit der Einschränkung, daß sie kein neu hinzutretendes Ereignis war. Ich glaube vielmehr, daß die Entdeckung von Anfang an vorhanden war, daß sie ein Zustand, ein Ausgangspunkt war.
Als Kind war er glücklich, wenn er hörte, daß der Sturm Dachziegel und Bäume zu Boden riß. Da gab es noch etwas, was alle gemeinsam erleben konnten.

Draußen auf dem Lande habe ich Bäume gesehen, die er einmal gepflanzt haben soll. Sie sind jetzt schon sehr groß und ein wenig verwildert. Jeder einzelne ist mit so viel raffinierter Überlegung gepflanzt, daß man erst langsam das zugrunde liegende System erkennt.

Sie bilden ein sehr ungewöhnliches Muster, denn sie sind so angeordnet, daß sie einander zugleich Schatten vor der stärksten Sonne und Schutz vor dem heftigsten Winde gewähren und sich dennoch niemals zu nahe kommen.

Einige von diesen Bäumen sind noch erhalten.

Der fliegende Mensch

Obwohl ich in diesem neuen Haus am Rande der Stadt erst ein halbes Jahr lang wohne, einen knappen Winter, hat diese Umgebung bereits damit begonnen, ihre Geheimnisse an mich preiszugeben.

Mir schwebt die Möglichkeit einer durchdachten Misanthropie vor.

Kalte Wintertage. Tage mit Tauwetter, an denen es schwerfällt, längere Wegstrecken zu Fuß zurückzulegen, Geflüster, aufgeschnappte Gesprächsfetzen, Spuren im Schnee — das genügt. Einige Spaziergänge hierhin und dorthin und ein mehrmaliges Nachschlagen im Telephonbuch, ergänzt durch einige glückliche — oder unglückliche — Zufälligkeiten, reichen aus, das Bild zu vervollständigen.

Die Gegend hat keine Geheimnisse mehr. Und es sind die alten bekannten Geheimnisse.

Jener geifernde Exhibitionist aus der Trinkerheilanstalt am anderen Ende des Tales, der sich an den Winterabenden trotz des Schnees herüberbemüht — eine Dame an der Autobushaltestelle machte mich Ende Februar entrüstet auf ihn aufmerksam — und sich der Reihe nach unter sämtliche Fenster stellt und manchmal wie ein Wolf heult. Ihn hatte ich bereits früher gesehen, nicht nur einmal, sondern viele Male. Er war ein Schulkamerad.

Der Mathematiklehrer N., der sich ein besonderes Vergnügen daraus machte, die Allerkleinsten zu verfolgen, die Schüchternsten, die Stotternden oder die, welche in dem großen scheußlichen widerhallenden Gewirr von Gängen, in denen es immer nach Urin roch, weder aus noch ein wußten, der Mathematiklehrer N. also hatte diesen Jungen einmal dabei ertappt, als er trotz Verbots während der Pause im Klassenraum geblieben war.

Vermutlich war er deswegen nicht hinausgegangen, weil er von seinen Klassenkameraden verfolgt wurde. Wir fanden diesen Jungen alle auf eine undefinierbare Weise abstoßend.

Er hatte etwas Blutleeres an sich, das uns geradezu anekelte.

N. drängt nun den Jungen gegen die Wand (die Wand gibt nicht nach), stachelt sich selber mit nasaler, lauter Stimme an, und der Junge mit seinem heulenden Gewinsel wirkt immer abstoßender und widerlicher. Der Lehrer schlägt ihn mit seinen weichen geschmeidigen Lederhandschuhen kräftig ins Gesicht, Blut vermengt sich mit Tränen, und Schleim und Tränen beschmieren auch die Wand. Voll Abscheu und mit einer unnachahmlichen Geste des Ekels wirft er seine Handschuhe von sich.

Hinter dem freistehenden Teil der schwarzen Tafel, wo ich mich die ganze Zeit über verborgen gehalten habe, beobachte ich die Szene.

Es ist unbeschreiblich, zu was für Auftritten das Alleinsein zweier Menschen führen kann.

Seit Anfang Februar schreiben die Zeitungen täglich über den Krieg in Südostasien. Eine kurze Zeit, vielleicht einige Wochen lang, ertappe ich mich selber dabei, daß ich diesen Berichten mit geradezu krankhaftem Interesse folge. Das Lesen lokalisiert, es *lokalisiert* nur, eine Wahrnehmung, die immer deutlicher wird.

Als Folge meines Interesses entwerfe ich eine sinnreiche Menschenfalle, die die Freiheitskämpfer mit gutem Nutzen verwenden könnten. Sie läßt die Soldaten einer marschierenden Kolonne einen nach dem anderen in einer tiefen Grube verschwinden, wo sie von spitz geschliffenen Pfählen aufgespießt werden.

Ganz gewohnheitsmäßig zeichne ich diese Idee auf, doch vernichte ich die Aufzeichnungen dann sorgfältig.

Major B. geht in der Allee mit seinen zwei Hunden spazieren. Von ihm weiß ich viel.

Der Junge, der zum Exhibitionisten wurde, hat auch eine militärische Laufbahn. Als Furier eines Regimentes hier in der Gegend ist er in eine umfangreiche Affäre verwickelt. Es handelt sich um ungewöhnlich grobe Gewalttätigkeiten gegenüber Jüngeren. Einige Jahre nach seiner Verurteilung treffe ich ihn in einem Bierlokal. Er bittet mich dort mit einschmeichelnden Reden um ein kleineres Gelddarlehen. Wenn ich mich recht erinnere, gab ich ihm doppelt so viel, als er haben wollte.

Dieser Tage bekam ich tatsächlich die Bestätigung, daß das Haus, in dem ich wohne, früher dem alten Regimentsarzt Vibbling gehört hat.

Vibbling unterhielt eine umfassende Privatpraxis, galt als Philanthrop und stiftete in seinem Testament beträchtliche Summen für verschiedene humanitäre Zwecke. Bei Unterhaltungen mit älteren Bewohnern der Stadt wird er oft als »großer Menschenfreund« gepriesen, der außerdem im Rufe stand, sehr »klug« gewesen zu sein. Gepflegte Hände, klangvolle Stimme und »goldener« Humor.

Natürlich habe ich ihn gekannt.

Der Raum, in dem sich meine Bibliothek befindet, muß einmal das Empfangszimmer in seiner Privatpraxis gewesen sein. Obwohl die Besitzer seitdem mehrfach gewechselt haben, dringt zuweilen ein schwacher Chloroformgeruch — oder ist es Äther? — aus den Ecken des Zimmers. Er macht sich erst um die Schlafenszeit bemerkbar, wenn ich schon fast über meinem Buch eingenickt bin, und kommt wie eine Heimsuchung aus den Ecken. Ich öffne alle Fenster, und es knackt in den Porzellanvasen, wenn die Kälte hereinrollt.

Ich stelle mir eine frohe und lärmende Gesellschaft vor, bei der möglichst auch zwei oder drei von Vibblings Angehörigen vertreten sein sollen. Die Stimmung ist ausgezeichnet, auf den kleinen Tischchen neben jedem Sessel steht Kognak bereit. Gerade in diesem Augenblick dringt der Chloroformgeruch aus irgendeiner Ecke. Es gibt eine allgemeine Erregung, und der eine oder andere erinnert sich, daß dieses Haus einmal »dem großen Menschenfreund« gehört hat.

Ich spiele den Unwissenden, und alle wetteifern miteinander, mich aufzuklären. All die alten hübschen Anekdoten über Vibbling werden wieder lebendig: was er zu dem ertrunkenen Jungen sagte, als dieser wieder zu sich kam, wie er mit hysterischen Frauenzimmern umzugehen pflegte und was er sagte, als ihm der Nordsternorden verliehen wurde. Ich sitze lange schweigend da. Dann jedoch, wenn die Fröhlichkeit ihren Höhepunkt erreicht hat, weiß ich auch einige Anekdoten im gleichen ausgelassen lärmenden Tonfall beizusteuern.

Die erste handelt davon, was Vibbling als Regimentsarzt zu sagen pflegte, wenn junge Burschen zu ihm kamen, die an einer Geschlechtskrankheit litten. Einige der Gäste sind vielleicht etwas schockiert, aber die meisten finden es sehr lustig und unterhaltsam. Ich fahre dann fort, die wahrhaft triumphale Schau zu schildern, die Vibbling abzog, wenn er einen besonders schüchternen jungen Mann gefunden hatte, der schon etwas zu lange mit seiner Syphilis umhergelaufen war.

Bevor es jemandem gelingt, mich zu unterbrechen, erzähle ich schon von dem großen Schneesturm. Zwanzig Grad Kälte und ein schneidender Wind. Ausgerechnet an diesem Tag soll das Regiment vierzig Kilometer marschieren. Alte erfahrene Regimentsoffiziere schütteln den Kopf. Schon nach wenigen Kilometern zeigen sich bei einigen der unerfahrenen Rekruten ernstliche Frostschäden im Gesicht und an den Händen.

Der Regimentskommandeur konsultiert den großen Menschenfreund Vibbling, weil zu befürchten ist, daß sich die

Angelegenheit zu einem regelrechten Skandal auswachsen könnte. Vibbling sieht sich die Erfrierungen an, gibt den Leuten einen ermunternden Klaps und springt wieder in sein Auto. Der Marsch geht weiter. Als gegen Abend die Ernte des Tages zusammengerechnet wird, stellt man bei fünf oder sechs Soldaten bleibende gesundheitliche Schäden fest, die bei einem so schwer sind, daß einige Finger amputiert werden müssen.

Und ehe jemand dazu kommt, Atem zu holen, fahre ich fort, von Vibblings Behandlungsmethoden bei schweren organischen Erkrankungen zu berichten, von seinen Tabletten gegen Magenleiden und den goldenen Humor, mit dem er geplatzte Blinddärme zu kurieren pflegte, kurz gesagt, ich erzähle, wie er zwanzig Jahre lang konsequent seine Stellung als Regimentsarzt ausnutzte, um sich einen unerschütterlichen Ruf als »Menschenfreund« zu verschaffen.

Weil ich nun aber einmal auf das Gebiet der Medizin geraten bin, für die ich mich so sehr interessiere (behaupte ich), will ich keine Zeit auf solch naive Anekdoten verschwenden, die nur lokales Interesse beanspruchen können und für alle, die längere Zeit hier in der Gegend gewohnt haben, nur nach Rachedurst aussehen.

Möglichst sollen nun auch zwei Ärzte mit unter den Geladenen sein, am liebsten ein paar sich großsprecherisch und mild gebende Scharlatane.

Ich bringe das Gespräch sodann auf die interessanten Fälle von Eingeweideverletzungen, die dadurch entstehen, daß man die Nickelspitze einer ganz gewöhnlichen Gewehrkugel abfeilt, so daß der Bleikern des Geschosses beim Eindringen in den Körper in Tausende von Bruchstücken zerplatzt, die das betroffene Gewebe total zerreißen.

Und bevor jemand in der Gesellschaft protestieren kann, berichte ich über den gelehrten Streit, der 1897 (wenn ich mich nicht irre) oder 1898 in den Spalten der ärztlichen Zeitschrift »The Lancet« ausgetragen wurde.

Jemand hat dort gegen die Verwendung von Dumdumgeschossen protestiert. Er bekommt Antwort von einem hervorragenden Gelehrten, der zum Ausdruck bringt, daß die modernen Gewehrprojektile durch die Forderung nach Präzision und größerer Schußweite immer feinkalibriger geworden wären. Solch eine feinkalibrige Patrone verursachte einen sehr sauberen, schmalen Einschußkanal, der ohne Schwierigkeiten heile, wenn kein lebenswichtiges Organ beschädigt sei.

Im modernen Krieg, fährt der Experte in »The Lancet« fort, braucht man den Gegner nicht unbedingt zu töten, sondern es dürfte genügen, ihn außer Gefecht zu setzen. Für Europäer wird diese Bedingung durch das moderne Handfeuergeschoß vollkommen erfüllt, sofern es nur mit einiger Präzision auf sein Ziel gerichtet wird.

Bei anderen Rassen verhält es sich damit allerdings schon problematischer. Wie die letzten indischen Aufstände zeigen, kann zum Beispiel ein Sepoy zwei- bis dreimal getroffen werden und sich dennoch genauso gefährlich und rasend wie vorher wieder erheben.

Diese Erfahrungen sind es, die zur Verwendung von Dumdumgeschossen geführt haben.

Und ehe jemand Zeit gefunden hat, Einwände zu erheben, komme ich auf eine andere, medizinisch interessante Erfindung zu sprechen, über die ich in einer weiteren der von Vibbling auf dem Boden zurückgelassenen Zeitschriften einen Aufsatz gelesen habe.

Es handelt sich um die burmanesische Trampelmühle. Auch diese Gegend wurde während der Jahre, in denen Vibbling die Zeitschrift abonniert hatte, von schweren Revolten heimgesucht, und als die Machthabenden entdeckten, daß die Todesstrafe nicht abschreckend genug war, schufen sie eine Einrichtung, die Trampelmühle genannt wurde. Sie besteht aus einer achtzehn Meter langen Walze mit sehr scharfen Kanten, die so breit wie Treppenstufen sind und auch den Abstand von Treppenstufen haben. Die Gefangenen werden um die Taille an der Wand oberhalb dieser Walze festgekettet, und nachdem alle auf ihren Platz gebracht worden sind und auf einer Stufe des Schaufelrades oder auf einer der außen befindlichen Schaufeln stehen, wird der Splint herausgenommen, der die Räder oder die Rolle festgehalten hat. Alle müssen nun sehr schnell treten, denn wenn jemand damit aufhört, fällt er herunter, bleibt an seiner Kette hängen und schlägt sich die Beine an den scharfen Außenkanten blutig.

Die Gefangenen sind buchstäblich gezwungen, auf dieser gewaltigen Walze zu laufen und dadurch eine beträchtliche Kraft zu erzeugen, die durch besondere Vorrichtungen auf verschiedene Maschinen zur Bearbeitung von Holz und anderen Werkstoffen übertragen wird. Nach der Zeitschriftennotiz wird dieses scharfsinnig konstruierte Verbesserungswerkzeug jeweils bis zu dreiundeinhalb Stunden benutzt.

Wir kommen nun zu dem wirklich interessanten medizinischen Problem (sage ich): *welche physiologische Wirkung kann dies auf den menschlichen Körper haben?*

Und ich beeile mich hinzuzufügen: als physiologisches Phänomen ist der Mensch ja doch sehr fesselnd, nicht wahr?

Als Phänomen betrachtet.

Und dann vor allem als Phänomen. Als Phänomen.

Dann erwähne ich in aller Eile die Spezialkliniken der deutschen Konzentrationslager, gehe flüchtig ein auf die Experimente zur operativen Verpflanzung verschiedener Organe, unter anderem der Gebärmutter, und die diversen Chemikalien, die dabei verwendet wurden, bitte um Entschuldigung, daß ich meine Zuhörer mit einem so völlig abgedroschenen und geschmacklosen Thema behellige, verliere noch ein paar Worte über die Experimente mit Malaria, die durchgeführt wurden, und den milden Glanz, der sie ethisch verklärt hätte, wenn es auf diese Weise tatsächlich geglückt wäre, die Malaria zu besiegen.

Ich beende mein Exposé mit der Feststellung, daß die Ärzte, die in diesen Konzentrationslagern ihren Dienst versahen, keineswegs aus der Bahn geratene Existenzen oder halb dem Alkohol verfallene Hinterhofpfuscher gewesen seien, wie das gelegentlich behauptet worden wäre, sondern hervorragende Wissenschaftler, Dozenten und Professoren einiger der führenden Institutionen des Landes, was von großer Bedeutung für all diejenigen ist, die unsere Zivilisation und ihre beherrschenden Triebkräfte verstehen wollen.

Der Mensch als Phänomen.

Nachdem ich auf diese Weise eine lange Zeit gesprochen habe, leere ich mein Glas, falls noch etwas darin sein sollte, und frage, ob jemand etwa noch weitere Anekdoten vom Regimentsarzt Vibbling kennt, dem großen Menschenfreund mit dem so außergewöhnlich guten Manöverhumor.

Kindereien! Ich gebe keine Gesellschaften mehr.

Zwanzig Grad Kälte, völlige Windstille und in der Nacht frisch gefallener, feinkristalliger Schnee.

Auch heute wieder die sich von Fenster zu Fenster schlängelnde kleine Spur des Exhibitionisten. Der exakte Ausdruck — das habe ich aus irgendeinem Grunde herausgefunden — ist gar nicht »Exhibitionist«, sondern *Voyeur*: einer, der im Zuschauen seine Lust findet.

Eine durchdachte Misanthropie muß von einer grundlegenden Annahme ausgehen, deren Richtigkeit nicht in Zweifel gezogen werden kann.

Daß keine der Weltrevolutionen jemals die Hoffnungen erfüllt hat, die in sie gesetzt wurden, daß irgend etwas in den Grundlagen selber die ganze Zeit geschwankt und nachgegeben und die Möglichkeiten, die vielleicht darin enthalten waren, verdreht und verdrängt hat.

Daß dieses Wesen ein Säugetier ist, das durch eine unnormale Entwicklung dazu gebracht wurde, absurde Hoffnungen auf sich selber zu setzen, obwohl seine biologischen Grundlagen diese niemals in Erfüllung gehen lassen werden.

Daß eine Art unumgängliches Gesetz jeden lebendigen Keim durch einen Frostbildungsprozeß aus dem Wege räumen wird:

eine Kristallisation, die die Ansätze des Lebens im Augenblick ihrer Geburt in bedeutungslose Dinge verwandelt.
Daß das Phänomen, das ich Kristallisation nenne . . .
Daß die Zeit unser Feind ist.

Ein warmes und behagliches Haus. Es knackt in den Wänden. Die bunten, künstlichen Fliegen schlafen in ihren Schachteln in meiner Bibliothek. Ich sitze in dem tiefen Sessel aus weichem blankem Leder, neben mir eine Tasse Tee, eine blaue Tasse mit hübscher meanderförmiger Schleife und ein paar Drachen, die einander in den Schwanz beißen und einen Kreis bilden. Wiederum lese ich Stapledons wunderbare Phantasie vom ersten und letzten Menschen, mit ihren verbotenen und hinreißenden Traumschilderungen von einer fliegenden Menschenart, die zwischen entlegenen Berggipfeln in einer außerirdischen Landschaft schwebt.
Der kleine Lichtkreis der Lampe reicht auch bis ans Fenster mit den vielen kleinen Scheiben, die ein Netz von Schattenlinien auf den Schnee werfen. Die Uhren ticken.
Beim richtigen Glockenschlag bestätigen sich meine Ahnungen. Ich brauche mich nicht umzudrehen. Ich spüre seine Blicke im Rücken. Mein Freund, der *Voyeur*, steht dort draußen. Er bleibt jetzt immer nur eine kurze Weile vor meinem Haus.
Eine durchdachte Misanthropie scheitert immer an demselben Umstand: den kleinen Kindern.
Sie werfen ihre Bälle gegen den Bretterzaun, sie laufen mit ihren wunden kleinen Knien umher, rupfen Stöckchen und Stroh aus dem Gras des vorigen Jahres; sie wissen nichts, sie haben noch nicht begriffen, daß sie sterben müssen und daß es meist so früh in ihrem Leben geschieht.
Ehe wir da sind und anfangen, sie zu formen, gibt es eine traumartige Zeit, in der praktisch alles möglich ist, in der sie keine Tiere, aber auch keine Menschen sind und ihre großen blauen Augen nichts zu sagen haben, gar nichts.
Wie ihre hellen Stimmen an den Planken widerhallen!

Eine durchdachte Misanthropie scheitert an den Widersprüchen, die wir, so wie die Natur uns geschaffen hat, nicht zu überwinden vermögen.
Ich könnte das Fenster öffnen, ganz vorsichtig, um ihn nicht zu erschrecken, ihm zuwinken und sagen, daß ich ihn einmal gekannt habe, daß ich um diese Zeit überhaupt noch nicht müde bin, daß ich nichts gegen ein Gespräch mit einem alten Schulkameraden hätte.
Ich könnte ihm sogar eine Tasse Tee aus meinem Service anbieten, auf dem sich die Drachen in die Schwänze beißen.

Wir könnten uns über die labyrinthischen Gänge unterhalten, in denen es nach Urin roch, aber auch vom Duft der Almen und vom Ballonfahrer Segantini.
Ich fürchte, er würde sehr erschrecken und im Schnee verschwinden. Es ist nur ein kurzes Stück bis zum Waldrand.

Im Zentrum

Ich lese von dem enormen Vulkanausbruch in Puerto Bello. Von Aneroidbarometern, die in einer halben Stunde einen halben Meter fielen, und von Tintenfässern auf den Tischen der europäischen Handelskontore, die in so feine Schwingungen versetzt wurden, daß ihre Deckel langsam auf dem Rand kreisten.
Von Sesseln aus Rohr und Korbgeflecht, die schon mehrere Tage vor dem Ausbruch ein knackendes und klagendes Geräusch von sich gaben, das sich niemand erklären konnte.
Von Wolkenformationen, die sich immer mächtiger auftürmten und feierlich zur Bucht hinauszogen, wo sie von der Sonne verschlungen wurden. Von großen kräftigen Bäumen, die in den Parks der Stadt aus unerklärlichem Grund schon Monate vor dem Ausbruch verdorrt aufgefunden wurden. Von Schiffsdecks, die undicht wurden und wegen ungewöhnlich häufiger und heftiger Regenfälle voll Wasser liefen.
Von verzinnten und versilberten Gefäßen in der Küche, die sprühende elektrische Funken von sich gaben, wenn man sie berührte.
Von der unheimlichen Windstille, die zwei volle Tage vor der Katastrophe geherrscht hatte.
Über all diese Erscheinungen berichtet die Besatzung eines kleineren Schiffes, das durch einen glücklichen Umstand in eine an dieser Stelle nicht erwartete, tiefe Fahrrinne geworfen wurde, die aus der total veränderten Hafeneinfahrt hinausführte.
In dieser Windstille, stelle ich mir vor, müssen auch solche Geräusche deutlich vernehmbar gewesen sein, die man sonst nie hört. Das abnorm verstärkte Rascheln einer Nähnadel, die durch dünne Seide gezogen wird. Ein kleines Stückchen Glas, das am Rinnstein entlanggleitet, wenn jemand mit dem Fuß dagegentritt.
In dieser neuen Welt von anderen und völlig überraschenden Geräuschen muß es, so denke ich mir, jemanden geben, den die Stille zum Erwachen bringt. Er hat lange geschlafen oder wie ein Schlafender gelegen, und in der plötzlichen Stille wacht er nun auf, mit begierig lauschenden Ohren und weit geöffneten Nasenlöchern. Ein Nagel, auf den er mit nacktem Fuß

getreten ist, ein Insekt, das ihn einmal gestochen hat, ein Messer, das versehentlich geöffnet in der Tasche lag und mit der Spitze tief zwischen die ungeschützten Finger drang — nun fällt ihm das ein.

Er erwacht in dieser neuen Welt mit ihren anderen Geräuschen, und er windet sich ungeduldig hin und her, als gäbe es etwas, dessen er sich zu erinnern versuchte. Es kentert in ihm, es ist wie Wasserfall und Schnee.

Und wenn er sich umschaut, stellt er fest, daß die Welt ihre Deutlichkeit zurückgewonnen hat. Was die ganze Zeit über dort gewesen sein muß, ohne daß er es bemerkt hat, ist wieder sichtbar geworden. Es ist, als zöge ein ungewöhnlich langanhaltender Regen oder Nebel ab, weil der Wind eingesetzt hat, so daß ein Detail nach dem anderen wieder erkennbar wird.

Für ihn ist die Windstille also ein Sturm.

Er sieht nach, unschlüssig, alles um ihn herum kentert, ist in Bewegung. Wird es so weitergehen? Einige Sekunden lang ist alles in Gefahr, er wagt kaum zu atmen vor Angst, daß es verschwinden könnte. Und es verschwindet tatsächlich, aber nur um wiederzukommen, diesmal viel stärker, und nun wagt er es, sich darauf zu verlassen, aber nur ein ganz klein bißchen; nun verschieben sich alle Erinnerungen, nun ändern Tage, die so weit zurückliegen, daß er sie vergessen hatte, ihre Gestalt, denn der Augenblick, in dem wir leben, beeinflußt alle Erinnerungen, die hinter uns liegen.

So läuft es wie ein Erdrutsch durch sein ganzes Leben, durch all seine Erinnerungen, eins zieht das andere nach sich. Er erinnert sich an Sonnenuntergänge, die er nie gesehen zu haben glaubte, er spürt warme Juniwinde in Gegenden, die er nur — noch dazu in halb schlafendem Zustand — kurz bereist hat, er entsinnt sich deutlich der muskulösen und zugleich nachgiebigen Magenwölbung eines Mädchens, das er einmal umarmt hat, alles kentert und gruppiert sich neu um ihn herum, als trieben gewaltige Kräfte ihr Spiel mit ihm, und er wagt es kaum, sich zu bewegen.

Da wird das Ursprüngliche wieder hergestellt. Ebenso komisch anzuschauen wie Wolkenformationen, die vom Winde zerzaust werden, und ähnlich den Arrangements auf dem Rummelplatz einer Vorstadt formen sich die Zusammenhänge seines Lebens zu einer Art neuer und solider Einheit.

Und endlich sieht er ein, daß der Name, den er so lange für sich selber verwendet hat, bislang nur in einer bildlichen, sozusagen übertragenen Bedeutung angewandt wurde.

Kurz gesagt, in dieser Stille erlebt er sein Leben mit der gleichen wachen Schärfe, mit der er es schon einmal früher gesehen haben muß. Und er erkennt es nicht mehr wieder, aber er akzeptiert es als das seine.

Es ist der eigentliche Bericht, der allmählich Gestalt annimmt. Jemand hat an die Blende gerührt, sie öffnet sich, steht weit offen, der Hintergrund versinkt, und etwas im Vordergrund wird deutlicher.

Da ist es nicht unwahrscheinlich, daß irgendein unwesentliches Detail, das die ganze Zeit über nicht bemerkt worden ist, sich als das wichtigste herausstellt, das die ganze Zeit alles andere gelenkt und ihm seine Richtung gegeben hat.

Es ist unmittelbar vor dem Erdbeben, wo die Schiffe noch still an ihren Kais liegen und kaum merklich in der leichten Dünung, die nichts mit der Windstille zu tun hat, auf und nieder schaukeln. Die Häuser liegen noch an den Hängen, die Bergwände haben noch nicht nachgegeben, und die Eisenbahnzüge fahren in ihren Geleisen zwischen den Lagerschuppen unten im Hafen.

Über all das neigt der Berg mit dem weißen Schnee auf dem so eigentümlich jäh gekappten Zuckergipfel seine große dunkle Schattenseite.

Was scheren mich alle Fanatiker, Erfinder, Luftsegler, Widersacher? Was gehen mich all diese ungelösten Fragen, Paradoxe und Zwangsentscheidungen an, die keine sind! Sie existieren eine kurze Weile, aber immer nur stellvertretend für etwas anderes.

Vergessen wir all diese Versuche und seien wir lieber vernünftig! In einer rationalen Zeit muß man sich auch vernünftig verhalten! Aber ist wohl je jemand rationaler gewesen als ich? Jedesmal, wenn das Irrationale mich in Versuchung brachte, habe ich es mutig zurückgewiesen, bin ich ihm ausgewichen, ja, habe es sogar in etwas Rationales umzuwandeln verstanden. Aber das byzantinische Gewimmel, das Durcheinander, die Zersplitterung, die Extreme, die habe ich nicht abwenden können.

Manchmal glaube ich, daß man, um wirklich glücklich zu sein, etwas einseitig sein muß. Für den, der es nicht ist, wird jeder Versuch erschwert, das Gleichgewicht zu bewahren und ein nützliches und harmonisches Verhältnis zu seinen eigenen Voraussetzungen und Bedingungen zu gewinnen, den furchtbaren Prozeß, den die Zeit mit sich führt, zu überstehen. Jeder Zustand hebt sich selber auf, wird durch einen anderen ersetzt. Das ist die Mechanik.

Als ich einmal »Schicksale« in meinen Notizbüchern sammelte und sie wie in einem Herbarium ordnete, handelte ich in der gleichen Absicht wie ein Botaniker. Ich wollte eine Formel für jedes einzelne von ihnen finden, die mir erklären sollte, warum gerade das und nichts anderes daraus geworden war. Als erstes entdeckte ich, daß man, um sie erklären zu können, mehr von ihnen annehmen mußte als Tatsachen auszusagen vermochten. Nun gut, dann lassen wir also Mächte, Halluzinationen und Versuchungen, die über das Übliche hinausgehen, gelten und betrachten sie als Bestandteile einer übermenschlichen Intrige. Das riesenhafte Netz wird zugezogen, die Hunde stürmen durch die Alleen.

Aber diese Art der Phantasterei geht immer unfehlbar in eine Misanthropie über, und ich halte es für meine Pflicht, die einzige Pflicht, die ich habe, mich dagegen zur Wehr zu setzen. So billig bin ich nämlich nicht zu haben.

Wenn ich ein Phantast gewesen bin, so deswegen, weil es etwas gibt, das ich nicht als natürlichen Teil meiner Daseinsbedingungen anerkennen wollte, etwas, dem ich den Rücken zugekehrt hatte.

Ich habe lange danach gesucht. Ich werde niemals erfahren, was es war.

Kurz vor dem ungeheuren Vulkanausbruch in Puerto Bello konnte man sehen, wie die Vögel aufbrachen und die Stadt in großen Scharen verließen, um aufs Meer hinauszufliegen.

Die großen Rauchfahnen wirbeln in der Erinnerung noch über den Städten. Hinter den Schleifen des Rauches erkenne ich große helle Flußkrümmungen, ferne Berge, Geräusche von Hämmern und Sägen.

Es ist dort zu finden, aber nicht hier. Ich bin nicht imstande — es zu übersehen.

Und deswegen habe ich in den Vorstädten gelebt, am Rande des Selbstverständlichen, wo die Telephonleitungen immer spärlicher werden und der Baustil der Villen immer grotesker, die Wege immer schmaler, die Hunde immer zahlreicher, die unbegreiflichen Begegnungen immer häufiger. Eine sehr langsame Flucht, die in Wirklichkeit so langsam vor sich ging, daß man sie kaum für eine Flucht halten würde, wenn man nicht genau den Spuren folgte.

Über das Zentrum, das es irgendwo weiter drinnen geben muß, habe ich nichts sagen können.

Ist es vorhanden? Daß ich selber vorhanden bin, mit meinen Lebensbedingungen vorhanden bin, beweist, daß weiter drinnen eine seltsame Naturkatastrophe stattgefunden haben muß.

Von diesem Zentrum weiß ich nichts. Ich gebe es auf.

Kurz vor dem großen Ausbruch in Puerto Bello konnte man hier und dort auf den Straßen kleinere Stapel von Silberbarren sehen, die die Fliehenden mitzuschleppen versuchten, im letzten Augenblick aber fortgeworfen hatten.

Ein Häretiker, der inmitten seiner Bücher und Manuskripte

in einem alten ungepflegten Holzhaus unten an der Bahn
gewohnt hatte und beweisen wollte, daß wir auf der Innen-
seite des Erdballs leben und daß die Himmelskörper mikroskopisch kleine Funken in der Nähe eines Zentrums sind, das
unendlich weit von uns entfernt sein muß, weil es so außerordentlich klein ist.

Ein anderer Häretiker, der zeigen wollte, daß ein einziger
Augenblick die ganze Zeit umschließen kann und daß jeder
Augenblick im Leben eines Menschen in Wirklichkeit uner-
schöpflich ist.

Ein Häretiker, der der Meinung war, daß die großen Revolutionen nicht entstehen, um die Lebensbedingungen der Menschen zu verbessern, denn in diesem Falle wären sie schon
vor langer Zeit radikal verbessert worden, sondern weil der
Gedanke an ein geordnetes, vernünftiges menschliches Leben
uns von Grund auf fremd ist.

Ein Häretiker, der beweisen wollte, daß die allerhöchsten Luftschichten von extrem geschwinden Luftströmungen durchkreuzt werden.

Ein Häretiker, der die Brunnen der Umgebung kartenmäßig
erfassen und nachweisen wollte, daß die vielen unterirdischen
Wasserläufe ein gemeinsamen Gesetzen unterworfenes System
bilden.

Wieviele Phantasten ich wohl gekannt haben mag! Wie sinnlos, hoffärtig, einfältig und blind sie waren! Wie leicht doch
wäre ich ein Phantast geworden! Glaubt mir, es gibt keinen
Zugang zum Leben von Phantasten! Ich wäre gern zu etwas
anderem geboren, als nach Luft zu jagen. Lebwohl denn, falsches Byzanz mit deinen Türmen und Sekten!

Aber ich entsinne mich eines Abends, spät im August, als das
Wasser vollkommen still zwischen Inseln und Land lag. Die
Sommergäste waren nach Hause gereist, mein Boot war das
einzige, das weit und breit zu sehen war, und die Seezeichen
wurden gerade angezündet.

Da sah ich, mitten zwischen zwei Inseln, etwas was nicht
dort hingehörte, eine seichte Stelle oder ein paar lose Stämme,
die von Möwen umkreist wurden.

Selber war ich allein im Boot. Ich befand mich auf dem
Heimweg. Ich hatte viel Zeit, weil niemand auf mich wartete.
Ich hielt darauf zu.

Die Möwen flogen hoch. Und als ich nahe genug herange-
kommen war, sah ich ein grünes, mit Wasser gefülltes Boot,
das der letzte starke Regen von irgendeinem Strand losgeris-
sen haben mochte, weil es nicht hoch genug an Land gezogen
worden war.

Ein ganz gewöhnliches grünbemaltes Boot, ohne Ruder, aus

dem die meisten Bodenbretter herausgespült waren. Es lag vollkommen still da, und die kurzen Wellen schwappten von allen Seiten über die Bordwand. Die Luft strömte mit einem glucksenden Geräusch durch das kleine Luk im Vorderdeck hinein und wieder heraus.

Und dieses Boot sah so verlassen aus wie ein Gegenstand nur aussehen kann, den Menschen einmal besessen und dann sich selbst überlassen haben. Es hatte ein Gesicht, das einen um etwas zu bitten schien.

Das nächste Land war eine kleine, sehr flache Insel oder Klippe, auf der nur ein paar einsame Kiefern standen. Ich war dort früher schon einmal unter aufregenden Umständen an Land gegangen.

Nun nahm ich das Boot ins Schlepptau, was gar nicht einmal leicht war, weil es so viel Wasser geschluckt und so lange im Freien gelegen hatte, daß alles Holz völlig durchtränkt war. Es dauerte längere Zeit, es zu der kleinen Insel zu bringen. Weil aber das Wasser im See infolge des Regens sehr hoch stand, war es leicht, über die großen, ungewöhnlich zahlreichen Steine, die am Strande lagen, ans Ufer zu gelangen. Ich zog das Boot hinauf, schöpfte das Wasser heraus und legte es an eine sichere Stelle, als ob ich es noch einmal wieder brauchen würde.

Im Luk vorn lag ein sinnreicher kleiner Anker, der offenbar selbstgefertigt war. Ich hatte nie dergleichen gesehen.

Dann fuhr ich durch die immer dichter werdende Dunkelheit nach Hause, fand zwischen Inseln und engen Stellen den rechten Weg und stieg zögernd unter den großen Erlen, die den Pfad hier zum Tunnel werden lassen, aus dem Boot und spürte vom Land her einen wärmeren Luftzug.

Kleine Abhandlung über Sehen
und Gesehenwerden

Mit einem halbblinden schlafenden Hund zusammen,
in einem Boot, das langsam über die Untiefe von Enträ dahin-
treibt,

und ein paar Spätsommerwellen unter warmem grauem Himmel
rieseln im Kies, wenn sie über die Untiefe von Enträ ziehen.

Und so bleibe ich allein mit den Möwen,
die schreien und mich nichts angehen, und den Erinnerungen,

den Hoffnungen, den Stimmen, den Gesichtern von Menschen,
die ich einmal gesehen und die mich gesehen haben,

oder den Gesichtern von denen, die mich geängstigt haben;
ob sie etwas besonders Erschreckendes gesehen haben?

Und mit diesem Gefühl, daß ich irgendwo brenne,
wie ein Salamander im Feuer, und irgendwo friere,

wie eine Quappe, die im Eis festsitzt, und beide sind ich,
und diese Bilder wollen nicht zusammengehen,

denn Bilder wollen nie zusammengehen,
und deshalb ist es vielleicht ohne Bilder am besten,

und ich erinnere mich an die Gesichter der deutschen Studenten,
als sie aus den Tränengasschwaden herauskamen, Berlin 1968,

und sie hatten einen Ausdruck, den ich nicht richtig verstand,
es war etwas, von dem man vergessen hatte, mir zu erzählen,

und aus dem Gefängnis in Ramleh erinnere ich mich an die
arabischen Gefangenen,
zu dritt, immer zu dritt liefen sie hinter Stacheldraht im Kreis,

und sahen mich mit klugen braunen Augen ironisch an,
mich sahen sie an, nicht die Wachtposten, nicht die Offiziere
hinter mir,

sondern mich, und das war ein Augenblick der Wahrheit,
doch ich weiß nicht, welcher Wahrheit,

und die Möwen schreien gleichgültig und hungrig,
und zeichnen auf die schwarze Wandtafel, die der Herbst auf-
hängt,

und es kann kurz vor Regen oder Gewitter sein,
oder kurz vor nichts Besonderem,

und als J., die ich damals sehr lange nicht gesehen hatte,

zu mir sagte: es ist unmöglich, dich zu lieben,
es ist unmöglich, überhaupt jemanden zu lieben, unmöglich,

da war ein Augenblick, als sie mich ansah,
mit großen fragenden Augen, als erwartete sie Widerspruch,

und die Wellen rieseln zögernd über die Untiefe von Enträ,
und die Möwen sind wieder verstummt, und bloß der Hund

schläft, halbblind wie ich, und winselt im Schlaf
und ist tief in seinem Traum drinnen, seinem warmen pelz-
gefütterten

Tiertraum, und ich werde ihm nicht
in seinen Traum folgen können, und alles ist nur Wasser

und Wellen, die zögernd über die Untiefe rieseln,
und, ihr versteht, dieses Gedicht könnte

ins Unendliche fortgesetzt werden, und dieselben Steine,
dieselben runden klugen Kieselsteine, die älter werden als
wir,

würden unter derselben Welle im selben Winde rieseln,
und ich bin ein Auge nur, ein Auge, das sieht,

ein Auge zu schließen, kann genauso schwer sein
wie ein Ohr zu schließen, ob ihr's glaubt oder nicht.

Wenn eine Wolke zwischen die Sonne und die Nordwest-
rosette
der Kathedrale von Chartres treibt, die berühmte nordwest-
liche Rosette,
durchziehen lautlose Stürme von Farbe das Glas.

Dialog zwischen zwei Teilnehmern

Er sagte zu mir:
ich habe überhaupt nicht das Gefühl

daß die Geschichte sich noch bewegt
ich sehe nur einen Raum

der sich immer stärker
mit seltsam gequälten Stimmen bevölkert

in einem Film mit den Marx Brothers gibt es eine Kajüte
in die immer mehr Leute kommen

bis sie förmlich übereinander kriechen.

Ich antwortete:
Bei allen Menschen besteht
eine Tendenz, elementare Fakten zu leugnen

zum Beispiel, daß wir geboren sind,
wirklich geboren, von einer leibhaft lebendigen Frau

die dann starke Schmerzen empfindet

und auf dieselbe Weise werden wir sterben,
einen sozusagen leibhaft lebendigen Tod

nur daß diese starken Schmerzen
dann in uns selbst sitzen

es besteht eine Tendenz, die Geschichte
als etwas zu betrachten, das in Geschichtsbüchern vorkommt

es war wirklich Rattenfleisch
was die Pariser 1871 während der Commune aßen

für viele Pariser besteht die Commune darin, Rattenfleisch zu
essen.

Er sagte:
Marx, Engels, Bebel & Lukács
aber ich bin immer pessimistischer geworden

denn ich sehe das Muster, aber keine Veränderung.
Die Kräfte, die 1970 den Menschen versklaven

sind unermeßlich viel größer als die entsprechenden 1870.

Als Haussmann die Boulevards umbaute
wurden Barrikaden unmöglich

und wie, zum Teufel, sehen Barrikaden aus
die elektronische Bevölkerungsregister verhindern.

Ich sagte:
Marx, Engels, Bebel & Lukács
im Prinzip ausgezeichnet; schön, im Regal

ein paar Bücher zu haben, die man lesen kann
zumal an Regentagen

aber hier geht es jetzt um die Geschichte
die wirkliche Geschichte

nicht die Papiergeschichte, sondern die Rattenfleischgeschichte.

Er sagte:
soll man Hoffnung hegen oder nicht
ich verzweifle bald.

Ich antwortete:
Ich war schon verzweifelt, als ich geboren wurde.
Seit dem Alter von drei Jahren sagte ich mir immer

Ich will sterben.

Damit habe ich aufgehört.

Er fragte: wie das?

Ich sagte:
Ich habe entdeckt, daß es mich hier wirklich gibt.

Die Uhren haben mich lange krank gemacht

»Das Lichtmeer« (Bobrowski)

Die Uhren haben mir lange wehgetan

Ich sagte mir

Ich will sterben

Die Uhren haben mich lange krank gemacht.
Daß Zeit vergeht, tut körperlich weh

und die unruhigen kleinen Zeiger liefen
von Sommer zu Winter

und wieder zu Winter zurück
und sprangen immer rascher als ich

dergleichen ist unerträglich

und ich wünsche keinem Menschen
so zu sein wie ich, alles andere,

nur das nicht
denn das ist unerträglich.

Ich reise mit einem Frühsommerzug
durch die Deutsche Demokratische Republik

kleine Glocken singen an den Bahnübergängen
milde Viehherden drängen sich an den Mergelgruben

die Weidenalleen verschwimmen feierlich zum Horizont

die Hecken voller Hagedorn und Dornen

und die Weide im Gegenlicht
singt wie eine Lichtharfe

es gibt dieses Licht, dieses Lichtmeer

Anrufungen, kalifornische Riten

die riesigen Brecher bei Santa Barbara
und die Flötenspieler im Gras, ein buntes Gefolge,

J. immer mehr wie ein hungriger, wachsamer Jagdfalke
mit Brille und Wollpullover

glaubt, Europa sei 1968
einer Revolution sehr nahe gewesen, aber Niederlagen wie
immer,

jedes einzelne Blatt ein Spiegel
der das Licht verstärkt

Türme, Türme und Turmspitzen
Nicodemus Tessins Turmspitze in Västerås

Zeichen gegen das Lichtmeer

Hoffnung

Hoffnung

Hoffnung

Man kann nicht außerhalb seines eigenen Lebens leben
dergleichen ist unerträglich

aber man lernt viel, wenn man es tut.

Lange haben mich die Uhren krank gemacht.
Tun es nicht mehr,

kann es mir nicht mehr leisten, nicht zu hoffen.

Flußwasser, langsame Strudel
die Fische, die vorsichtige Zeichen von unten setzen

als wunderten sie sich oder fragten

und die Weide im Gegenlicht
singt wie eine Lichtharfe

Lichtmeer, Geschichte, Geduld

und die Hoffnung

die noch verbleibende Zeit ist in Wahrheit
sehr lang, die noch verbleibende Zeit

ist die Zeit, da wir uns selbst finden werden
die noch verbleibende Zeit hat die vergangene Zeit gebraucht

(Niederlage oder nicht).

Die riesige mittelalterliche Uhr in Lund
zeigt den Planetengang und Tag- und Nachtgleichen an,

sie tickt wie ein sehr langsames Herz.

Einmal täglich gehen ihre Türen auf.
Zwei kleine mechanische Bläser spielen dünn

In Dulci Jubilo.

Aus Holz geschnitzt, ziehen Könige
und die Diener von Königen

an der Muttergottes vorüber

und alle verneigen sich vor ihr, bis auf den letzten.
Er ist der letzte, und er verneigt sich nicht.

Lars Gustafsson

Der eigentliche Bericht über Herrn Arenander
Roman. Aus dem Schwedischen von G. A. Modersohn. Reihe
Hanser Band 19. 120 Seiten. Broschur 5,80 DM.

Herr Gustafsson persönlich
Aus dem Schwedischen von Verena Reichel. ›hansermanu-
skript‹. 200 Seiten. Broschur 16,80 DM.

Die Maschinen
Gedichte. Aus dem Schwedischen von Hans Magnus Enzensberger. 80 Seiten. Broschur 12,80 DM.

Utopien
Essays. Aus dem Schwedischen von Hanns Grössel u. a.
Reihe Hanser Band 53. 132 Seiten. Broschur 7,80 DM.

»Dieser Lars Gustafsson ist ein heimlicher Betörer. Ein Philosoph, der Philosophie zu einem leicht vermittelnden Erlebnis macht. Einer, der Geschichten erzählen kann, in einem
unbeirrbaren, stetig daherkommenden Duktus, der niemanden kneifen läßt. Im Material bringt Lars Gustafsson die An-
Spannung für den Mit-Leser, und in seinem offenen Intellek-
tualismus breitet er seine ›Trauerarbeit‹, wie er diese gar
nicht so traurige Arbeit nennt, vor dem unbekannten Leser
aus. Dieser Unbekannte scheint dennoch nicht unberück-
sichtigt zu bleiben; er wird einbezogen in einen Denkpro-
zeß, wie er heute möglich ist, ohne an Doktrinen, Ideologien
usw. kleben zu bleiben.«   (Die Welt des Buches)

hanser

Fischer Taschenbuch Verlag

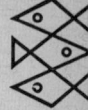

Literatur der Gegenwart.